楼市

杨小凡 著

人民文学出版社

图书在版编目（CIP）数据

楼市/杨小凡著. —北京：人民文学出版社，2013

ISBN 978-7-02-010117-7

Ⅰ.①楼… Ⅱ.①杨… Ⅲ.①长篇小说—中国—当代 Ⅳ.①I247.5

中国版本图书馆 CIP 数据核字（2013）第 232848 号

责任编辑　谢　欣　安　静
装帧设计　柳　泉
责任印制　苏文强

出版发行　人民文学出版社
社　　址　北京市朝内大街 166 号
邮政编码　100705
网　　址　http://www.rw-cn.com

印　　刷　北京季蜂印刷有限公司
经　　销　全国新华书店等

字　　数　198 千字
开　　本　710 毫米×1000 毫米　1/16
印　　张　16.5　插页 2
印　　数　1—10000
版　　次　2014 年 1 月北京第 1 版
印　　次　2014 年 1 月第 1 次印刷

书　　号　978-7-02-010117-7
定　　价　33.00 元

如有印装质量问题，请与本社图书销售中心调换。电话：01065233595

第一章

1

三年后的一天,冯兴国极不情愿地上了那辆黑色奥迪。

就在车门被啪一下关上的瞬间,他脑海里涌出了来北城上任时的所有记忆。

省委组织部到下面宣布人事任免,基本上都是一个程式:在领导干部大会上宣布后,就立即返回,是不会在这里逗留的。这是体现组织对人事调整的决断,一点都不给下面留拖泥带水的印象;也是传达组织对新人的信任,让新任职干部立即自信地进入工作状态。

干部大会散后,冯兴国与书记朱玉墨把组织部田部长送上车后,他是想到朱所在的市委南楼去的。一来,这是官场的礼节,再者,冯兴国也想弥补一下刚才会场上的不愉快。朱玉墨显然是心知肚明,但他却笑着说:"兴国市长,你还是先到政府楼去吧,他们都在楼下等着呢。我们下午见。"这时,政府秘书长翁庭和谦恭地说:"冯市长,那我们先到北楼吧!"朱玉墨主动伸出手来,握了冯兴国一下,随着手与手的接触,两个人脸颊上都立即浮上一层微笑。就在微笑刚浮满脸颊时,朱玉墨突然严肃地说:"庭和,先让兴国市长熟悉一下。"冯兴国显然对朱玉墨还不太了解,嘴里是想说一句什么的,一时竟不知如何答话,但见朱玉墨已经转身走了,心里多少有那么一点点不舒服。但这些微的不舒服,在翁庭和及其他人的簇拥下，到政府楼大堂电梯口时竟消失了。

冯兴国到了四楼的办公室，翁庭和把茶杯给他放在桌子上，说："市长，你先喝杯茶，我就在隔壁，有事你喊我！"说罢，退了几步才转身向房门走去。门被轻轻关上的时候，冯兴国才松了口气，掏出一支烟，点上。他没有坐在班台前的高背椅子上，而是夹着烟，走到窗子的玻璃前。

虽然他所在处是四楼，并不算高，但北城的全貌还是可以尽收眼底的。

北城，冯兴国是来过几次的，而且他还在城里转悠过两次。第一次来时，他还是一个副处长，在省政府里算不上个什么人物，到下面自然也不会被真正当成角儿，所以他是自由而闲适的。那时候他就喜欢上了这座小城，但他不曾想到今天能当这里的市长。这一点是令他兴奋的。随田部长来上任的路上，冯兴国还在搜索着有关这座城的记忆和感知。

北城是座小城。在洵水河的一段内弯处，向阳而踞，已经生长了三千多年。让人不解的是她似乎并不向外生长，而是向内生长，城的轮廓永远长不大。就如一把上等的紫砂茶壶，经过上千年上万人上百万壶名茶的浸泡，茶渍不断向内生长，留下来的空间越来越小，近乎于长实了。这种茶壶泡出的茶，自然味道不一般，这座小城的味道自然也不会太一般。

这座小城究竟是什么味道，却令人说不清，道不明。灰色的公共建筑，私搭乱建的居民区，苍劲的黑枝老树，凸凹不平的砖街石路，窄而弯转的商业街市，或高或低、只有小城人才能听懂的怪怪的叫卖声，古意很浓的生活方式，总之，所有的一切，一层一层地把小城包裹起来，发酵出一种特别的味道来。城不大，人也不多。吃官饭、做生意、做工、上学的人，包括路上闲逛的人，似乎都很熟识，迎面而来都打个招呼，或问好或微笑或点头或递烟。大家就这样日复一日静静地生活着,安谧亲情如村居。

冯兴国知道,北城古又称故城。他想,大抵是因为这里故去的东西太多了吧。老子、庄子,三国时期的不少重要人物都曾在此居住过,再向上说:商朝还在此建过国都。但这些往日的风流,似乎都被时间这条无情长河涤荡无存了。留下来的却都是些与衣食住行相关的东西,马虎汤、锅盔、牛肉馍、杠子饼是小城人的早餐。酒也是这城里人的所好,成年男人都是要抿点小酒,酒不问孬好,但一定是要有些度数的,最爱的就是一口晕。

其实,一个月前冯兴国就知道自己要来北城当市长。他的消息是来自老领导刘常务副省长那里的。冯给刘省长做过秘书,后升为副秘书长,七年的相处当然感情是不一般的。那天,冯兴国陪刘省长到内蒙去,晚饭后冯照例把刘省长送到房间安顿好,正要离开时刘省长叫住了他。刘省长点上一支烟,把冯兴国上下瞅了个遍,当冯有点不自在时,他才开口:"兴国啊,以后我们在一起的时间就少了。"冯兴国那天喝了不少酒,心里一惊,一时竟找不到合适的话。这时,刘又说:"你也跟我七年了,准备让你下去闯一闯,建点功立点业!"

冯兴国从刘省长房里出来时,已经快十二点了。他显然有点激动,因为在这之前他一点消息也没有听到过。于是,他坐下来,点上烟,脑子里竟一时乱得很,理不出个头绪来。

快到两点了,冯兴国终于冷静下来。

他在省政府工作这么多年,人自然是聪明的那一类。回想着刘省长的话,他的思路慢慢清晰了,那就是要尽快做出业绩。在地级市里能出业绩的捷径有两条,一是城市建设,二是GDP的增长,而且这两条捷径又可归结为一条,那就是城市建设。城市框架拉大、建设速度加快,自然拉动GDP增长;另一方面,城市建了开发区,搭建了招商引资的平台,自然就有企业入驻,有了企业,GDP便自然增长。但这一切，说到底都需要钱。

钱从何来？冯兴国突然想起一个关于GDP的段子：GDP对省里来说就是业绩，对市县来说就是土地，但在老百姓嘴里却成了"绩地屁"。话糙理不糙，虽这么说是不太好听，但却道出了土地财政的理儿。政府只要有了土地开发指标，拆迁了，就可以通过卖地引来开发商和企业，于是，政府就有了钱，开发商和企业就会迅速把城市建设搞起来。这一点根本就不需要政府再操心，因为这些开发商和企业的钱是从银行贷来的，他们不变现了，银行的利息也是承受不了的。

有了思路，有了主意，确实能让人心里安泰。那天的后半夜，冯兴国睡得很好，少有过的踏实。

冯兴国望着窗子外的旧城，抽完了一支烟。

一种急切的感觉涌上心头：北城确实太小了，拉大城市框架、加速城市建设，一刻都不能容缓了。可据他所知，目前，北城的新城区规划在省里一直没有获批。这可是最根本的大事，别小看那一本规划的图纸，不批下来就只是一些人的想法，就变不成上面的意志，就是一堆废纸；批下来了，就会有用地指标，有了土地指标，就有了钱，一座新城会转眼间生长出来。冯兴国突然感觉更焦急，他甚至觉得朱玉墨这一帮人不作为，或者笨得不能作为。但他深深知道，这是绝对不能流露出来的。上任伊始否定前任和现任的书记，这是官场大忌。

冯兴国的烟瘾很大，这是当秘书熬夜弄文字的并发症，几乎每一个秘书都有抽烟的习惯。当他又点着一支烟时，才突然发现班台左边有个摆件。

摆件是崭新的，还放着生硬硬的光泽，显然是刚放进来的。冯兴国有了兴趣，走过来认真端详着。这是舵轮与地球仪的组合体，稳稳地镶嵌在一米见高的四腿铜框上。舵轮厚重沉稳、精致华美，地球仪是橡木手绘雕刻而成,立体逼真。冯兴国用手轻轻转动舵轮,地球仪上的海洋与陆地便生动地旋转起来。这时,他竟突然生出一种冲动的感觉。这种冲动的感觉,瞬间就转化生长成俯视眺望、胸怀全球、自在把握的豪气。

冯兴国自己都被这突如其来的感觉吓了一跳。

他快步来到班台前,坐在了高背老板椅上。这样做的目的,是想让自己平静下来,他现在为自己的激动和城府不深感到不好意思了。坐下来半分钟,一种焦渴的感觉涌上来,他端起茶杯,喝了一大口水。

把茶杯放在班台上时,他想到了秘书长翁庭和。

冯兴国在这之前是了解一点翁庭和的,他在秘书长位子上已经送走了两任市长,一直没有提升,但一直也没有转任。秘书长这个角色的这种境遇是不多见的,这种情况一般都是一个地方政治生态的怪物。

于是,冯兴国把自己与翁庭和联系了起来。这么一想,他竟生出一些沉重感,他立刻意识到,也许他来北城不会这么顺利。

2

冯兴国背剪着双手,后背向前倾着,头就有些勾,两眉也皱缩在了一起。

他踱着同样大小的步幅,像踏着节拍一样,在榴花园的地毯上晃过来又晃过去的,像一个心事很重的皮影人儿。

海青瞅着冯兴国晃来晃去已经有几分钟了。她想说句什么,但又没开口,她自己这会儿也没想好要说什么。于是,她把自己有些圆鼓的屁股从明式红木圈椅上移开,站直了身子。天还没黑透,窗外满眼是深深浅浅高高低低的绿,如盖的梧桐、合抱粗的银杏、蓬勃的香樟、斜着身子的老海棠、伞形树冠的金桂、贴着墙根儿沙沙作响的剑竹、探进窗栏的火红石榴花,尽收眼底。

海青不由自主地长吸一口气,心里想:真好!

他们所在的榴花园,是这座"徽馆"里的一个小包厢。徽馆就掩隐在逍遥公园的深处。这不小的一片徽派建筑,其实,总共只有九个包厢,每个包厢的窗子都向着外面的绿树与亭、榭、小桥、流水;九个包厢的中间围着一座方形的戏台,戏台对面和四周散漫地置着实木的圆几、方几和圈椅,摆着青花瓷小茶壶和茶盅。海青是第二次来这地方,对这里的一切都很欣赏,也觉得很新鲜。

外面敞亮些,她想出去坐坐,喝杯茶。转过脸,见冯兴国还在那里踱着步,她就说:"兴国,你干吗呢?别太累了。走,出去喝杯茶!"

冯兴国被海青一叫,才醒过神来,直了背,收住脚步。他有些不好意思地笑一下,又嗯了一声。其实,他今天不需要来这么早的,相桂庭在麦香楼宾馆有个应酬,说不定现在还没有开始呢。今天他是特意要请这位相厅长的,所以,不仅让妻子海青也参加,而且不到六点就出了门。这也许是他多年的习惯使然。

无论会议或是宴请、饭局,他总要去打前站,领导不到他先到。从家里出来的时候,海青看了一下表,有点不太乐意,说了句:"桂庭不是要晚会儿到吗?你现在做市长了,要'作'着点,矜持点儿。"冯兴国似乎没有听清海青说的话,就说:"走吧,在家窝着也没意思。得先去,我要请他帮大忙呢!"海青也没再说什么,就拎起包,又在镜子前收拾一下头,便走出门。

海青与冯兴国走出包厢,几步就到了戏台外的回廊里。他们来到一个圆几旁坐下。冯兴国刚掏出烟,他身后就站着了一个穿旗袍的女孩,喳地一下划着火柴,双手捧着火苗,递过来。冯兴国点着烟,长吸一口,烟雾从喉咙里进入胸腔,在胸腔里转了一圈又从喉咙里回到口腔，再袅袅地飘出来。海青抿了一口菊花茶，若无其事地问一句："兴国，你刚才在那儿想什么呢！"

冯兴国对着她笑笑，没有说话。

其实，他是标准的快人快语，虽然做秘书多年，却一直没有改掉这个毛病。他就是这样的性格，办事说话都风风火火的，这些年虽然沉稳一些，但也是被官场这个笼子硬罩着呢。一旦有宽松的机会，他那率真的天性还是会显露出来。性格这东西真没有办法，从娘胎里带来就很难改变了，最终只有带到墓地里去。妻子海青问他，他迟疑了一下，想说：但还是没有说。他不想把这件事说出来，他怕海青又唠叨他。

按说，也没啥大事，不就是快了半拍儿，多向前走半步吗？但他意识到，可能事情不会这么简单。官场的事太复杂，有时一个眼神、一个动作、一句话都可能毁掉一个人的一生。冯兴国二十多年的官场经历，很多时候让他喘不过气来，但他又没有办法。入这个道儿，就得按游戏规则出牌，不然就会被官场的潜规则卡在那里，就像一根鱼刺卡在喉咙里，吐不出来又咽不下去，要多不舒服有多不舒服。

冯兴国吸几口烟，他又回想起一个月前在北城亮相的那个见面会。

他来北城上任是省委组织部田部长送来的。这也是惯例，地市一把手上任要正部长来宣布，而且要先在六套班子成员会上宣布一下，然后再在全市干部大会上宣布。在班子成员会上宣布时，市委书记朱玉墨表态很好，很热情，话讲得也很到位，这当然是官场上的规则，也是必须的。接着，便是全市干部大会了，说是全市干部大会，其实就是各部委办局院行一把手、正处级以上人员会议。原市长已于上周到别市上任了，所以今天主席台照例只安排三个席卡：中间是田部长，田部长的左上首是书记朱玉墨、右下首是冯兴国。

会议马上开始,田部长和朱玉墨、冯兴国便从贵宾休息室的沙发上起身,入场曲就响了起来,他们迈着方步步入会场。大会入场曲全国都一样,是与北京两会代表入场时一样的曲子。田部长和朱玉墨显然是很熟悉这支曲子的,每一步都能踏到节拍上,曲子高亢处抬腿、低缓处落脚,而且,与会场上有节奏的掌声也是合着的。

冯兴国踏这个曲子不多也不太熟悉,更重要的是他有些激动,也没有注意太多,就迈着步子跟在朱玉墨的后面。他的步幅显然有些大了,还没到主席台台阶,就快了半步。按规矩,他应该比朱玉墨慢两步,也就是说他们之间至少要保持一米左右的距离,可他走快了。这快半步不当紧,想收回来就不太容易。他感觉到朱玉墨略停了一下,似乎也向后扭动了一下身子,脸上虽然还带着笑,可冯兴国却感觉到了朱的不高兴。

冯兴国的感觉,终于很快得到证实。

在田部长宣读过任命文件和介绍过他的基本情况时,会场响起了热烈的掌声。一阵掌声过后,略停了片刻,又响起第二阵掌声。这也是会场上鼓掌的惯例,一般对领导的重要讲话或人事宣布大会,是都要响起阵阵掌声的。所谓阵阵,那至少要三阵以上,这里面很微妙,没有人专门培训过,但一进入会场,大家又都像是被谁指挥着一样,阵阵掌声响亮而整齐。可这次有点儿变化,朱玉墨在第二阵掌声开始后,两个手掌似挨似不挨着地停在了空中,三秒钟之后会场上的掌声就停了下来。

冯兴国突然觉得很不舒服,但他想试着改变和调控一下会场气氛,立即站起身来向会场鞠了一躬。这时,掌声又响起来。冯兴国这样做,不是要给朱玉墨难看,他是要为自己找个台阶下。

冯兴国觉得他与朱玉墨的不愉快,就是从他上台时快半拍儿开始的。这次会后,冯兴国是刻意做过弥补的。第二天,他就主动到了朱玉墨的办公室,给他汇报自己的想法。他说:"书记,您放心,我一定会带领政府一班人,在您的领导下做好工作。我呢,比您年轻几岁,也没有基层工作经验,您这个大哥可要多包涵着点啊!"

朱玉墨递给他一支烟,笑着说:"兴国啊,你很有闯劲,又在省政府工作多年,资源多,北城的大发展需要你呢。你是我到省里点名要的啊!"冯兴国听朱玉墨这样说,心里一热,有些激动地说:"书记,我有缺点,不成熟,但我有干劲,以后就跟着书记你后面干了。干得不对的地方,你直接批评!"朱玉墨笑了笑,把烟灰弹在烟缸里,就说:"不是跟着我干,是跟着省委、市委干,是我们一起干啊!"

这之后,冯兴国确实很注意,常常到朱玉墨办公室去汇报,有时也打电话汇报。这段时间,他觉得他与朱之间没有什么隔阂了。

朱比他年长五岁,五十三了,在北城先市长后书记做了六年,一直有传闻要到省里去。可这次调整,他却没有走,走的竟是市长。冯兴国知道,朱在省里官场口碑是很好的,为人宽厚,四平八稳,就是走得慢些,从基层一步步走上来的。他想朱玉墨不可能与他为敌,这样对两个人都不好,损人不利己的事一般人是不会做的。都快要走的人了,他没有这个必要。所以,冯兴国觉得这个把月与朱玉墨相处得应该是很好的,那件事似乎已经不存在了。

但在前大的常委会上,两个人的分歧却突然出现了。

会议讨论的是关于东城新区的规划问题。原来的规划面积是二十平方公里,在冯兴国没来时就讨论过,基本算定了。这次拿到会上时,冯兴国却突然提出规划要有前瞻性,面积应该扩大到三十平方公里。能看出来,常委们都是希望扩大的,现在全国都在成倍地扩大城市面积,这也是政绩最直接的表现之一。但碍于摸不清朱玉墨的态度,都说着可进可退模棱两可的话。而冯兴国的态度很坚决,一意要求扩大规划面积。会上气氛冷了下来,会议似乎有点儿开不下去。

这时,朱玉墨点上一支烟,沉思一下,就说:"刚才,兴国市长的想法很好。我赞成!"会场上的人全愣了,没想到朱书记会说这话。就在这时,朱玉墨又话锋一转地说:"可土地指标是个死杠子啊。温总理说的十八亿亩耕地红线不可突破啊!我担心这个扩大的规划,国土厅也批不了,也许不会给咱北城法外开恩啊!"说罢,就把目光转向了冯兴国。

冯兴国知道朱玉墨这是一箭双雕,既以进为退,又把难题踢给自己。

但这个时候,已不容他不接招了。他略一想,然后就说:"朱书记,各位,这样吧,今天能不能不定这事,给我点时间,我到省里跑跑。土地指标,我想应该有办法,可以通过复垦置换或从其他地方调剂的办法。省里不是要加快我们北城的发展吗,我想应该是有可能的!"朱玉墨见冯兴国把这事接过去,就顺水推舟地说:"好啊!兴国市长有气魄,在省里呢,资源也多。那就让兴国市长努努力吧!"

冯兴国东一句西一句地应着妻子海青的话,但他心里一直想着这些事儿。

这样过去半个小时,两个人又回到榴花园包厢。他给相桂庭打了电话。打过电话后,就安排服务员准备凉菜。酒是他特意从家里带来的古井贡二十六年原浆,茶也是他特意带来的明前猴魁。他之所以这样用心,就是想让相桂庭知道他的心意,能够在土地指标上支持他一下。冯兴国以前跟刘省长当副秘书长的时候,相桂庭还是国土厅的副职,他们关系处得就很好,加上又是老乡,他想桂庭会支持自己的。冯兴国要求自己必须把这事办成,这既能实现东城新区扩大规划,更要让北城人尤其是朱玉墨看看:我冯兴国是想干事的,我也能干成事!

快八点的时候,相桂庭急急地走进榴花园。从他的眉宇间能看出来,今天他兴致很高。见只有冯兴国和海青在,就大笑着说:"老冯,你们夫妻俩是要给我设鸿门宴啊!"

两杯酒喝下,相桂庭就笑着说:"老冯,你猜我今天碰到啥开眼的事了? 有点意思!"

"啥事啊? 还能让厅长大人开眼!"海青有些讨好地问。相桂庭端起一杯酒,猛地喝下,冯兴国和海青愣了一下,猜不透他究竟碰到啥稀罕事了。这时,相桂庭才说:"今天七点,麦香楼刚上满座,宴会经理突然就进包厢说,今天所有客人的所有消费都被一家叫大华投资集团的新加坡企业给埋单了。"

"有这事?"冯兴国有点不大相信地问。相桂庭又说:"后来这家公司的董事长来敬酒,说是要回故乡来投资,也是一片心意。你说巧吧,我一看有点儿面熟,后来她也突然想起来了,竟叫出我的名字来。原来,她上大学期间曾在我家做过钟点工!"

"有这事! 又是一部女富豪传奇啊!"海青的吃惊有些夸张。冯兴国接过相桂庭掏出来的名片,仔细看了一下:大华投资集团董事长 胥梅。

于是,就说:"桂庭兄,介绍她到我那儿投资吧! 我们有政策!"

相桂庭诡秘地一笑,突然说:"要傍款姐啊?"

三个人就笑了起来。

3

在政府里,秘书、办公室主任、秘书长是没有星期天的。

这样的职位性质决定着在这些岗位的人,必须像荷枪实弹的战士一样,随时准备出击。领导的安排、突发性工作、随时性地迎来送往,说有就有。这些年来这些岗位的经历,让冯兴国私下里总结出一句很经典的话:一叫就到,一到就干,一干就得能干好! 无论是写材料,还是开会、喝酒,都必须这样。所以,他几乎没有周末的概念。

周六上午九点,由冯兴国牵头开的规委会按时开始。今天的会议只有一个议题,那就是关于东城新区扩大规划的事儿。

这些天,冯兴国回省城几趟,可他每天都很晚才进家。他的大部分时间都在省政府、发改委、建设规划厅、国土厅和酒场上泡。他虽然现在当了市长,但并没有市长的架子,或者说还没有学会如何端市长的架子。他就像一个任性的一般干部,一个部门一个部门地去沟通,去说服,去求助,希望扩大了的《新北城规划》,能够被认可。白天到这些机关去沟通,晚上就硬拉着这些头头们喝酒。由于跟这些部门都熟,所以他也没有什么顾忌。尤其对国土厅相桂庭又多了一层老乡关系,几乎就是死磨硬缠。刘副省长是他的老领导,也被他盯得没有办法,就基本点了头,答应让发改委、建设规划厅、国土厅去北城再调研一下。

有了这个底儿,冯兴国的语气也硬朗不少。他觉得扩大新区规模这事,已经是很有谱儿的事了。

会议进行了一个半小时,省规划设计院才汇报完规划方案。

接着,冯兴国就让负责规划的住建委主任锁清秋发言。锁清秋是本地人,五十六七岁,说话慢吞吞的,句与句之间用的不是顿号也不是逗号,而是句号,说一句停一下,停一下看一眼冯兴国。冯兴国有点耐不住,就说:"清秋同志,你说话能不能快半拍儿!"锁清秋这时才加快一些语速,表明自己的意见。他担心,目前北城还是个农业市,没有像样的工业,把城市扩这么大,有没有企业来投资,用什么来填满这三十平方公里,最终会不会成为一片荒城。冯兴国一听这话,像鸡毛突然碰到火苗,噌地燃着了:这个老锁,真是老啦!

现在，像北城这样落后的内陆城市，哪个靠的不是土地财政，就是发达的城市也不例外啊。把城区扩大了就有土地，有了土地就可以拍卖，拍卖了就有钱，有钱了就可以搞基础建设，基础设施弄好了就有企业来，有企业来了就有税收，城市不就发展起来了吗？这个观点，冯兴国已经在政府工作会议上变着方式地讲过三次，可就是有一些人不明白。冯兴国想，可能这些人真不明白土地财政的道道，也有可能这些人啥都明白，是装睡着难叫，就是跟自己软抗。想到这里，冯兴国更生气了。他立即打断锁清秋的发言，"我说老锁啊，你是不是可以考虑到党校去补习一些新知识啊！观念怎么还这样老化！"

此话一出，会场立时静了下来，静得每个人的喘气声都能相互听到。锁清秋的脸咪地红了。他看一下冯兴国，赶紧把目光收回来，然后说："我只是说一下我的担心，扩大规划的事我同意！"会场上的人都把目光投向锁清秋。这时，冯兴国就说："我们要以超常规的思路来规划跨越式的发展蓝图。现在，是出现一些荒城现象，但这只是个别情况，是他们后续工作没有跟上造成的。"

常务副市长裘实见冯兴国还要发火，就插话道："清秋，这么说你还是认可的啊！"说罢又用目光望着冯兴国说："冯市长，时间不早了，让其他同志谈谈看法吧！"冯兴国端起茶杯，说："都谈谈吧！"

会议气氛又活跃起来。接下来，大家的观点立即高度统一：一致赞成扩大东城新区的规划。

晚上，冯兴国吃过饭，泡好茶，想起女儿在在，就拨通家里的电话。

在在一听是爸爸，就撒娇地说："兴国市长，当了市长果真春风得意啊，连家都不要了！像你这样对家人都没感情，对你的子民能好吗？"

冯兴国一听，就笑着说："你这孩子，没大没小的，什么子民，是人民！社会上都觉得当市长风光，现在你们知道了吧，连家都顾不上呢！"在在又跟他开了几句玩笑，然后把电话交给海青。海青就接着说："你呀，就是脾气急，饭要一口一口地吃，仗要一仗一仗地打。一口哪能吃得成个胖子！要照顾好自己，我又不在你身边。"

冯兴国放下电话，心里暖融融的。

海青和女儿在在还是理解自己，女儿现在上大三，每天晚上能回来陪海青，可自己的生活却没有在省里工作时舒服。白天一群人围着，忙忙碌碌，可一到晚上，回到军分区住处的房间里，就剩下他一个人孤孤单单的。他一边喝着茶，看着电视，一边把白天的事回想一遍。这是他的习惯，他多年来养成了这种晚上回忆白天工作的习惯。他每天都会这样子，除非酒喝得太多了。他要回忆一下一天工作的状况，有哪些是恰当的，哪些不恰当，还有哪些工作没有做完，明天还要做什么。

晚上临睡的时候，他想了想，觉得明天是星期天，没有什么急事，就决定到街上随便走一走。

早上八点，他就给小寥拨通电话，"小寥，你给小林说一声，九点我们开那辆别克出去走走！"小寥是冯从军分区借用的一名驾驶员，小林是他的秘书，是本地一个农家子弟。冯兴国来到北城后，就决定住军分区，从军分区借一个驾驶员，从市一中招一个秘书。他是做秘书出身的，他知道身边需要用什么样的人。新到一个地方，身边的人必须是单纯的、年轻的、与当地的官场没有什么联系、对官场是陌生的。小林就是冯兴国按这个标准招来的。

冯兴国常用的有两辆车，一辆是奥迪，北B0003；一辆就是这台军分区的别克，军J0003。这辆别克还有一个个性化的牌照，北XG188。上班的时候他坐北B0003，出差的时候他坐军J0003，周末到下面走访时他坐北XG188。小寥知道他的习惯，就把别克车换成个性化的普通牌照。

军分区还在城市的中心，门前便是一条不宽的道儿。道路其实也应该有二十米宽，由于店外经营一直制止不住，道儿就显得拥挤许多。车子出了这条道，就拐向北城大道。北城大道有六十米宽，虽然路两边也有不少店外经营的，但依然显得很宽。冯兴国望着车窗外的道路，突然想起了鲁大壮。

鲁大壮在江南省或者说在全国都是知名度很高的人，而且很有传奇性。他的老家就是这北城市的，他是一名孤儿，从农村代课老师做起，一步步走上来，做到了省长助理，后来又因经济犯罪被处了极刑。

这条北城大道就是他三十年前在这里做县长时规划的。那时候，北城还是个县，在一个穷县里修一条六十米宽的大道，这在当时是许多人都觉得离谱的。后来，虽然他因经济犯罪被判了极刑，但有关他敢作敢为的传奇故事，却一直在社会上流传着。冯兴国在省里做秘书时，就跟他很熟悉，也不止一次地吃过饭。

看着眼前这条道儿，冯兴国突然萌生要去鲁大壮老家看一看的想法。于是，他就对小林说："小林，你是本地人，知道鲁大壮的老家在哪儿吗？"小林立即明白冯兴国的意思。他是知道地点的，但他觉得作为市长的冯兴国要去那里似乎不合适，说话就有些吞吞吐吐。冯兴国就说："带我去那里走走！"

鲁大壮的老家在城南三十公里处的鲁庄。一路上，小林就跟冯兴国讲了一些当地人关于鲁大壮的传说。冯兴国挺有兴致地听着，因为，有些事儿是他没有听说过的。离鲁庄还有几里路的时候，小林说："市长，我们就别到鲁庄了，到他祖坟那片林子看一下吧。"冯兴国想了想，也觉得去庄里可能不太方便，就说："那地方有什么？"小林就说："他家祖坟在洮河的北岸，是一片滩地，十几年前乡里就在那里种上了杨树，有几百亩呢。现在应该长得很粗了。听说他也埋在那里。"冯兴国想了想，就说："行吧，就是看看。"

车子很快到了这片林子的地头。

车子停下来。冯兴国见离林子十几米远的地方有两间有些破烂的砖房，就径直走过去。门口卧着一条老黄狗，见着他并不叫，而是摇了摇尾巴。冯兴国走进屋门，见里面有一位四十多岁的男人，正两手捧着一个大花碗喝稀饭。他就问："老乡，你是看林人吗？"男人听到声音，抬一下头，看他一眼，嗯了一声，又埋下头喝稀饭。冯兴国扫一眼这乱哄哄的屋子，皱一下眉，又向屋顶瞅去。这时，他突然看到屋梁上吊着一个方形盒子，再仔细看一下，还是没认出那是个什么东西。于是，就问："老乡，屋梁上吊的是啥啊？"男人瞅了一眼，就说："俺大爷！"说罢，又把脸埋进花碗里。

冯兴国一听，有些不明白，就问："你说啥？"男人有些不耐烦，把碗往灶台上一放，抹一下嘴说："是俺大爷的骨灰盒。上面不让埋，俺怕老鼠咬，就吊在那儿了！"冯兴国心里一紧，心想，莫不是鲁大壮的骨灰吧。就又问道："你大爷是谁啊？"男人这时才狐疑地看了看他，然后就说："鲁大壮！咋了，吊这儿也不行了？"

冯兴国掏出一支烟，递给这个男人，自己也点上烟，吸了一口，然后说："入土为安，赶快把你大爷入土吧！"说罢，转身出屋，上了车。

一路上，冯兴国沉着脸，不停地吸烟。

小林猜不透他在想什么，想找点话儿转换一下气氛，又怕不合适，就没敢多嘴。但他心里却一刻也没停下来想心事儿。这几个月的接触，小林觉得冯兴国的性格和做事风格都与传说中的鲁大壮有点儿像，只是他是大学毕业，是从机关一步步走上来的。他想，也许鲁大壮刺激了冯兴国哪根神经。

车子快到城里的时候，小林心里也很纠结，与北城许多人一样，他觉得鲁大壮的事也真是让人太感叹了！

冯兴国回到住处，感觉很累，情绪也不太好。晚上，他吃点东西,就拿起床头那本乔治·奥威尔写的《一九八四》,看起来。

第二天,冯兴国参加了两场会。下午,相桂庭就带着发改委、住建厅的几个人到了。这天晚上,是朱玉墨出来主持接待的。朱玉墨喝了不少酒,也说了不少话,主题就一个:希望北城东城新区的扩规能批下来!

冯兴国喝得更多,因为相桂庭其实是他请来的,这事又是他力主的,他理所当然的不能少喝。喝多后,他也反复说一句:批下这个规划,就是对老弟我的最大支持!

相桂庭是主角,喝得也很多,而且似乎是喝多了。反反复复的也是一句话:北城的发展是江南省的头等大事,我们没有理由不支持啊!

酒喝到反反复复说一句话的时候,酒场就快散了。那天,冯兴国真喝多了,本来提议最后一杯酒的应该是朱玉墨,可他却大着舌头举起了杯。

酒桌上,一片附和。

第 二 章

4

冯兴国做事,的确是有点儿快半拍。

北城扩大到三十平方公里的规划还没批下来,他就提前启动了拆迁。

这次拆迁是从东城管理区马园行政村开始的。马园村在东城区边界里,下辖马园、董园、刘园三个自然村。

这次扩大的规划中,马园村被划进了拆迁范围。按说市里给的拆迁政策是不错的,土地按省里政策补偿、住房拆一还一、集中上楼、村民全部实行低保、医保,承诺安排在园区企业上班。离城区远的村子两个月就拆迁完了。可城郊几个村就很不顺利。

有过邻村被拆迁的经验可供借鉴,现在马园的村民对拆迁都成精了,能多要点补偿就多要点,能多拖一天就多拖一天,说到底是想多要点拆迁补偿安置费。马园自然村就是个"钉子村"。村民们祖上就不是纯粹种地的庄稼人,都是在城郊种菜的菜农。用黄效举的话说,马园都是刁民,难伺候,人人都想吞大象,个个都想一夜之间成为百万富翁。

黄效举这几天也头疼:马园村拆迁推不动,村民们说村书记马长胜和村长马大虎贪污拆迁补偿款。经过调查,这两个人在董园的拆迁中,确实有假报死人户口私分拆迁还原款的事。黄效举最后决定把他们两个抓起来。这样,就会平息村民的怨气,他们就没有理由抗着不拆了。

马长胜和马大虎被区纪委带走的第二天早上。他们两个人的媳妇一人手里拎着一把刀，一个从村东头向西，一个从村西头向东，疯子一样在村里来回地骂着。这两个女人，在村街的中间碰到一起时，就突然都提高了声音，像比赛一样，一个比一个声音高亢而尖厉。

村里一下子安静了下来，只有麻雀和燕子在树的枝头叽叽喳喳地叫着。家家都关着门，没有人再出来走动。她们俩的男人都被关起来了，确实是村里人举报的。这个时候，谁要是出来搭腔，谁就有举报的嫌疑，这两个女人真会跟他拼命的。多一事不如少一事，没有人惹这闲事。

但水亮不管不行。村委会，现在只有他这个村长助理和电工兼会计马锋了。马锋是本村人，窜得比枪底下的兔子都快，躲起来不管不问。而水亮不能再不吭声了，他得给管理区领导汇报。

水亮给黄效举报告那两个女人拎刀骂街的事，黄效举显然是没啥兴趣。他吐一口烟，笑了一下，然后才说："女人嘛，生就一张破嘴，让她们骂骂，出出气就好啦。"

他现在是要给水亮谈村书记的事。

马长胜和马大虎被抓后，黄效举本想从村里再找出两个有威望的人做书记和村长，但让村长助理水亮走访了几天，竟没有一个人愿意当这个村官。行政村也是一级组织，不可一天无主。黄效举想了两天，最后决定就让水亮这个大学生村官先兼着村书记，然后再慢慢物色。

水亮一听说让他担任村书记，就推托，说自己刚来一年多，没经验和能力，尤其现在拆迁工作推不动的当口，他认为自己不能胜任，会耽误大事。黄效举吐了一口烟，大声说："革命战争时期，有人十八岁就当师长了，你一个名牌大学生，咋这样熊呢？黄泥抹不上墙。让你干你就干,后边有我顶着。怕个屁!"

水亮不好再推托,就应了下来。

应下这个村书记,水亮也是经过激烈思想斗争的。

他在农村长大,考大学就是跳农门的,本不想再回到农村。可在北京上了四年大学,依然没有脱掉农村孩子的那身朴实气。那天,他去一家公司面试,腿才迈出办公室门,就听到其中一个考官说:"这人,一身坷垃气,当村官还差不多!"水亮本想转身回一句,但犹豫一下,还是抬起了另一只脚。出门后,他在心里骂道:"俺一身坷垃气,你他妈嘴里还吐着坷垃呢,竟充起城里的大尾巴驴来了。村官咋了,我就去当村官,不受你们这鸟人的气!"水亮就是被那人的一句话给呛后,才报考了村官。

当村官,多少有些出于无奈,现在真当上了,他就有了梦想。他的梦想是从基层一步步走上去,甚至还想过县长、市长这样的位子。至于,做官如何为民做主的事他没想太多,他只想干部干部就必须干事,再苦再难再麻烦也得把上面交代的事办好,这样才有成绩,才有可能提升。当然,他也给自己立下了规矩,那就是一定不能当没良心的官。以前,自己也不止一次地骂过这样的官,至少要做到不让自己骂自己。

可让他没想到的是,麻烦会来得这么快。

黄书记来村里宣布他担任村书记后的第三天,马园村六十三户的男主人,突然都消失得无影无踪了。这下子,水亮蒙了。现在,大人小孩嘴里都会说"和谐"这两个字,谁都有人身自由,他不能说不让这些人外出打工呀。但这些人一走,家里剩下的都是妇女、孩子和老人,户主人不在了,工作对象就没有了,再好的拆迁方案也成了一张白纸。

开始他们不同意拆迁,说是马长胜马大虎贪污。现在"二马"落马了,他们又玩集体蒸发。看来,不强拆不行了。黄效举挠着头皮想,自己好不容易混了个副处级,冯市长大会小会上批评他,现在投资企业不能落地,说不定哪天头上这顶小乌纱帽就被冯兴国拿掉了。

黄效举拿定主意:加强工作组力量,选择时机强拆!但时机真不好选,现在村里的男人都不在,只有这些个妇女老人的,没法下手啊。

水亮不太赞同黄书记的意见。他觉得现在村里男人都外出,就是怕强拆,他们就是软磨软抗,以柔克刚。要想拿掉这个钉子村,就必须先拿掉村里的钉子户,解决了钉子户,其他人的工作就好做了。

通过半个多月的摸排,他认为马园村的钉子户就是李七奶,她不同意拆,村里人就跟着起哄:李七奶同意拆了,我们就同意。很明显,在水亮眼里李七奶是最难处理的。这个李七奶难就难在软硬不吃,她儿媳妇郑大丽和儿子留根六年前外出打工一直没回,现在她带着九岁的孙女秀秀没气没色地过着。而且,村里人都说她整天与鸟儿说话,得了精神病。她真像白豆腐掉到灰窝里,吹不能吹打不能打的,无从下手。

打蛇瞅七寸,要想收效快就必须先拣最难处入手。

水亮决定先从李七奶家入手,试试深浅。但水亮明白,他觉得李七奶这颗钉子可能自己也拔不了,但他只是想试试。所以,正面接触李七奶的事他就不想让任何人知道,以免被人笑话,被人小看。于是,他选在五一假期期间,工作组其他人休息的这两天。

水亮在农村工作快两年了,多少有了点经验。他来李七奶家前,很认真地做过筹划。他在QQ上跟女朋友小真商量了半夜,包括穿什么衣服、带什么水果、如何开口说话。更有意思的是,他让小真模拟一个精神有毛病的老奶奶,他跟她谈拆迁的事。他问,她不合情理地答;她骂,他就设法忍着;她提问题,他回答。

最后，女友小真竟策划出一套苦肉计，让水亮下跪，如何声泪俱下诉说如果不同意拆迁，自己就会丢工作，家里的奶奶就会自杀。两个人一句一句地聊到凌晨，最后竟通过视频合唱起《下定决心不怕牺牲》那首老歌。关了电脑，水亮觉得信心百倍，很快就让自己入睡了，他想明天以饱满的精神状态去面见李七奶。

夜里，水亮又做了一个梦。梦里，他一会儿梦到在农村的母亲，生病的奶奶；一会儿梦到自己见了七奶，七奶并没有精神病，而是很爽快地答应了拆迁。他似乎记得自己在梦里还笑了一阵，那笑很开心；后来，自己好像又哭了起来，哭得鼻涕一把泪一把的。反正，这一夜里他的大脑是一点儿也没有真正休息。他醒来的时候，八点多了，脑子昏沉沉的，并没有自己想象得精神饱满。

年轻人血脉旺，精气足。水亮洗过脸，做了几个扩胸动作，就感觉到一身的劲儿，精神便振奋起来。他锁上村部的铁门，骑上自行车就去了菜市。他选了十几个又红又大的苹果，一称正好六斤，付过钱，推起自行车就走。可他走了几步，突然想起一件事来，七奶这么大年纪了，牙齿也许不好，苹果她可能吃不动。于是，又折回来，买了几斤黄灿灿的香蕉。俗话说老人喜软，李七奶看到香蕉也许就会开心些。

自行车骑得很快，他感觉车子都带着风儿了。一路上，水亮为自己的细心和周到觉得高兴。

他按照与小真的策划，把自行车放在村部，拎着苹果和香蕉，步行向李七奶家走去。

水亮刚走几十步，手机突然响起来。这是谁啊，星期天还打电话。他心里这样想着，还是接了电话。电话是东城派出所周所长打来的。没等水亮问什么事，周所长就说："水书记，村里的治安你得抓一抓，夜里你们董园自然村几个赌博的打了起来，一个人的胳膊被打断了，我们拘了人！马上又要综治检查了，上面安排要加强治安。你来所里一趟吧!"

水亮说:"我现在有事,过会儿去吧!"合了手机,水亮在心里骂了一句:穷人乍富,都不知道咋造了。董园村人少地多,这次土地被征和房屋拆迁家家都得到了几十万的补偿款。他们突然有了那么多钱,有的买车到城里拉黑出租,没事干的就赌博、喝酒、打架。治安案件一个接一个。水亮想着这些事,心里就生气,他对这些拿到钱就造的人,真是恨铁不成钢。脑子里就蹦出鲁迅先生的那句话来:怒其不争,哀其不幸。

他这样想着走着,不一会儿就到李七奶家门口了。这时,水亮放慢脚步。他突然觉得似乎没有了底气,昨天夜里的设计好像没有了踪影。这时,他看到院门外一个小姑娘正拍着手唱着什么。他想,这肯定是李七奶的孙女秀秀了。于是,他就微笑着走过来。小姑娘并没有注意他的到来,仍然在拍着小手唱。水亮听清了,她正在唱那首《小燕子》:

> 小燕子,穿花衣
> 年年春天来这里
> 俺问燕子你为啥来
> 燕子说,这里的春天最美丽……

水亮很多年没有听到过这首歌谣了,他站在那里,想听一听。这时,秀秀发现了他,小脸一红,不唱了。水亮就说:"你是秀秀吧? 奶奶在家吗?"秀秀嗯了一声,就高声对院子里喊:"奶奶,有人来了!"院子里并没有人回应。秀秀望一眼水亮,就说:"奶奶在家!"说罢,就带着水亮走进院子。

李七奶坐在堂屋里。面前是一张吃饭的小桌子,桌子上有个纱罩,纱罩下是两块切开的红西瓜。见水亮进来,她却没有吱声,手里拿着蝇拍子，扬在空中，一动也不动。水亮把苹果和香蕉放在七奶身后的方桌上，笑着说："七奶，我是新来的村书记，叫水亮，你就叫我亮子吧。我奶奶也都这样叫我。"李七奶抬眼看了看他，又停一会儿才开口说："想扒我的房子吧？扒了房子，我的小燕子就没有家了，我死都不会答应的！"

水亮一时没有反应过来。

什么"小燕子没有家了"？他突然觉得不知道如何接话了。他深吸一口气，让自己镇定下来，想了想，又说："七奶，我不是来扒房子的，我是来看看您老人家！"李七奶像没有听见一样，没有任何反应，手里扬着蝇拍子依然一动也不动。

水亮这时真有点不知道如何是好了。昨天夜里与小真的模拟，根本就没有这一段。这时，一个蝇子落在纱罩上，李七奶突然落下蝇拍子，但并不是对着蝇子下去，而是拍在桌角上。蝇子似乎并不怕，转了一圈又落了下来。七奶手里扬着的蝇拍子又落下来，这次也不是对着蝇子下去的，还是拍在桌角上。这个蝇子似乎在与七奶逗着玩，转了两圈又落下来。七奶仍是把蝇拍子落在了桌角，并不真正去打这个蝇子。

水亮有些纳闷地看着，他不知道为什么七奶就是不真打这个蝇子。是不是七奶人老了，手没有准头儿，打不住它呢。于是，他就说："七奶，我来帮你打它吧！"说着就想去七奶手里要蝇拍子。七奶这才扬起头，看了看水亮，然后说："它在我家半个月了，我要想打，早打死它了。我就是不打，打死它，我家的燕子吃啥！"

水亮突然觉得七奶真的是精神有病。他没有了主张，不知说什么好。

这时，他突然想到离开，但想了一下，又觉得不能这样走。他要坐下来观察一下七奶，到底是个什么状态。他自己找了个小凳子，坐在了七奶的右边。七奶并不理他，手里仍然扬着那个蝇拍子,眼光盯着那个绿头蝇子。水亮也想不出说啥好,静静地看着七奶手里的蝇拍子。

这样过了十几分钟。突然,秀秀在屋外喊:"奶奶,奶奶,小麻雀又占燕窝了!"七奶听到秀秀的喊声,站了起来,走出屋门。

水亮也站起来,跟了出去。这时,才见屋檐下一溜有四个燕子窝。一只小麻雀在中间那个燕窝里,露着头,四只燕子喳喳地叫着,轮流向麻雀扑去。麻雀被两只燕子叮着了,它挣扎几下,还是缩在窝里不出来。

七奶看着四只燕子在与麻雀争斗,嘴里恶狠狠地喊:"燕儿,叮它,叮死它!"

5

胥梅给冯兴国发短信,说自己刚住进新富贵大酒店。

其实,她说的是瞎话儿。她与助手杜影昨天下午就到了北城市。

她们入住新富贵大酒店后,并没有开自己的车,而是打了一辆出租车,在城里转了半天。晚上,她们到几家最好的酒店也转了一下,佯装客人问消费水平。她们知道,酒店的消费往往代表一座城市的经济力量和档次。

第二天一早,她们专门跑到东关吃了牛肉馍,然后就直接打车去了药材大市场。北城的药材大市场是全国最大的中药材市场,这里号称三个一百,即一百万亩地产中药材、一百万人从事与中药材相关的工作、年交易量一百亿元。她们到了药材大市场,立即被眼前的场面镇住了:熙熙攘攘的人流,一眼望不到边的药摊位,数不清的药材品种,估不出数量的药铺、药庄。胥梅和杜影看后,认同了一种说法:北城藏富于民,民间是有钱的。其实,这种判断对她们很重要,因为只有民间有钱,这里的商品房才有价格空间,才有高利润。

她们从药材大市场出来后,又打了一辆车,直奔规划中的东城新区。

新区位于城市的东部,规划的最东边正好是大京九铁路线。虽然,现在还没有完全拆迁,但村庄并不算稠密。出租车司机也是一个喜欢说话的人,他一路上不停地给胥梅讲着他听来的消息。几乎每个城市的出租车司机都一样,面对外地人总喜欢讲一些本地的事情,以显示自己对这座城市的了解,从而证实自己是城市里的老家老户,道儿熟。现在,胥梅他们需要的正是这些信息。所以,一路上聊得十分开心。

下午三点多钟,她们回到新富贵大酒店。

胥梅冲过澡,换好衣服后,才给冯兴国打电话,说自己住在新富贵大酒店。冯兴国接到电话,很高兴地说:"哎呀,你们怎么不早说呢,我今天的活动都排满了。这样吧,赶快从酒店搬过来,就住北城宾馆,这是政府的接待宾馆,条件也不错。晚上,我让翁秘书长和招商局的同志接待你们,中间我过去敬酒。明天上午正式谈!"

胥梅听冯兴国这样说,就笑着应:"市长大人,不必了吧。我们明天上午过去!"冯兴国就说:"这怎么可以呢?哎呀,这个相厅长,也不提前给我打声招呼!你们不搬也行,我一会儿让人去接,今晚一定要见个面!"

冯兴国在扩建规划批下来后,才在省城见胥梅和杜影的。这个线当然是相桂庭牵的。

那是个周末,冯兴国回到省城家里。晚上,相桂庭安排他们在徽馆吃饭。

席间,并没有多谈什么,胥梅简单地介绍了大华投资集团公司的情况。冯兴国介绍了东城新区的规划,盛情邀请胥梅到北城去实地考察一下。胥梅喝酒不多,但她的助手杜影酒量却不小。他们四个人竟喝了三瓶酒。那天以后,冯兴国给胥梅打过一个电话,问她们考察的行程。胥梅说自己回新加坡了,大致定下过一个月来北城。

现在,冯兴国真的很忙。

规划批下来了,可启动资金和基础建设的资金短缺。土地拆迁不下来,做不到"五通一平",地就不好拍卖,一些房地产公司和企业就进不来。所以,招商成了他的头等大事。他不仅制定了招商引资的奖励政策,而且给所有部门分配任务。

他自己更是马不停蹄四处考察引资。外面来的人也多,一般大的公司他都会尽量出面接待,亲自参与最后的谈判。他讲话很有鼓动性,而且也特别有盯劲,只要盯上的企业,他就会不断让人去邀请或自己亲自去邀请,一直到这家公司来考察为止。

今天晚上,他主持接待的是红鹰集团总裁。但他并没有冷落胥梅和杜影。胥梅和杜影被安排在北城宾馆的一个包厢,与他所在的包厢在一层楼上。席间,冯兴国过来敬酒。他今天很高兴,落座后,并没有按惯例先讲一番客套话,而是直奔主题,端起酒杯就敬。胥梅虽然表现得很高兴,但也很矜持,一连敬了冯兴国三杯酒。冯兴国在这个包厢坐了十几分钟,接待办的人来到房间,是来提醒他的。冯兴国看了眼这个年轻人,就说:"我知道了!让他们再等一会儿。"

接待办的人走后,冯兴国笑着说:"胥总,那天在省城我喝不少,今天你来了,我更高兴。我给你炸一个!"说着,就端起分酒器。胥梅见里面至少有二两酒,也站起来,有些娇气地说:"市长,您真的不要这样!我也喝不了这么多呀!"冯兴国爽朗地笑了,笑过之后,就说:"胥总,我这杯酒是代表相厅长跟你喝的。你总不能也不给相厅长面子吧！"话说到这个份儿上，胥梅就红着脸说："这意思，非喝不行啊！""必须的！"冯兴国笑着说。

这时，胥梅就说："好！明天早上我起不了床，您可要负责啊！"冯兴国停了一下，听明白了胥梅是在跟他撒娇，就笑着说："古井贡就这点好，喝了保你兴奋得睡不着觉！"咣地一下，两个杯子碰在一起，接着，两人都仰起头，一饮而尽。胥梅咽下后，咳嗽一声，身子向左一歪，差一点碰着冯兴国。冯兴国扶了胥梅一下，就坐下来。

坐下后，冯兴国点上一支烟，然后说："胥总，我真诚地欢迎你来北城投资，政策我会用到极限。因为你们不是'地虫子'，我是真怕'地虫子'来倒地！"

胥梅立即明白了冯兴国的意思，他是在告诫自己：如果真有实力他欢迎，如果是没有实力，他是绝不欢迎的！大华投资集团其实就是靠倒地发家的"地虫子"，莫不是冯兴国听到了什么。想到这里，她镇定了一下，笑着说："市长说得对呀，现在'地虫子'不少呢，就连北京、上海这样的大城市，'地虫子'也遍地都是！我正想邀请您有机会去新加坡考察，看看我们的实力！"

这时，接待办那个年轻人又进来了，走到冯兴国身边，弯下腰耳语了一句什么。胥梅就说："市长，您到那边去吧，我们明天还见面呢！"冯兴国就顺着话起了身，对旁边的翁庭和说："庭和，今天我就不陪了，你要把胥总陪好。明天早上我陪胥总吃早饭！"

吃过早餐后，冯兴国安排住建委主任锁清秋说："你陪胥总先看看规划图，然后再去现场看看。"

十一点钟的时候，胥梅就到了冯兴国的办公室。

因为，她从相桂庭那里早已经拿到了规划图，她昨天也已经看过现场。她去看，只是一个过场。胥梅在冯兴国的办公室并没有多谈正事，而是把话题转移到了早餐上。她说："北城的三汤一馍真是独特，我走了那么多地方，还是第一次品尝。尤其那种用牛剔骨肉做的馍,真是天下美味!"冯兴国其实已经明白了胥梅的意思,她基本看好了这里,只是有些事不想在这里谈而已。于是,他也给胥梅聊起其他一些话题。

冯兴国再一次和胥梅见面,是半个月后。

还是在省城的徽馆里,还是那个不大的榴花园。那天晚上,相桂庭也在场。胥梅与冯兴国直接进入了主题。胥梅对冯兴国说:"市长,我现在拿定主意,不准备在省城发展了,就到北城去!我一次要拿一千亩,招、拍、挂三种形式,你准备用哪一种吧?"说罢,胥梅从包里掏出一张支票,摆在了桌子上,"这是支票,可以作为诚意金。"

相桂庭就说:"胥总,不必了,兴国市长要是不相信你的实力,你们还能坐在一起谈吗?! 你说是不是啊,兴国!"

冯兴国就笑笑。

其实,他心里一直在盘算,胥梅这样做,一定是有条件的。只是,他还不知道她会提什么条件。但他心里有个底线,无论采取哪种方式,法律红线是不能突破的。招就是有条件的招商,拍就是直接拍卖,挂其实也是拍的一种,只是有前置条件的拍卖。冯兴国知道,胥梅这次要进入北城的话,就是东城新区第一家真正投资的企业。她一定是有了通盘考虑。

于是,他就以退为进地说:"胥总,你说吧,我先听听!"

吃饭快要结束时,冯兴国与胥梅达成了初步协议:采取拍的方式。设置的前提条件是注册资本一个亿以上的境外投资公司、承诺先无偿给东城新区修建一条投资不低于一个亿的标准路网、后续投资不低于两亿元兴办一家高新企业。

这样的条件,其实是专门为胥梅的大华投资集团设定的。

冯兴国知道,如果她们没有实力,最终土地合同是执行不了的;如果她真有实力,做到了上两条,土地成本也不会低于每亩三十万;这在新区应该是不低了。但胥梅心里更是有一笔账:注册资本的事,她大不了采取过桥方式拆借资金,验一次资就行了;修路可以采取建设单位垫资、土地证抵押贷款、拖欠施工单位资金的方式来综合解决;至于,后续投资,那是没有约束的承诺。这样下来,几乎就没有哪家企业敢来摘这个牌了。最终,她拿到一千亩商业用地的成本,绝不会超过每亩三十万。

冯兴国回到北城市后,就安排招商局给胥梅具体谈。

谈判进行得并不顺利,招商局怀疑大华投资集团没有这个实力;国土局也有异议,认为这样不太合乎挂牌的要求。但冯兴国不这样认为,他觉得关键是要先引进来一家,引来人气。示范效应有了,进新区的企业才能多起来,以后的地价自然就能提上来。他很严厉地批评了谈判组工作不力,思路不开阔。

在一次听取谈判的汇报会上,他还拍了桌子,并急切地说:"同志们啊,我们的思想都要开放一些,我们不能让政策的框框框住自己。国家的规定我也懂,但框框外的就是可以突破的地方嘛。沿海怎么发展起来的? 不就是大胆突破吗?! 我们只要没把钱往自己兜里装,问心无愧,为了城市的发展,我们有什么不敢突破的!还怕什么呢?"

会后第二天,冯兴国决定到朱玉墨的办公室去一趟。

他知道,现在要办成这件事,必须征得他的支持。市长虽然权力不小了,但关键时候其实并不行,市委那边一句反对的话,政府这边什么事也办不成。他刚来不久,就私下里听说关于"说、了、算"这三个字的段子:市委是说了算,政府得算了说,人大说算了,政协算了说。虽然,就这么三个字的顺序变动了几下,但几大班子的作用却总结得入木三分。冯兴国回味着这几句话,无奈地摇了摇头。自己一个市长,要想办成点事都这么不容易,这是他在省直机关工作时没有想到过的。

朱玉墨知道冯兴国是为这事来找他的。

虽然，看似朱玉墨并没有参与，但政府那边的事他全知道。冯兴国在朱玉墨的办公室里，原原本本地把这件事的前后经过和自己的想法都说了。而且，说到激动处，情绪很不好。他觉得自己就是想办成这件事，就是想尽快推动新区的建设，自己从中没有想过任何好处，为什么下面的人就是不理解呢？为什么就会招来人们对这件事的怀疑呢？

朱玉墨静静地听，中间并不插话。等冯兴国说完后，他才递过来一支烟，开口说："兴国，我理解你！你的想法总是快半拍啊，他们不理解也正常。再说了，大公即私这句话你也听说过吧。你是大公，但成绩出来后，你不就得到声誉了吗，别人就会认为你这是大私啊。"朱玉墨停了一下，又接着说："你只要能保证这中间不出什么问题，这次，我就全力支持你！"

冯兴国当然知道朱玉墨话里的意思。那就是只要你冯兴国在这里没有利益，他朱玉墨就会支持。同时，这也是朱玉墨在敲打和警告冯兴国，没有我市委书记的支持，你是干不成事的。

冯兴国望着朱玉墨坚定地说："书记，您是我的班长，也是我的老兄，我冯兴国保证不会出问题！我就是想尽快推动新区开工！"

这时，朱玉墨突然站起来，伸出了右手。冯兴国也站了起来，伸出右手，两只手握在了一起。朱玉墨握着冯兴国的手说："好！就这样定了！"

说罢，又把左手盖在了冯兴国的手上。他望着冯兴国的眼睛，又说："兴国啊，我何尝不想加快发展呢！走，到小食堂，我请你喝几杯！"

6

晚上，管理区黄效举书记打电话给水亮。

"小水啊,冯市长可是急了啊!听说新加坡的商人与市里都谈好拿地了,我们的拆迁再没有进展,可真要被打屁股了!你给我上心点啊。"

水亮接过电话,感到压力很大,一直到凌晨才睡着。可刚过五点就又醒了,醒后他就开始起床。他是个从不睡懒觉的人,何况他没有心思窝在床上呢。

村委会院子里有个电水井,他从屋里端着刷牙的缸子,胳膊上搭着毛巾来到院子里。三只小麻雀在他身边飞来飞去,叽叽喳喳地叫个不停。他没有理会它们,开始刷牙洗脸,他想洗过脸,再腾出手跟这三只小麻雀玩会儿。

水亮一边洗脸一边想,这三只小麻雀现在成为自己的朋友了,这让他有了个伴儿。想想他刚来时,那真是孤独大仙,村委会小院里连个麻雀也没有呢。两年前,他无奈却很顺利地考上村官。上任的第一天,他至今记忆犹新。

那天,天特别热,他背着行李,一个人挤公共汽车来到东城区办事处。到了办事处,才知道自己被分配到马园行政村。当天下午,办事处派人送他上任。接应他的是该村的村书记马长胜和主任马大虎。交接仪式很简单,双方见了面,说明来意,表明态度,就各自离开了。被扔下的水亮,一个人环顾着破旧荒凉的村委会,突然有些茫然和空落。

其时,村委会就是一副空架子,三间破房,几张旧桌椅,除此之外,连水都没有,更别说做饭吃了。正在他不知晚上去哪儿吃饭时,马大虎的妻子来村委会院子里摘她种的菜,见他一个人孤零零的,便邀他到家吃饭。在马大虎家吃过饭,住了一宿,第二天,因为没有具体的工作可做,他就跟着村里的电工马锋四处走走看看,熟悉一下村里的情况。其间,水亮也曾在村委会住了两晚,但热得实在受不住,就又搬到马锋家。直到半年后,村委会搬到新建的办公场所,他才开始一个人在村委大院里住,自己做饭吃。

就这样,水亮无所事事地闲了几个月。

直到村里开始实行养老保险,他才结束这段赋闲日子。由于能写会算,他当上了社保员,还用村里公共地拆迁补偿的钱配上电脑。每天制表、填表,了解参保人员情况,很忙、很累,但内心还是很充实快乐的。他终于找到当村官的感觉。慢慢地,也得到了村民和马长胜的认可。从此,他更忙了。被村委会委以重任——管钱,说大一点就是财务出纳。实际上,也不过是个跑腿的。到管理区取个文件,为村委会购置用品,有时替马长胜、马大虎去开会。村里的事儿,基本上都是他一个人来办。

后来,院子里来了一只小麻雀,接着又来了两只,他算有个伴儿了。再后来,这里也能上网了,他可以和女朋友小真聊天,生活就有了滋味。现在,自己突然成为村书记,命运似乎一下子给了力,水亮想到这些便由衷地微笑,生活真是不可预知呢。

水亮心情不错,在院子里做了几个扩胸动作后,正准备回屋。这时,他看到一男一女两个人走进院子。两个人都三十多岁,一看就是两口子。水亮看着有点面熟,但并不知道他们的名字。就问:"你们是哪村的? 这一大早的,有事吗?"男人张张嘴,似乎很难开口,水亮就说:"啥事? 你们说啊!"这时,女的就开口了,"俺叫郭红,他是俺男人毛海兵,俺是董园村的。"水亮笑笑,"你们两口子一大早的,有啥事呢?"郭红看看毛海兵,意思是让他先说话。可毛海兵就是不开口。这时,郭红就说:"书记,俺们是来打证明的,俺俩要离婚!"

水亮心里一咯噔,心想这一大早的,离哪门子婚。俗话说,宁作十年恶不拆一门婚,水亮决定劝劝他们。于是,就说:"你们因为啥离婚,过得好好的。"郭红想了一下,就说:"俺们是感情不和,结婚证丢了,民政上说要离婚得在村里先打个证明,证明我俩是真两口子。嘁,俺孩子都十来岁了,证丢了就不是两口子了?!"

水亮看他们的表情,感觉并不像感情不和,这其中肯定有啥弯弯。为了慎重,就说:"来,来,到屋里说,你们得说清楚,不然这个证明我可不能给你们开!""书记,咋了? 我们只是让你开我们是两口子的证明,离婚跟你没关系。我们现在是一家人,现在是千真万确的啊。夜里还一个被窝睡着呢!"郭红是个麻利女人,嘴一句也不饶人。

进了屋里,水亮看着他们俩不说话,他是故意这样的。这时,毛海兵终于开口说话,他说:"水书记,你就给俺开证明吧,俺要不离婚,俺两哥就跟俺要征用土地和拆房子补偿的钱。俺两口子都打八架了!"说罢,掏出一支烟递了过来。水亮不吸,没有接。他想了一下,就说:"这样啊,你两口子挺精明呀,离了婚,把钱转到女的名下,这样你俩哥就要不到了? 你们这是假离婚,是犯法的,知道吗?!"

水亮在村里工作两年多,也掌握了一些方法,这一招叫镇,先镇一镇他们。毛海兵一听这话,就有些急,立即说:"书记你不知道这里面的事。俺两哥都在外面工作,俺娘在世的时候都是我一个人伺候她,一直到老,他们连赡养费也没拿过。娘死了,两个哥话说得漂亮,把家里十来间老房子都给了我。可这一拆迁一补偿,他们见我得了几十万,就眼红了!"

水亮这才明白,原来是这么回事。拆迁把亲情都拆没了。他觉得这是一桩家务事,难缠,清官难断家务事,不如不问。于是,就说:"我劝你们不要这样,为了点钱把亲情弄没了。要离婚啊,得慎重。再说了,也不需要村里出证明,户口本就能证明你们的关系。我还有事呢!"郭红一听这话,就忽地站起来了,"这样呀,你早说,俺们也不在你这磨牙花子了!"说罢,走出了屋门。毛海兵也起身,转身也出去了。

毛海兵和郭红走后，水亮开始弄吃的。饭是昨天晚上剩的，热一下就行。他一边吃一边盘算这一天的工作。今天又是周末，拆迁工作组也休息了，他决定还是要去七奶家，他就不信自己感动不了这个老太太。管理区黄书记越说他书呆子气，他越不服输，他就是要看看自己能不能拿下七奶，他要证明一下自己的能力。这几乎是每一个年轻人好胜的特点。

水亮来到七奶家时，秀秀正在摘门旁边上的葛花玩。秀秀已经认识水亮了，就对他友好地笑笑。水亮弯下腰说："秀秀，奶奶在家里干啥呢？"秀秀就小声地说："去年那窝小燕子，夜里回来了，奶奶正给它们说话呢。"跟燕子说话？水亮觉得好笑，七奶通鸟语啊。于是，就又问秀秀，"奶奶当真能跟燕子说话？"秀秀见水亮对奶奶不相信，就有些生气，歪着头扭着脸说："奶奶就是跟燕子说话呢，不信，你去听听！"水亮摸了摸秀秀的小辫儿，笑着说："我信，我信！能不能告诉叔叔，奶奶都跟燕子说什么呢？"

秀秀想了想，就对水亮说："昨天奶奶说燕子最狡猾，燕子不承认呢。"水亮听秀秀这样说，便来了兴趣，他赶紧问："奶奶咋能说燕子狡猾呢？"秀秀见水亮很诚恳，就有些骄傲地学着奶奶的口气说："燕子的狡诈就是叫人信任它。它们把巢和卵放到了人住的屋檐下，你一抬手就可以捣坏，这是对人最大的信任。没有任何一种鸟敢这样，人就被感动，就善待它们。"

水亮想想，还真是这个道理。信任真重要呢，有时，对他人的信任是可以保护自己的啊。他觉得七奶有点神，对燕子这么了解！于是，他就兴趣很大地想听听七奶与燕子说话。只有取得了七奶的信任，拆迁的事儿才可能有进展。

七奶果真坐在院子里，与两只飞上飞下的燕子说着话呢。水亮停住了脚步，不再向前，他怕打扰了七奶。太阳从东边照过来，七奶的笑容里跳动着温暖的阳光，她面前的两只小燕子身上也泛着黑色的金光。她和声细语地说："没忘本呢，这隔着千山万水的还是飞了回来!"七奶说罢，两只小燕子就叽叽喳喳了一阵。七奶笑了，又说："我知道你们没忘我这个孤老婆子。赶快收拾你们的窝吧，你们一走啊，这窝就被雀儿给霸占了，我打都打不走呢。"两只小燕子又叽叽喳喳一阵，落在了七奶面前。七奶接着说："你们和秀秀就是奶奶的命根子，奶奶的盼望，见不到你们回来啊，奶奶我就没了魂。"其中一只燕子叽地叫一声，落在了七奶的胳膊上。

七奶用手抚着它的剪尾，又说："比六根他们还心疼我呢，他们一走六年多，无影无踪的。唉，燕行万里不忘家，人一出门就迷了眼，人不如燕呢!"这只燕子一动不动，任七奶抚摸它，它知道七奶这样心里会好受些。水亮站在一旁，就有些吃惊，她果真能与燕子说话。这些天，为了做七奶的工作，他在网上查了不少关于家燕的资料。别看燕子这么小的生灵，可真不简单呢。

燕子在秋季总要进行每年一度的长途旅行——成群结队地由北方飞向遥远的南方，去那里享受温暖的阳光和湿润的天气，而将严冬的冰霜和凛冽的寒风留给从不南飞过冬的山雀、松鸡和雷鸟。表面上看，是北国冬天的寒冷使得燕子离乡背井去南方过冬，等到春暖花开的时节再由南方返回本土生儿育女、安居乐业。其实不然。燕子是以昆虫为食的，且它们习惯于在空中捕食飞虫，而不善于在树缝和地隙中搜寻昆虫食物。在北方的冬季，没有飞虫可供它们捕食，食物的匮乏使它们不得不每年秋去春来，南北大迁徙。

水亮一边想，一边听着七奶与燕子说话。

过了好大一会儿，七奶发现了水亮。七奶今天心情不错，精神似乎也正常多了。她就对着水亮说："你看，我不是不拆房。房子拆了，这些燕儿到哪儿安家呢。燕儿是神鸟，它们都是夜里飞回来，可通人性了。"水亮就笑着说："奶奶，我理解你跟燕子的感情。

可这不拆也不是个事啊。再说了，燕子还可以去农村住呀。"七奶开始不高兴了，她站起来，抻了抻自己的上衣，说："孩子没娘不行，燕儿没有老家也不中呢！"

水亮感觉这次也不会有什么进展，准备把与女朋友小真商量的苦肉计使出来。

在他的经验里，老人家都怕敬，你越敬他，他就越不好意思。如果此时自己真的给七奶下跪，说不定就能打动她。当然，他知道这样像演戏一样下跪并非出于自己的内心，但他还是想试一试。就算没有结果，自己也没有什么不好意思的，眼前的七奶都七十多岁了，给她下跪一次也不丢什么面子。这样想着，他就决定演一场下跪逼宫的戏。于是，他突然在七奶面前跪下了。当自己的双膝落地时，水亮却没有了演戏的感觉。他觉得自己此刻是真诚的，他不是在给七奶演戏，而是真诚地希望能感动七奶，让七奶同意拆迁。

七奶见这情形，也很吃惊，连忙起身，拉水亮。这时，水亮便说："七奶，你要不答应搬啊，我这工作就没了。我十几年的学就白上了，我就只能回家了，我奶奶会气死的！"

七奶一边拉着水亮的手，一边说："唉，你这孩子别难为七奶。现在奶奶心里除了秀秀，就是这几窝小燕子了。它们就是我的命根子。"

水亮就是不起，他仍然跪在地上说："七奶，你不答应，我就不起了。我让新盖的还原楼上装上鸟窝还不行吗？"

七奶看了一眼水亮，叹气道："燕子会住城里的楼上吗？城是个怪物，吃土地吃树吃花吃草，连人进了城都被吞进肚子里没影儿了。别说燕子，我也怕城呢！"水亮觉得七奶的话半人半神，不可理喻，就跪在那里不起来。见水亮就是不起，七奶又长叹口气，然后说："孩子，你先起来吧。你不能这样逼奶奶。"

水亮想了想，他怕七奶真转身一走，自己就没台阶下了。于是，就顺坡下驴地站起来。水亮起来后，就说："七奶，你就是我的亲奶奶，你就把我当成亲孙子吧。反正我有时间就得来，直到你同意帮我为止。"说罢，就开始帮七奶家收拾院子。

收拾了一会儿，又给秀秀辅导作业。他是想以此来感动七奶。

他知道七奶的心这些年伤透了。从村人的嘴里他听说，七奶的儿子六根脑子不太灵，为了给他说媳妇，七爷口里省牙里攒，半辈子的钱才盖了这六间大瓦房和一间门楼。可六根的媳妇郑大丽进门一年多，七爷就落下病死了。又过了两年，郑大丽丢下秀秀抬腿就出去打工了，一去一年多没回来。六根说是出去找郑大丽，一去也是没再回来。慢慢地，七奶的精神就有了毛病，时清醒时糊涂。要想解决七奶的问题，关键是得让她心情好起来。这是水亮的判断。

水亮帮秀秀辅导作业，秀秀高兴坏了。讲了还让讲，缠着不让水亮停下来。水亮心情也很好，就把秀秀不会做的作业，一题接一题地讲。

快到十一点钟，水亮的手机响起来。原来是黄书记。他问水亮在哪里，要他来管理区商量强拆的事。黄书记听说水亮在七奶家，就有些生气地说："你呀你！干事摸不着大小头，她一个神经老奶奶，你能做通工作吗？你那是瞎子点灯白费油。快，快回来！"

水亮合了手机，心里十分不高兴。他以前真没想到，黄书记是这个作风。现在基层这些干部，都是火气这么大，一点儿耐心也没有。于是，他又强作着笑对七奶说："奶奶，我先走了。上面叫开会呢。你得好好想想啊，不然我可没法干下去了。"

七奶的脸色变得有点冷，就说："反正，燕儿不走，房子就是不能拆！"

水亮一听，心凉了半截，快步走出了七奶的小院。

出了院门，水亮苦笑着说："我的亲奶奶啊，燕子走了得到秋天，还有几个月呢。你是真不想让我活了啊！"

第 三 章

7

周五的下午，胥梅给冯兴国打来电话。

问冯兴国回省城没有，说是想请他吃饭，陪客都请好了。

本来，冯兴国是计划明天不回省城的，虽然，他已经有三周没有回去了。一是工作太忙，二是他也怕别人议论。

现在，家住省城、工作在外地的干部不少。尤其是在发展较慢的江北地区更是这样。省里为了加快江北地区发展，从省城各部门调配了一批干部到这里来，同时还有一百多位下派干部，也分布在江北地区几个市里。人们都知道，这批干部不会在这些落后地区干太长时间，何况他们每周都在省城与下面来回跑。也有一些人对这类干部不满，大多是对一些浮华的工作作风不满，就把这些干部称作"鸟干部"。这显然带着一种不满的情绪。

冯兴国听到过这些议论。他就在一次大会上讲了，要求所有在北城任职和挂职的省派干部，不能每周必回，最多两周回去一次。

冯兴国听胥梅要请他吃饭，就坚定主意，不回去了。

他这样做是为了不想给胥梅机会见面。胥梅虽然说是让长江银行的戴金陪他，其实，是想让冯兴国见一见戴金，想把冯兴国当成她从戴金那里拿到贷款的托。这一点，冯兴国看得一清二楚。他知道，现在银行为了完成业绩或者个人利益，常常"顶雷"违规放款。虽然,这种手指头卷到烙馍里自己吃自己的现象很普遍,但他冯兴国是不愿意被人当成托的。这样似乎与他要求银行多放贷款有矛盾,但这是他的底线:自己不给银行打交道。

冯兴国来到北城后,每月都要开一次银企对接会和市金融工作会议。

第一个会上,他要求银行必须一对一服务企业;第二个会上,他强调存贷差。哪家银行存贷差大,他就会猛批,甚至到省行要求换人。这一点是他的聪明之处,只管宏观不插手微观。用冯兴国的话说:我不管你想什么办法,放给什么企业,贷给哪个项目,只要资金放贷到北城就行了。

冯兴国晚上没有安排什么活动。

快到八点,他从办公室出来,见政府办公楼还有不少人在办公,心里很满意。他心想,这里的干部作风总算有了变化,加班工作的人多了,喝酒洗澡的人少了。这时,他就对跟在身后的秘书小林说:"今天晚上,怎么安排啊?!"他这样说的意思,现在小林是明白的,那就是想出去转转。于是,小林就说:"市长,要不,我陪你到新区看看?"冯兴国笑了一下,然后说:"学聪明了,知道我的心思了!"这时,小林知道冯兴国又要微服私访,就掏出手机,拨通司机小寥的电话,"换 XG188。"

夜幕落下来。车子出了市区,向规划中的东城新区驶去。

半个小时,车子按冯兴国的要求,到了董园行政村。他让小寥把车灯熄了,就与小林下车,一道向村里走去。刚进村口,就见一户人家的院子里正在偷盖房子。冯兴国停下来,示意小林记清位置,接着又往里面走去。他们从村西走到村东,竟看到三家在院子里偷盖房。冯兴国气坏了,快步折回来,上了车,就掏出手机。

他拨的手机号码是城管执法局胡局长的。一连拨了五次都没有人接。于是,他就对小林说:"你给他们的办公室主任打个电话,问胡局长现在在哪里！"

　　小林拨通了电话，那边说，局长在开会。冯兴国立即说，让他通知胡局长立即给他回电话。这中间有十几分钟，车子进了城区，电话还没有打来。冯兴国就对小林说："再给那小子打电话，问胡局长到底在哪里？"

　　小林又拨通了电话，那边就支支吾吾说胡局长在酒店有接待，小林问哪个酒店，回话说不太清楚。这时，冯兴国接过小林的电话，很生气地说："我是冯兴国，你给我说实话，你们胡局长究竟在哪里！"那边一听是冯兴国的声音，停了好一会儿，在冯兴国的再次质问下，才吞吞吐吐地说："胡局长中午有个接待，喝多了点，到水世界去了，可能没醒。"冯兴国啪地一下合上了手机，对小寥说："去水世界！"

　　两个月前，冯兴国在全市干部大会上曾经明确一条纪律：各单位主要负责人必须二十四小时开机，对工作期间不履职或失职的，就地免职！这条规定，朱玉墨也是点头肯定的，具体由市效能办、纪委、组织部落实。上个月，因学生食物中毒，找不到卫生局局长，卫生局局长就被免职了。而且，在纪委立案审查中，又发现了经济问题，现在正在双规中。之后，冯兴国的XG188车号，就被私下里称作"兴国要杀杀"了。

　　这次，冯兴国真生气了。

　　他多次强调，城管执法局主要是控制东城新区的私搭乱建。现在，局长喝多了，从下午到晚上一直都在水世界里睡觉。车子到了水世界门口，冯兴国在车上没下来，让小林把老板叫过来。老板过来后，冯兴国说："一个房间一个房间给我找，把胡明局长给我请过来，我就门口等！"来人走后，他又对小林说："给翁庭和秘书长、效能办汤主任打电话，让他们立即来这里见我！"

　　十分钟后翁庭和秘书长到了。又过了几分钟，效能办汤主任也到了。

冯兴国走下车，点上一支烟，对汤主任说："城管执法局胡明一下午都在这里睡觉，董园村有三户正在偷盖房子，你看着办吧!"汤主任一听这话，就说："那调查一下再说吧!"冯兴国看了汤一眼，然后说："还调查什么？他马上出来。就地免职，立案审查!"汤主任见冯兴国这么生气，忙赔着小心地说："市长，调查后再免吧？你看，这人的问题……"话还没说完，冯兴国就更生气了。正好，这时胡明过来了。冯兴国一看到胡明，立即说："我也是副书记，朱书记也是表过态的! 必须免!"

说罢，转身上了车，对翁庭和说："你给我落实!"

时间过得真快，转眼间到了七月。

晚上，在在跟冯兴国打电话时，他才知道，已经有一个月没有在家里住了。在在说，学校放假了，她下周就跟一帮驴友去西藏，要求他回来送个行。冯兴国突然觉得，竟把自己的宝贝女儿给淡忘，真是把精力全放在北城了。

他不止一次地想过，自己这样干到底是为了什么呢？为了政绩？为了提升？好像不全是。他作为市长，北城出了政绩也首先是朱玉墨的；干部提升有潜规则的，不在市长的位子上干满一届，提升根本就不可能。但他最终觉得，就是为了一种成就感，或者说是为了争一口气，他必须尽快把扩大了的新城区弄出起色来。为官一任，造福一方，留名一地，这何尝不是党性的体现呢。

有时，他也想，他这样做可能与自己的出身有关。一个农村出来的孩子，现在拥有这么多资源，应该为人民干点事情。在人们眼里，自己是市长，搁到旧社会那就是五品知州，这是他父母的梦想和荣光啊。他没有理由不干好。当然，他遇到的压力也是巨大的，有形的、无形的、上面的、下面的，家庭朋友的、不相识的人都可能给他压力。要当个好官，真不容易呢！

周六中午，他回到省城，他们一家和在纪委工作的同学刘小龙一家，聚在了一起。他与刘小龙是同学，在在与刘的女儿号号也是同学，两辈同学，那自然就亲热得很。饭开始半小时后，饭局明显分为三个阵营了：在在与号号亲热在一起；海青与刘的妻子聊在了一起；冯兴国与刘小龙两人一杯一杯地喝着。

时间过去一个多小时后，他和刘小龙都喝得不少。

刘小龙就对冯兴国说："兴国啊，工作要注意方式，不能得罪太多的人，那边可是有反映了啊！"冯兴国知道刘小龙的话是什么意思，刘在纪委举报中心，他所谓的反映就是有人民来信。冯兴国端起一杯酒一饮而尽，然后说："我就是想干点事，我是对事不对人的。我有自己的底线，不收任何人的钱和贵重物品，最多就是几条烟或出去吃顿饭。我就不信自己能出事！"

刘小龙也端起一杯酒，喝掉了。他感叹地说："是啊，你有底线我就放心了。杨朱哭歧路，墨子悲染丝啊。人一生关键时，一步都不能走错的，错了就像染了色的丝，就永远回不到本色了！来，咱哥俩喝一杯！让我们共勉！"说罢，两个人举起了杯子。

这杯酒到肚后，冯兴国感慨地说："唉，别说市长了，就是县长书记哪个不是千疮百孔，哪个不是在举报信中走过来的啊！这就是中国特色。"

刘小龙对这些显然是知道的，只是觉得冯兴国说得太实了。就笑着说："不干事不出事，干事多自然就会触犯一些人的利益。不过，还是小心为上。"说着，他又举起了酒杯。

这时，在在、号号、海青和刘小龙的妻子也都举起了杯子。

周一上午八点，车还没到政府南大门前，冯兴国就看到大门外站着一群打标语的人。小寥看一下冯兴国，那意思是问要不要调头走西门。冯兴国也明白小寥的意思，就说："直接过去！"

车子到了南门，冯兴国走下车。他问清是东风机械厂员工上访，就对举标语的两个人说："能不能把标语先放下来，你们反映的事，市里正在研究。你们能不能给我一点时间呢？政府又搬不走，我冯兴国一时也走不了吧！"那两个人见冯兴国这样说，就收起标语，说："市长，我们也是没有办法啊！眼看着这厂就变成私人的了，我们吃什么啊？"

　　这时，信访局局长陈松赶到了。他和颜悦色地说："这样好不好，我们到信访局去，市长还有会呢！"上访的人看着冯兴国不说话，也不动弹。冯兴国就说："你们先回去吧，我说过的话，一定兑现：一是，保证你们的身份置换金按规定足额发放；二是，一定会在新区重建一个新厂，保证你们就业！只是，你们要给政府一些时间。行不行啊？！"

　　听到冯兴国这番话，人们才松动了表情，让开道儿，鼓起掌来。冯兴国从这些人的掌声中走过，心里像打翻了五味瓶，复杂得要命。

　　下午，气温依然很高，但冯兴国还是按计划来到新城大道建设工地。

　　胥梅如期拿到一千亩土地后，道路建设也按时开工了。

　　虽然，这期间有人议论大华投资集团没有实力，她是靠施工单位垫资和银行贷款，但冯兴国还是支持胥梅的。他在一次会议上说，我们不要胡乱议论，邓老有猫论，我们何尝不能学习老人家呢。不论她用啥钱修的，只要按期按质把路修好就行了！虽然，自从他那次讲话后，议论少了些，但他还是不放心。每隔一周，他都要亲自到现场看一下。

　　冯兴国来到施工现场，胥梅和杜影正在那里等着。冯兴国对进度和质量都很满意，就对胥梅说："胥总啊，我可是替你背着黑锅呢。都说你没实力，我看这速度和质量，还是很有实力的嘛！"说罢，又看着胥梅，跟上了一句，"能不能提前完工啊？"

胥梅笑着说："请市长放心！我不仅要提前完工，而且还要参与东风机械厂的竞标。我就是要北城人民看看大华的实力！"冯兴国一听，心里一咯噔，怪不得相桂庭向他问起东风机械厂改制的事，原来胥梅又瞄上了。

想到这里，他笑着说："好啊。欢迎！不过，有我冯兴国在，空手套白狼的事是不会发生的。"

他这话说得显然有些重了，是对胥梅说的，又可以理解为不是对她说的。但胥梅当然听出了话外音，就笑着说："空手道我还没学会，不过，杠杆收购成功的可多着呢！"

冯兴国不想再说什么，向前方的路基走去。

8

长江银行营业厅的隔壁，有一个四十多平方米的彩票销售点。

全国的彩票点都一样，喜欢傍着银行开。一则说明这彩票点也是国家设的，有可信度，说有大奖就会真有大奖的；再一层，是不是可以多售彩票，这显然是肯定的。买彩票的人都梦想发财，看着旁边银行里进进出出的有钱人，心里自然会陡然生出几许羡慕，就会多下点注，真中了大奖，那也是银行的大客户了。

刀驼李是一个普通的男人，六十大几了。两年前儿子大学毕业在上海找到工作，家里就剩他一个人。他的日子过得说不上好，每天在花鸟市场卖点鸟食、鱼饵，赚不了几个钱；但也说不上太差，他是那种每天都有盼头地活着。这两年来，他每天下午都雷打不动地去路口那个彩票点，买四块钱的彩票。

这天，刀驼李照例按时来到彩票点，他面对墙上的曲线图似乎很犹豫，是买还是不买呢？快两年了，最多中过一次两千元的，但也基本持平,总体算来是不亏本的。彩票点老钟看他那心肯意不肯的样子,就说:"老李,不想给儿子买房子了,是吧?!说不定真能中个五百万呢!"

这时,刀驼李想起儿子前天说房价又涨了的电话,就骂了起来:狗日的房子,狗日的上海!

老钟就笑了,"全国人都骂,也没挡着房价涨,管尿用!"

刀驼李没理他,掏出一张十元的票子,赌气地说:"给我打五张,还是那个77828!"这个号是他儿子的生日,1977年8月28日。

一个号打五份,一次买十块钱的,这是刀驼李以前没有过的事儿。这个决定来自刚才看到路旁落下的那片黄叶。叶落知秋啊,树叶儿开始落了,秋天就不远了。这么说吧,入了夏天,刀驼李就想过秋天,一年四季都是秋天才好呢。可这季节不会按他的想法来,冬春夏秋一天一天过得慢着呢。

刀驼李每年都要买一本一天撕一张的日历,日历虽然每年都涨一块钱,但他每年还是买,花十块钱买份日历。过一天撕一张,撕一张,新的一天就会到来,日子这时是听他指挥的,他就有了说不出的成就感。进入农历五月,他就一天几次的翻那日历,8月7号这一天立秋,他是早记在心里了。

一个多月来,他坐在鸟食摊子前天天在想,野草该抽出将要结籽的穗了吧,地里的庄稼快要熟了吧,那蛐蛐儿也该长到七厘长了吧。在他的想象中,蛐蛐总比在田野里草丛中坟场间沟坡底长得快。半个月前,刀驼李就把去年收藏起来的行头找出来:钢丝罩子、蒙着灰布的席篓、细帆布袋、阿虎枪尖子、山罐、破草帽、芭蕉扇子、铝水壶、破褂裤……这些都是逮蛐蛐的必备行头,缺一件都不行。

逮蛐蛐、养蛐蛐、卖蛐蛐,是刀驼李每年都要干的营生。说是营生一点都不假,这十几年来他每年都会有不小的进项,少的年头五六千,多的年头三五万。这虽不是个大数,但对于靠卖鸟食过日子的他,也算一笔大的意外之财了。儿子李忠,从初中到高中再到大学、研究生,都是靠这供起来的,儿子的前程都是小蛐蛐儿给帮衬的。前两年儿子没工作时,刀驼李还底气十足地说:"儿子啊,书好好念,爹逮一秋蛐蛐儿,就够你念一年书的了!"

可这两年,儿子工作了,挣钱了,他却没有了底气。小蛐蛐儿哪敌得过那巴掌大就几万儿的房价,眼瞅着交不上房子首付儿子就结不了婚,刀驼李愁了。他思来想去,瞅上了买彩票,兴许能中个几十万上百万的呢!每期彩票开奖时,他眼前就出现儿子李忠和女朋友夏欣。一期一期的错过中奖号,让他越来越没底气,背也越来越驼了。心事也能把背压驼啊。

刀驼李有几年都不在北城逮蛐蛐儿了。

乡下的庄稼地里,农药化肥的量越来越大,田野就是个大毒场,人都一个个被毒出病来,蛐蛐儿更是少之又少了。前几年,在城郊的东观稼台、曹氏墓地里还能逮到十条八条的,可转眼间这里成了东城开发区,大片大片地向外扩,各种建筑机器和吊车,轰隆隆日夜不得停歇。别说小蛐蛐儿,连只麻雀都难见到了。行家不丢,利家不舍,这里逮不到蛐蛐儿但刀驼李也不会放弃这个手艺。从三年前,每过了大暑,他都要去山东宁阳。宁阳北依东岳泰山之大气,南接孔子故里曲阜之灵气,西望水泊梁山之豪气,东纳神童山之神气,特殊地理环境使这里成为名虫生息、繁衍、养成的风水宝地。载入古谱的名贵品种就有大黑青牙、蟹壳青、青麻头、铁头青背、琥珀青、黑头金赤、紫黄等。

这些天晚上,刀驼李每天到洵水河岸边坐坐,河水穿城而过,坡很长,现在还没咋修整,长了一坡的杂草,一入夏就有各种虫儿生出来,夜深人静的时候,偶尔能听到蛐蛐儿叫场子。虽然这都是叫虫,入了眼,但总是蛐蛐儿,可以过过耳朵的瘾,又一年没听到这叫声了,想得不行呢。还不到去山东逮蛐蛐的日子,但能听到几声虫儿叫,心里也舒坦。街灯亮了,他驼着背一弓一弓地在灯影里向前走,走过两条马路就到洵水河北岸了。

刀驼李到了岸上,找个僻静处,坐下。他掏出一支烟,闻了闻味儿,就点着了。他下口有点儿狠,一口吸下去,眼前就一亮。马上就不能再抽了,蛐蛐儿可是灵虫,受不得杂味儿的,别说烟味了。还有几天是可以抽的,多抽一口是一口,下口狠点也是自然的事儿。他抽了一支烟,又抽了一支烟,依然没有听到蛐蛐儿叫。这时,他心里就有些躁了,在心里骂一句:人不如虫啊!虫儿还有志气,有乐子,想叫就叫,不想叫就是不叫,可人却不能。玩蛐蛐儿本是一件乐事,现在却成了挣钱的道儿了,想听蛐蛐叫竟是想着啥时能逮,逮了换钱使,这还有啥个意思呢。

夜深了,也更静了,只有眼前青黑的河水汩汩地流着。

刀驼李正在回忆着五十多年来有关蛐蛐的事儿,一个人都到他面前了,竟不觉得。这人在他旁边坐下来,开口说:"李老,听到蛐蛐叫了吗?"刀驼李一惊,右手撑地,想站起来。这时,眼前这人笑着说:"我也是爱蛐蛐的人,早想认识您老呢。"刀驼李从这人嘴里露出的白牙,觉着这人是笑着说话的,应该没有歹意,就说:"听口音,你不是本地人。真是专为蛐蛐儿访我的?"来人又露出了白牙,谦恭地说:"我来北城时间也不算长,早就久仰您的大名啊!"

这几年,每年都有从外地来找刀驼李买蛐蛐的,他见得多了,也就一点也不稀奇了。玩蛐蛐这事儿讲个道行,那些个专为赌博而玩的,刀驼李还不卖呢。草荣草枯,虫生一秋,让这短命的小虫儿拼死为钱去斗,他是不忍心的。眼前这人,现在这个时候坐在自己面前,应该说他是费了心的。费了心的人总是有目的的,是不是真懂虫,讲道行的人还真得盘盘道呢。刀驼李这样想着,就开口说:"喜欢虫儿多少年了?"

眼前这人递过一支烟，打着火机，双手捧着火给刀驼李点烟。火光中，他看到眼前这人四十几岁，方脸高鼻浓眉大眼宽额厚唇，看相貌应该是个实在人儿。这人自己也点上烟，然后说："跟您老不能比，但也喜欢三十年了。"刀驼李笑了一下，说："呵，道行也不浅啊。是咬小局找乐子呢，还是出大局玩钱？"

这人想了一下，不好意思地说："唉，都玩过。不过，我可是真心里喜欢这蛐蛐呢？"

刀驼李心里有点不悦，心想这也是个想好虫咬钱的主儿，玩蛐蛐入不了品，最多与自己能成个买卖就不错了。想到这儿，刀驼李就没有话想说了。见他不再说话，眼前这人就有点沉不住气，是那种不知深浅的没底气。气氛顿时有些冷了，天是黑的，谁也看不清谁的表情，但都能感觉到对方的心事。总不能就这样冷下去啊，这人就又说："李老，我呢不是您想象中靠虫赌钱的人，是真喜欢。"

刀驼李想了想，便问："咋个喜欢法啊？说说。"

这人就又露出一口白牙，很投入地说："这些年，一入秋，我就觉得有一根无形的线，一头拴在蛐蛐的翅膀上，一头拴在我的心上，那边叫一声，我心头就跳一跳。"

"啊，真是这个理儿。我还错想你了呢。"刀驼李有点不好意思地笑了笑。

这时，这人的手机响了。他掏出来看了一下，就关上。他是不想让这手机铃声坏了他们的谈话。可刚装进口袋里，铃声又响了起来。这人掏出来，又要关，这时刀驼李就说："接吧。这个点儿找你，指定是有急事呢！"

这人就不好意思地接了。一接通，手机里就传出一个很急的声音："戴行长，大事不好了。"

"什么事啊？火烧火燎的。慢慢说。"

那边声音慢了下来，但却依然很焦急："听说东风机械厂刘厂长卷款逃到国外了,我们刚放出的那一千万要泡汤了!"

这人也有些急了,声音里没有了刚才的沉稳,急急地问:"这消息可靠吗?"

"可靠!市委刚开的会,听说卷走一个多亿呢。"

"好了,我知道了。急也没用。"这人关了电话,叹了口气。

这时,刀驼李有些吃惊地问:"你是银行行长?"

戴金有点不好意思地说:"一年前刚从省里调过来,是长江银行的。行长也可以喜欢蛐蛐啊。"

说完,戴金又露出一口白牙笑了一下。

9

七奶提前做好了中午饭。

秀秀还没放学回来,她就把饭和菜盖在了锅里。

这时,两只小燕子一忽儿飞进屋里,一忽儿飞出去。七奶就嗔骂道:"还不去衔泥搭窝,马上该下蛋了,只顾疯玩儿。"燕子听懂了七奶的话,叽叽喳喳个不停,似乎是在与七奶斗嘴玩。

七奶搬个小凳子,来到了院子里。她坐下来,两只燕子也落在了她的面前。不一会儿,从外面又飞回来两只,也落在了七奶面前。七奶想,这燕子真够闹人的。于是,就笑着给它们拉起话儿:"唉,现在人是咋了,都忘了本,不恋家不要家了,村里人啊都飞进城里的高楼大厦里去。村子一片一片地烂,城一块一块地向外疯长,把人们都吃进城的肚子里了。这城真是个怪物啊!"燕子们肯定是听懂了七奶的话,有些愤恨地叽叽喳喳叫着。它们也是为自己不平,城把乡村吃进肚子里了,把人吃进肚子里了,也同样把它们逼得无处可安身了。

正在这时,秀秀进门了。秀秀今天显然不高兴。

七奶问她咋回来这么晚,她也不搭话,而是把书包往地上一摔,气呼呼地站在那里,很委屈的样子。几只燕子飞走了,七奶站起来,摸着秀秀的头说:"好孙女,这是咋了? 谁欺负咱了!"这时,秀秀突然哇的一声哭起来。几只燕子听到哭声,又飞过来,在秀秀的周围叽叽喳喳着,像是在安慰秀秀。七奶挥挥手,燕子就飞开了。她就问秀秀到底是怎么了。过了好一会儿,秀秀才哭着说:"他们都说俺妈是鸡,说俺妈在城里做鸡了!"

这时,七奶才想起前几天的事儿。

几天前,秀秀说老师要写作文,题目是"我的妈妈"。秀秀记忆中就没有见过妈妈,不知道咋写,就问七奶。七奶就对她说,你妈长得像小燕子,她现在飞出去了,肯定会回来的,你就写妈妈是燕子吧。秀秀对燕子很喜欢,对燕子也就十分了解。她就把妈妈想象成燕子,作文很快就写好了。今天上午,语文老师讲作文,认为秀秀写得好,就在班上念了。可班里的同学却说:"秀秀妈郑大丽不是燕子,是鸡,在城里做鸡了!"这些孩子也都是听家里人平时说的。秀秀一听就哭了。放学也不回家,就坐在教室里。她想象不到妈妈是啥样子,为什么别人说她是鸡呢。

七奶知道了缘由,就哄秀秀说:"好孙女,他们瞎说烂他们的嘴。吃饭吧,晚会儿我去找干部,这些该撕嘴的孩子!"

秀秀上学走了,七奶就去村委会大院找水亮。她心里想,你找我多少次了,现在俺得去找你,村里的孩子都欺负俺孙女秀秀,你得给俺做主。

水亮没在村部,管理区黄书记正在给他谈话。

黄书记说,他决定让会计马锋当村长。在黄书记眼里,还必须让村里人出来当村长,只有本村人能治得了村民。这叫以敌治敌。水亮不知道黄书记是如何跟马锋谈的,更不知道马锋怎么又同意了当村长。这些都不重要,重要的是马锋同意了。同意了就好,有马锋当村长,他这个村书记肩上就不那么重了。他给黄书记表态说:完全支持组织决定。末了,水亮还是说:"按法律程序,村长得全村人选举,不然不合法,可现在村里男人都不在,这选举的事如何办?"

其实,黄书记叫他来正是商量这事的。黄书记问:"男人不在家,按说女人就是一家之主,选举算不算数?"水亮想了想,就说:"算。"黄书记这时就笑了,"这不就业个屁了!"

水亮还是担心这些女人们会不会来参加会,就是来参加会了,会不会投同意票。黄书记就诡秘地笑了笑说:"嘿,你真是个书呆子,我看你这书是白念了。活人还能让尿憋死了!"水亮一时不知道黄书记葫芦里卖的是啥药,就不再做声。

这时,黄书记又点了一支烟,吐出浓浓一口烟雾,才开口说:"你准备印选票吧。把马锋的名字印上,设计成'同意'不动笔,'不同意或另选'动笔,就像市政协选举时那种傻瓜票!这些老娘们儿大多不会写字,省她们的事。再说了,就是会写字的,不给他们笔,也是干瞪眼!"水亮一下子明白过来,原来是这样子。中国的选举学问可真大了去了,他听说过"不同意举手"、"鼓掌通过"这种糊弄人的选法,但对这种表面合理其实不合情的选票,还真是第一次听说。

水亮临要出门的时候,黄书记又把他叫回来,问:"不是刚拨给村里两万元春季困难救济款吗?通知开会就说,来参加会的每户两百元,不来的罚款两百。你把钱取出来,准备一下!"水亮离开管理区,骑着自行车向村里回。

春风不歇,一连刮了几天,一路上尘土飞扬。水亮心里也灰蒙蒙的一层土。

早上七点,黄书记和管理区刘主任就带着拆迁工作组的二十多个人来到了村部。他亲自在扩音器前讲了话,要求每户必须来一个人到村部开会,来的发两百元,不来的就罚两百元。讲了一阵子后,就让工作组的人全部下去,每人负责三户,挨家挨户叫人来。快到九点了,妇女和老人们一个个极不情愿地来到了村部。他们拿到装着钱的信封,脸上才露出笑容,拉起家常来。他们不知道来开什么会,反正现在开会就发钱,不发钱是没有人来开会的。见发两百块钱,心里就高兴,现如今谁怕钱扎手呢。

工作组的人都回来了。黄书记示意把村部的铁门关上,让人清点人数。来得还真不少,除了七奶和牛大馍家没来人,总共来了六十一户。有几家确实没有大人,就来了六七个半大孩子。人齐了,刘主任清了清嗓子,宣布会议开始。黄书记就开始讲话,大意是村里没有主任不行,经过酝酿和征求意见,报区里研究决定马锋做候选人。接着,水亮讲解选票。同意的就啥都不要动了,交上来就行,不同意的在后面写上"不同意"。

水亮刚讲了一遍,下面就叽叽喳喳起来。这时,二十多个工作组人员,就向村民们靠近,制止着不让说话。选票发下去了,这些女人,你看我,我看你,一时不知道咋办好。也有两个识字的就要笔。黄书记就大声说:"要笔的先站出来,等会再填!"下面便没有了声音。主持会议的刘主任看看会场的妇女和老人,就说:"没意见的就交票吧!工作人员收!"这时,工作组的人开始收票。有几个不想交,工作人员就说:"不同意可以另填人,不交票是犯法的!犯《选举法》!"

会场里,又是一阵乱哄哄的声音。工作人员加快了收票的速度。两个识字儿的妇女就是不交,非要笔。刘主任跟黄书记耳语了几句,就让人送笔过去。她们填后才交。这些人交了票就站起来,要走。刘主任宣布先等会儿,等统计结果。不大一会儿,票统计好了。刘主任让大家安静。会场稍微安静下来。

这时,刘主任宣布:"本会场同意票58票!刚才,董园、刘园两个村的选举分会场也报来了票数,三个自然村应到会243户,实到221户,马锋同志得赞成票189票,符合《选举法》!现在,我宣布马锋同志当选为马园行政村村长!大家鼓掌!"会场突然安静下来。这时,黄书记带头鼓掌,二十多个工作人员也鼓起掌来,掌声还算响亮和热烈。

会场上的人以为选举过后,就可以走了。在他们心中,选村长不是什么大事,谁当村长都一样,现在上面都说和谐,你马锋当上村长也不能生吃了我们。这些人纷纷站起来就要走时,二十多个工作人员从四周围过来。这时,刘主任又说:"下面进行会议的第二项议程,请工作组冯昊组长宣布土地征用和房屋拆迁方案,然后逐户签订合同!"会场一下子乱了。人们都站了起来,起着哄:我们不同意!我们不签!

这时,村部院子的铁门开了。十几个公安干警快步进来,分散在会场四周。会场又安静了下来。接着,冯组长就说:"这个方案在村里也公示几个月了,董园、刘园村民早就签过了,现在都拆完了!你们也不要有什么幻想,这方案是市里定下来的,今天必须签!"会场又开始乱起来。十几个警察就厉声地维持着秩序,不许乱说乱动。冯组长又接着说:"大家想一想,谁想好了谁签,签了就可以走!想不好继续在这里想,一直到想通为止!"

冯昊看着会场,心里很不是个滋味儿,左小腿就针扎一样疼了几下。他的小腿骨折后就落下了这毛病,心里一烦躁就针扎一样地疼。这感觉他没有和任何人说过,因为这事不能说,这条腿是自己故意打折的,这能给谁说呢。

三年前,他在管理区当城管执法局局长,市容只有上边来人才维护一下,其实就是专门负责城区的私搭乱建。这些私搭乱建他又管不了,都是上面有人撑腰的。老百姓见有后台的人私盖也跟着盖,你白天去拆了,晚上就往冯昊的家扔砖头和死狗死猫,还常常拨打恐吓电话。他要求换岗就是得不到批准，于是，他就自己把左小腿骨打折了，这才辞掉这个执法局局长。可辞掉后，休养了一年，又被任命为工业园区拆迁组组长。组织上理由很充分：老冯有过同类工作经验！老冯无法再推辞，打折腿的痛只能往自己肚子里咽。

老冯知道这明显是强迫。会场上的人也知道这是强迫！会场就一阵一阵地骚动，乱成一片。这时，工作组人员及干警就来到会场中，站在这些人的后面，几乎一个人后面站一个人了。会场再次安静下来。过一会儿，有人提出要去方便。工作组人员就跟着她走到院子西北角的厕所，站在外面等。这样，僵持了一个多小时，快到十二点了。妇女们就开始提出要回去，给孩子做饭，说孩子放学该回来了。刘主任就说，那来按手印吧！

又过了半个多小时，几个工作组的人员开始跟一些妇女谈话。

他们说，这方案跟董园、刘园的一样，你们就是再坚持也是不能更改的。再说了，就是今天按了手印，如果你真不同意拆迁，我们也没有办法啊。只是今天你们不按这个手印，我们都交不了差，按吧！

有几个妇女被说动了，看这形势，不按手印是不行了。她们心里也有自己的小九九，按了手印，上面也不能来硬的，先按了再说吧。于是，就有人同意按手印。同意的被叫到前台，按了手印，就被人带着走出了院子。见有几个人按了手印，其他人的心也跟着松动了，一个接一个地走向了前台，开始按手印。

快到两点了。会场上终于没有村民了。黄书记点上一支烟，长出一口气，对工作组二十多个人和十几个干警说："收队，大家辛苦了！走吧，都回管理区吃饭！"

水亮这天喝了不少酒。他得跟管理区的领导和工作组、干警这些人一一敬酒。人家是帮自己的忙了，不敬不行啊。更重要的是他心情很不好，这几天的事像做梦一样，让他分不清是真是假。

他回到村部快五点了，头晕晕的，倒在床上睡起来。

睡梦中，水亮被咚咚的敲门声弄醒了。他起床，走出屋外，才知道天都黑了，光线暗得眼前一片模糊。他拿着钥匙，打开院子的铁门，见是前几天来找他的毛海兵。就皱着眉说："你又来干吗？离了吗？"毛海兵不说话，就挤进院子。这时，水亮就说："嘿，你这人真是的，问你话呢？找我还是离婚的事啊！"毛海兵站在了院子里，就说："婚是离了，可法院来了传票，要我上法庭。俺那俩哥把我告了！"水亮揉了揉眼，没好声气地说："传票到了，你上法庭就是了！这事找我干吗呀？"

"你是村书记，你得为俺做主。听说你是学法律的，你得帮俺！"毛海兵哭着腔说。

水亮看看他，就说："这事我管不了！去吧，该咋的咋的！"说罢，转身向院子里走去。

这时，他就听到扑通一声。一回头，见毛海兵竟跪在了地上。

水亮又转过身，大声说："起来，起来！这是干啥？"毛海兵望着他说："你不答应帮俺，俺就不起来！"水亮心里烦得很，就说："我真帮不了你，我不是律师，进不了法庭！你明天去城里找个律师，律师能帮你！"

这时，毛海兵在夜色中站了起来。

第 四 章

10

这几天,村里的男人陆续回来了。

其实,他们并没有走多远,大多都在江北城里或周边一些工地上打工。当他们知道马锋当上村长,自己家的女人按了手印,就都有些着急。合同手印都按了,说不定就要强行拆迁。他们其中几个人也找过律师,律师说,合同按手印了,就是表明已经同意。既然已经同意了,如果再不拆迁或阻拦拆迁那就是违反《合同法》,上面就可以来硬的。

这些男人们心里着急,他们决定回到村里。如果上面真强行拆迁,那些个娘们儿屁都不顶用。别看平时她们那破嘴都刀子一样厉害,弄到真事上,就都尿裤裆了。

马四宝是村里人的头,村里人都信他的。马四宝在内蒙当过兵,他自己说当过排长,要不是喝高了,说出连长跟当地一个小媳妇通奸的事儿,他就会提副连,就成干部了,就不会回到村子里。他的话没有人能证明是真的,但也没有人敢说是假的。他为别人裤裆那点事丢了前程,村里人为他可惜,也为他的仗义所折服。加上他能说会道,自然就成了村民心里的主心骨。

马四宝回到村里,村里的男人便暗地里勾连好了。要是上面来强拆,他们就阻挡,也来硬的。他们也想好了对策,先让村里的老人和妇女上。他们知道,上面是不可能对妇女和老人怎么样的。还有一招，那就是做七奶的工作。只要她不同意拆，村里其他人也就都不同意。

这天傍晚，马四宝来到了七奶家。见七奶正跟归巢的燕子说着话，就笑着说："七奶，这燕子可是神鸟呢。可惜啊，这一拆迁，你就再见不到它们了！"七奶一听这话，就说："我就是不拆，看他们能咋得了我一个孤老婆子！"说罢，望着屋檐下的几只燕子，又说："这些燕儿就是我的命，燕子死，我死！"

马四宝见七奶这样说，心里高兴坏了。他就说："你老放心吧，谁敢动你的燕子，我们绝不答应！"临出门时，他又小声地对七奶说："七奶，你可要留神啊，说不定那些人会在夜里把你这些个燕窝给捅了！"七奶笑了一声，然后说："我夜里睡不着，真有人来，燕儿会叫醒我的。我跟他们拼命！"

马四宝走出七奶家院子，心里乐滋滋的。他觉得，七奶这张底牌他拿定了。

一直把七奶当作底牌的还有个人。这个人就是水亮。他一直想，七奶是个关键人物，如果她同意了拆迁，村里的其他人就好解决了。

水亮前些天一直在网上查。他终于查出来了。苏州在还原农民拆迁房时，就在还原楼上设计了鸟窝。人们搬进来后，第二年各种小鸟照样来楼上做窝。农民世世代代与鸟儿成了朋友，虽然住楼了，没有鸟叫声，依然睡不安生，过不舒心。

他把这些资料拿给黄书记看，黄书记叹了几口气，就说："你呀，你跟设计院去说吧！"于是，水亮就一趟趟跑设计院。设计院说修改图纸要加钱，水亮就一次次地给他们赔笑脸，说好话。最终，设计院的杜工程师被他打动了，就免费做了修改。

这天上午，水亮一拿到图纸，就回到村里。他要给七奶看。他想，这样漂亮的鸟窝，七奶说不定会高兴的。

水亮来到七奶家，七奶仍然坐在院子里的矮凳上，望着飞来飞去的燕子说着什么。水亮走到七奶身旁，见窝里有一个燕子卧在那里不动，就讨好地说："七奶，这燕子是做窝了吧。它一窝能抱几只燕子啊？"七奶看了看水亮，这些日子她觉得水亮人不错，心里也不再讨厌他了。就说："燕子一窝一般就抱四个小燕子，有时也有抱六个的。"水亮见七奶心情不错，便在心里暗喜。

他就又投其所好地问七奶："七奶，你给我说说这燕子吧，你老人家都能跟它们说话呢。"七奶想了想，就说："燕子啊最聪明，它知道离两条腿的人不能太远也不能太近。珍禽猛兽害怕人，远远地躲着，人便去深山捕它们；家畜被人豢养离人太近，人便随意杀它们。只有燕子摸透了人的脾气，又亲近人又远着人，人就敬神一样敬着它。"

水亮真没有想过这些事儿，听七奶这样一说，他对七奶敬佩不已。七奶精神一点毛病也没有，她清醒着呢，她比谁都明事理儿。于是，他趁势把图纸拿出来，指给七奶看。七奶说："这是啥？"水亮就说："这是我让设计院设计的楼房，每层楼上都设计了鸟窝，燕子也可以在楼上做窝的！别的城市都这样做的。"

七奶看了看图纸，又抬头看了看水亮，然后摇着头说："你这孩子，这是给麻雀和其他鸟儿弄的。燕子可不会进窝的。"水亮就急了，解释说："燕子会的，它可以在这鸟窝里重新做窝啊！"七奶有些生气地说："你啥也不懂，念书把脑子念进水了。燕子要在明亮的地方做窝。它们每次用嘴衔来泥土、草茎、羽毛，再混上自己的唾液。有时补补旧巢，有时搭新巢。哪会进你做好的窝呢？"

水亮听七奶这样说，心里很凉。自己这些天努力的结果，就这样白费了。他正想再给七奶解释时，手机就响了。是黄书记打来的，要水亮立即到村部去，他已经在村部了。水亮答应了一声，又强装着笑说："七奶，我先走了，明儿啊我带你去苏州看看，让你看看燕子是咋在那楼上做窝的。"七奶就说:"你忙你的吧,我一辈子没出过门。我也不上这州那县的,进了城我头就晕。"

水亮到了村部。就见黄书记、冯组长和马锋都在了。黄书记见水亮拿着图纸,就说:"老太太同意了?"水亮说:"她不相信燕子会在这里做窝,真是没办法!"这时,黄书记就笑了,"你呀,叫我咋说你呢,你还真相信愚公能移山呀!那最多只是个传说。"水亮叹了口气,也没说什么。他能说什么呢,七奶的工作一天做不通,就证明不了自己是对的。

这时,黄书记看了看马锋,就说:"还是老太太吃柿子,先捏软的吧。那个牛大馍咋还没来?"马锋说:"快了,快了!"说着便掏出烟递过来。

一会儿,牛大馍来了。黄书记就盯着他看,一句话也不说。牛大馍心里有点发毛,就说:"书记,我来了!"黄书记把烟掐了,看了看马锋,然后说:"知道你来了。你知道叫你来干什么吗?"牛大馍赶紧说:"不知道,不知道。"

黄书记看了一眼冯昊,就说:"老冯你说说吧!"

冯昊看着牛大馍,就问:"你叫什么名字?"

牛大馍一愣,答道:"我叫牛五州,村里人都叫我牛大馍。"

冯昊看着他,又问:"你是哪一年来马园村的?"

牛大馍想了想,然后说:"1989年吧。"

"你一个外乡人,是咋在马园村落户盖屋的? 说!"

牛大馍一听这口气,心里吓了一跳。牛大馍是二十年前来村里的外乡人,他开始是在村口沟边摆摊算卦,后来就搭起了塑料棚,再后来就变戏法一样不知不觉中把棚变成了简易房、变成了砖房、变成了院子、变成了蒸馍卖的馍店。他觉得自己在马园落户是有点来路不明,心里就怯几分。

见牛大馍不说话,黄书记就说:"你一个外来户,还在村沟边荒地违章盖了房子,村里人把你告了! 按照规定,你得把房子扒了,立即走人!"牛大馍见黄书记这样说,紧张了起来,就小声说:"我走人,我到哪里去啊!"

这时,马锋就说:"老牛,你哪里来还到哪里去,把房子拆了,把砖头什么的拉走!"牛大馍脸上冒出了一层汗,虚着脸说:"村长,你不能这样啊?"

冯昊看了看牛大馍脸上的汗,就说:"现在是和谐社会了,你要是识相呢,限你一周内把房子扒了,该还原你多少就还原你多少面积。要钱也行。"

牛大馍当即签了合同。第二天,拿到钱,就在外面租了房子。第三天,拆迁组就开着推土机把房子给拆了。推土机推房子的时候,村里不少人都站在外面看。见牛大馍孙子一样递烟,就有人骂着什么,走开了。

水亮的奶奶病重了。他请了一周假回老家去了。

刚到家第四天,他就接到黄书记的电话。黄书记简单问了一下水亮奶奶的病情,就让他必须快回来。说省长要来视察,现在七奶和一些村民正在闹事,市里要求所有工作人员必须全部在岗。水亮想再解释一下,黄书记却挂了电话。

水亮第二天早上才能乘汽车。晚上安排好家里的一些事,就给村长马锋打电话问个究竟。

马锋在电话里把大致情况说了。

说牛大馍拆迁后,又拆了老蒿家的房子。老蒿原来是赤脚医生,后来改做了兽医,后来农村不喂猪牛了,又改成了乡村医生。几年前,给一个农民开阑尾炎开出了事故,人跑了。他爹听说不同意拆房子,公安就要抓他儿子回来坐牢,就同意拆了。按说这是好事,有几个常年在外打工的人家也同意拆了。可就在这当儿,七奶家的燕子窝夜里被人捣掉两个。七奶的精神病又犯了,拎着刀,一直在管理区大门口闹。村里一些人就跟着七奶起哄，一个叫马松的小年轻砸了管理区的牌子，被抓起来了，村民这才被制止住。可七奶仍一直在区大门口闹。现在被强制弄回她家里，她却拎着刀，坐在院子里，几天都不吃饭了。

水亮想了想就明白了。捣七奶燕子窝的，肯定是村里人，他们是想用七奶这张牌，来制造混乱、阻止拆迁。想到这些，他心里很复杂。村里的工作不好干呢，甭再说农民都善良了，有时也鬼得很的。他们是啥招都使得出来。细一想，水亮感觉七奶也太没道理了，这建工业园拆迁的大事，她竟以几只燕子闹出这么多事来。但他也同情七奶，孤孤独独的一个人，只有燕子才是她的伴呢。

第二天，水亮早早地就起来了。他要弟弟送他先到十几里外的县城坐车。

田野上空还有着薄雾，小燕子带了它们双剪似的尾，斜飞在旷亮无比的天空之上。叽的一声，已由这块麦田上，飞到了沟边的柳条之下。自行车驶在路上，水亮看到，有一只小燕子在粼粼微波的水沟里掠过，剪尾或翼尖便沾了水面一下，那小圆晕便一圈一圈地荡漾了开去。再向前看，便见飞倦了的几对燕儿，正闲散地憩息于纤细的电线上。

可这时，水亮的心情却暗淡了下来。他又想到了七奶家那几窝燕子。

11

"狗不咬"是马园村民给水亮起的外号。

水亮没觉得有啥不好，反而觉得心里有那么一点点满足。虽然，村民们对拆迁的事仍没有一点松口，但他从村民对他的态度中，感觉到已经有一些村民开始理解他了。

七奶事件后，水亮一户一户地去做工作。

马园村民家家都爱喂狗，有的还不止一条。

开始的时候，狗见了他就龇牙咧嘴地围着他叫。水亮是怕狗的，但又不能不去，他手里便拎着根短棍子，以防万一。进得去门了，可屋里的人脸色并不比狗脸好看多少。不让坐，也不搭理，故意冷着水亮。但水亮不生气，自己也是农民出身，他知道农民的脾气，敌不了敬。他自己本来不抽烟的，但他却装着烟，进屋就给男主人让烟。多少让村民有点不好意思，最终还是让水亮坐下来了。虽然，话语是不冷不热的，但水亮不在乎。他心里想，我是来做工作的，做工作就不怕看脸色。你给我脸色看，我没啥丢人的，我不是为我自己求你，我是为东城新区建设。再说大了，是为了城市化，是为工业发展做工作。

水亮往往先从拉家常开始。见村民开口了，再给他们讲拆迁的事。

见村民能听得进去了，他就不失时机地宣传征地拆迁的优惠政策，讲工业园区对当地村民带来的好处。他用家常话解读政府拆迁补偿政策，算国家建设、城市发展的大账，算村民家庭变迁的细账。其实，村民们都理解，就是嫌他们得到的补偿少了。尤其一些地多的，也给水亮算账。他们说自己每个人有三亩多地，每年种蔬菜收益是多少，现在一下子没有地了，将来怎么办。水亮就给他们解释，说有低保了，将来还可以到工厂打工。但村民们不放心，他们都认为进工厂这事攥不牢，工厂弄不好还会倒闭，工人还要下岗。再咋说，也不如自己种地稳当。

一连半个月，水亮天天出了这家进那家。一遍一遍地说，一遍一遍地讲。终于又有两家同意拆了。他心里很高兴。晚上就给女朋友小真聊天，说这事。可小真却冷冰冰的。水亮开始以为小真对这事不感兴趣，或是白天工作累了，并没有在意。可一连几天，小真都爱理不理的,水亮心里就有些预感,他觉得小真是不是真变心了。这天晚上,他没有上网,而是给小真打电话。小真冷冷地说:"水亮,这两年我想了很多,我觉得我们不合适了。还是分开吧!"水亮正要问为什么,小真却挂了电话。他再打过去,小真的手机却关机了。

水亮发疯一样,一次次拨打小真的手机,可听到的仍是那句话:您拨打的手机已关机!

这天夜里,水亮想:小真也许早变心了!自从他当了村官,小真对他的态度就开始变化了。她也是农村出来的,是不想让水亮在农村的。水亮想,真是活见鬼了,越是农村出来的越看不起农村,越怕农村,越梦想城市。尤其,小真当了那家房地产公司的办公室主任,水亮心里就隐隐觉得她变了,喜欢谈她的老板,也常常出去陪老板应酬。有时,从她接电话的声音里,能感觉到她应该是与别人在一起。难道,小真真的与她老板好上了吗?

快天亮的时候,水亮似乎是想明白了。

小真是不会轻易就跟她老板好的,也许是这几年的生活让她更现实了。她希望在大城市生活,在那里需要房子、需要车、需要钱,可自己不能给她。上学时的爱情,其实很难经受住现实生活的冲击。她有追求自己想要的那种生活的自由,这一点无可非议。但,水亮是担心小真贪图享受真跟她老板好上了,那不就走上了二奶的路吗?你可以不爱我了,但你不能这样做。如果真是这样的话,水亮觉得这是对自己的侮辱。他决定去省城找小真,即使分开了,他也希望小真别做出这样的选择。

天亮了。

水亮起来草草地洗了脸,推着自行车就去管理区,他要跟黄书记请假,去省城找小真。黄书记见水亮这么早就来了,就笑着说:"水亮,是不是马园村民都被你说服了,来给我报喜?!"水亮心里很难受,本想发火的,但还是压了下来。就开口说:"黄书记,我有点急事,得去省城一趟,就一天时间!"黄书记点上烟,把他从上到下看了一遍,然后才说:"咋了?想女朋友了!我正要找你呢,七奶那边你还能拿得下吗?拿不下我可采取行动了啊!"水亮心情很不好,见黄书记明显地对自己不信任,就说:"你们随便吧,我是没这个能力了!"

水亮走后,黄书记给马锋打了电话,要他立即来管理区。

马锋来到黄书记办公室,黄书记就直截了当地说:"你可能也听说了,组织部都考察我了。现在我必须以最快速度把马园拆掉,不能让这些人给我搅了局!"马锋见黄书记这样说,心想,就听令吧,不干也不行。于是,就问:"书记,你咋安排我咋办,我尽最大努力!"

黄书记又点上一支烟,才说:"我跟刘主任研究了,想让公安局在网上通缉李七奶的儿子李六根和媳妇郑大丽。他们两个弄回来一个,七奶的问题就解决了。"马锋一听说要抓六根和郑大丽,就说:"书记,他们都六年音讯皆无了,上哪儿找他们呢!"黄书记很是失望地看着马锋说:"就你这脑子,他们能都死了?只要活着,上了网,公安就能找到他们!"马锋一时不知道再说什么好,想了想,就附和着说:"公安能找回他们好啊,七奶也有福了!"

黄书记掐了烟,有些生气地说:"别扯闲篇了,我叫你来,是让你想想六年前村里可发生过啥事吗?没有理由,公安以啥名堂上网通缉呢!"马锋这才明白过来,他挠着头,皱着眉,很发愁地苦思冥想。黄书记又抽了半支烟,马锋才开口说:"有了!六年前,村东头马老五家的房子被点着了,人还差点被烧死呢。"黄书记听罢,竟从椅子上站了起来,笑着说:"好!就这事了!你赶快写写情况,我下午就安排人去公安分局!"

现在,村里已拆了六户。黄书记办好网上通缉李六根和郑大丽的事，就与刘主任和冯组长研究，他们觉得现在强拆的时机到了。三个人研究了方案，就给市里汇报。市里开始并不同意强拆，但也觉得不强拆不行，最后就同意了。分管的裴实副市长一再安排叮嘱，先制订方案上报，要周密部署，以防万一，尤其不能出人命。

他们制订的方案很周全：由四台推土机同时进村，管理区和区公安分局七十四名人员出动，另外再从市公安局调五十名防暴队员预备。

这个方案报到裴副市长那里没有通过，他觉得这样还是不妥。要想办法把村民尤其是男村民都调到别处，来个调虎离山，然后再实施强拆。黄书记觉得这个建议好，就决定由刘主任和水亮把男村民召集到村部院里，关了门开会。他在外面指挥，会议一开，推土机再迅速进村，从村东头开始推。如果发生意外，就立即抓人。时间就定在三天后的中午。

其实，这个方案水亮是不知道真相的。他从省城回来，情绪一落千丈，人像丢了魂一样，工作也没了激情。这一点是完全可以理解的，像水亮这样一个二十三岁的大学生，突然经历女朋友提出分手，心里压力一定会很大的。但别人是不知道的，心里的苦只有他自己知道。

这天晚上，水亮早早地吃了点东西，就想睡。这些天，他感觉太累了。当他去锁村部大门时，毛海兵正站在门口，想进又不想进去的样子。水亮看着他，就说："你又有啥事？官司赢了吗？"毛海兵这时就掏烟，水亮不接，他就说："我是来请你的，官司赢了，法院判给他俩每个人六千块，算是道义了。我明天要请村里的人吃饭，我就是要让那两个不孝的哥哥难看！书记，你得去呀！"水亮苦笑了一下，心想，钱啊把亲情都弄没有了，钱可让人生分呢。见水亮没说话，毛海兵又说："多亏你指点，我才找律师的。你得去啊！"

水亮就糊弄了一句,"我明天有事,争取吧!"说罢,就关上铁门。

天刚亮,水亮就接到黄书记的电话。他要水亮做准备,说上午九点刘主任和冯组长要给村民开会。水亮吃了点东西,就开了扩音器,开始通知村民来村部开会。

这种会这些天开多了,村民们就没在意,去就去呗,听听你咋说,不增加补偿就是不拆,看你能怎么着谁。正是抱着这个心态,到九点半,村部还真来了四五十人。

人们到了会场,没多大一会儿,突然进来十几个警察。他们把铁门关上后,就站在会场四周。水亮预感到这可能是一场预谋,可能黄书记要采取强制行动了。但他心里并不怵,他与会场上的这些人都混熟了,估计这些人不会做出什么事来。于是,他就宣布开会。冯组长像平常一样,开始以拉家常的口吻,跟村民们讲拆迁的大道理。从国家发展,到拆迁后农民变成城里人的好处;从国家的补偿政策到这次拆迁方案,一条一条地讲。会场上的男人们都在吸烟,小声说着什么,并不认真听。有几个认真听的,也装作很不在意的样子。

大约过了半个多小时,突然院外有女人厉声地喊:"快出来啊!推土机开始推房子了!"这时,会场一片骚动,马四宝就站起来,要向院门走。四周的干警立即围过来。另外一些男人就一齐向外挤。正在这时,院门开了,十几名警察冲进来,铁门随即又被锁上。这时,有几个年轻人就向前跑,他们跑到会议桌前,想去拿刘主任和冯组长当人质。几个警察迅速扑过来,有两个村民被摔在了地上。

会场上的人,见有人被打倒,情绪一下子激动起来。开始想找东西与警察对打。这次会议按黄书记的安排,没有摆坐的凳子,就是防备村民用凳子当武器的。

这时,马四宝就喊了一声:跟他们拼了!会场上的年轻人就挥着拳头与警察打了起来。这当儿,外面的警车拉着响笛停在了门口。铁门被打开了,又冲进来二十几个警察。现在村民们显然没有了优势,有几个被铐上了,架到外面的警车上。接着,又有几个人被架上了警车。警车拉着十几个人呼啸着,开出了村外。

　　又有警车尖叫着,进村了。这时,刘主任大声说:"都给我停下!你们这是妨碍公务!"

　　会场短暂地安静下来。有十几个想动手的村民,被警察一人一个胳膊地架着,动弹不了。水亮发话了,他说:"老乡们,你们不要动手!动手是解决不了问题的。"冯组长显然对水亮的话不满意,他打断水亮的话,大声说:"拆迁合同你们都是按了手印的,快两个月了,你们仍然不拆,法院的强拆通知书下来了,现在强拆是合法的!谁再敢动,法律不饶你们。"

　　其实,黄书记策划这个强拆也是要给村民一点颜色。推土机强推了十三户,就开走了。

　　当推土机走后,工作人员也随即撤到了村外。最后走的是在村部的警察。

　　马四宝被抓起来,就没有了头儿,这些村民们也不敢动真格的了。当刘主任让水亮离开时,水亮坚决不走。他说,他可以留下来,村民们不会怎么着他的。刘主任说:"你太年轻了,现在他们正在气头上,你留下来很危险,他们会拿你当人质的!"

　　水亮最终还是没有跟警车一道走。他一个人留在了村部。他想,也许自己会被村民们当作人质,但他觉得这些人不会怎么着他。这些人受了这么大委屈,这个气总得有地方出,不出早晚还会再憋出事来。

　　人都走后,水亮关了铁门,坐了下来。

　　他本来是不抽烟的,但还是点着了一支。

他才只抽了一口，烟雾就把他的两眼呛出了泪来。

12

戴金回到住处的时候，已经快十二点了。

他草草地刷过牙，脚也没洗，就脱衣上了床。妻子宋绮也是刚睡下，并没有睡着，还为刚才电视里那段婚外情的"真实事件"感叹着。现在的电视节目稀奇古怪的，几乎每个台都有情感类节目，小三啊相亲啊网络骗子啊一家比一家弄得让女人心惊肉跳。

戴金上了床，刚躺下，宋绮就把手放在了他的胸上。这种暗示戴金是知道的，但岁月不饶人。这些年过来，他已不再是"三干干部"了，白天照样干工作、晚上照样干酒，可夜里却干不动女人了。现在，戴金对做爱没啥兴致了，即使做了，也像完成一项任务一样，形式大于内容，草草收兵。今晚，他是一点兴致也没有的。

他把宋绮的手从胸前推下，侧过身去。

可他怎么也睡不着，他的脑子里一直都在想东风机械厂那一千万贷款的事。这可不是个小数目，当初他就不同意贷，但敌不了市长冯兴国的压力。那时，他刚调到北城任行长，不跟冯兴国搞好关系是不行的。不跟政府搞好关系，业务就没法开展，更何况市长都是在省里手眼通天的人物，虽然不直接管银行，但他们是可以把你从行长的位子上弄下来的。

都说银行是个好单位，银行里的人风光，其实是和尚不了解道人，一家不知道一家罢了。

戴金二十岁参加工作就在银行，一开始是做信贷员，那时候的信贷就是政府领导说了算，也不要什么抵押，也不评信誉等级，给这个企业多少给那个人多少，基本上是政府管着的。可后来老是出问题，贷出的钱收不回来，只能一次次做坏账核销。反正是国家的钱,领导就代表政府代表国家,收不回来银行并没什么责任。再后来改成抵押贷款,一些小企业尤其是民营企业,弄台设备弄个工厂什么的抵押着,就套出一批钱来。没钱还了,银行最多收回一批破烂。戴金清楚得很,不少人都是通过这种办法,把国家的钱装进了自己的腰包。

可这些年不行了,贷款是比以前慎重得多,必须有足够的抵押和担保,而且实行审签人终生追究制。但业内人是知道的,只要政府干预了,很多的时候银行还是要让步的。东风机械厂这一千万就是这样贷出去的。

当时,厂子显然不行了,一月不能开几天班,但市长冯兴国执意要长江银行贷给一千万生产流动资金。没想到,现在厂长刘大海竟卷款外逃了。妈的,这是怎么了,弄到钱都向国外逃!他虽然这样在心里骂,可这笔款子将如何追回呢?冯兴国肯定是不认账的,他只是口头安排要支持,放款是戴金自己定的。戴金翻过来翻过去地想着,虽然有设备抵押,但那堆废铁根本就不值钱。更何况还有那一百多号工人,要进厂搬设备,那根本是不可能的。这可怎么办呢?

宋绮的美意没得到回应,又见戴金摊煎饼一样翻来翻去的,以为他在想那些蛐蛐儿。宋绮是了解丈夫的,一进秋天,戴金的心就长了草,魂有一半被那虫儿勾走了。肯定又是在为那地里的蛐蛐烦神。蛐蛐比自己这个活生生的女人都重要,他怎么就爱上这玩意了呢。宋绮这样想着,就有些不高兴地说:"睡吧,你的魂又被蛐蛐儿勾走了吧!"

戴金没吱声,又翻了个身。这时,宋绮也翻过身来,又说:"你呀,我跟你生儿育女的,就没个蛐蛐在你心里重要。"戴金叹口气,说:"哪有心想蛐蛐,东风机械厂那一千万贷款要泡汤了!"宋绮听后,并没有表现出重视,这些年关于钱的数字她听多了,一千万对于银行算不了什么。但她还是担心这钱跟丈夫有什么关系，想了想就说："只要这里面你没有啥事，就不要烦神。钱是国家的，厂子是国有的，没钱了厂子还在，有啥可怕的！"

说的也是这个理儿。戴金想想妻子宋绮的话，心里竟坦然了一些。何况这笔贷款还有冯兴国的插手呢。明天再说吧，他翻过身来，准备睡觉了。这时，宋绮却又开口了。她说："有件事跟你说一下，下午那个大华公司的杜影又找我了，想让我跟你说说，买她的铺面做营业大厅的事。大华投资公司那个胥梅和杜影不简单，你可要小心啊，别栽在她们手里。"

戴金没想到杜影又找宋绮了。杜影是大华投资公司的副总经理，这个女人与胥梅一样都不是凡角儿。对大华投资公司戴金是早有算计的，现在她们正求着长江银行呢。但没想到，已开始做宋绮的工作了。

戴金这些年在钱堆里滚，知道啥事能做啥不能做，还是有自己的底线和分寸的。他特别怕妻子宋绮搅进去，女人搅进钱里，那可就要出大事了。于是，他对宋绮说："我可警告你，你不要搅进去，一分钱的好处都不能沾她们的！所有钱都是扎手的，可不能给我后院起了火。"

宋绮竟坐了起来，靠在床头上说："戴金，你别教育我。我正在警告你呢，我觉得钱一般是遮不住你的眼，可这俩女人你得给我小心点。出了什么花花事，小心我也跟你弄到电视上。我可不是吓你的。"戴金一听这话，就拉了一把宋绮，笑着说："放心吧，栽不到女人上！"

"噫，那可不一定。我觉得你变了呢，对我一点都不上心了，是不是已经被哪个狐狸精拉下水了，也不一定呢！"戴金觉得宋绮还是在乎自己的，就搂着她的脖子说："你才是狐狸精呢！"

刘大海确实是卷款外逃了,而且听说有五六千万。但对于长江银行的戴金来说,情况很快便有了转机。

那天,戴金来到冯兴国的办公室。

冯兴国先是笑了一下,然后才开口说话,"戴行长,是为那一千万贷款来的吧?"戴金反而有些不好意思,他也笑了笑,才说:"市长,你真了解下属的心事儿。我是听说了,但不太相信,只是想来问一问。"

冯兴国点上一支烟,叹口气,然后说:"这个刘大海!唉,事是真的,现在证实他卷走的有五千多万,说是到洪都拉斯了。已启动国际追捕程序。"戴金这么一听,就说:"现在外逃的人多了,恐怕难抓到呢。"冯兴国听出了戴金话里的话来,又笑了一下说:"不要担心你那笔贷款。现在市里已准备启动东风机械厂破产程序。那块地在市中心,能卖到钱的。偿还债务时,我会首先考虑长江银行的。"

戴金走出市政府办公大楼,缩了几天的心,一下子舒展开来。

有冯兴国这句话,这事就有了希望。启动破产,那块地按现在行情,拍卖六七千万不成问题,一百多号工人安置后,应该是有余额还贷款的。这样想着,戴金心情就好起来。

这个周末,阳光很好。

小暑刚过,天气还是闷热的,是那种不透风的闷和热。戴金午后休息了一个多小时,醒来的时候,就想到刀驼李。他已经跟刀驼李很熟了,就拨通了他的电话。刀驼李说:"在家呢。没事过来吧。"戴金换了身休闲的衣服,没有开车,打了辆出租车,来到估衣街。刀驼李住在这个老街的深处,两间平房,一间厨房,外面是二十多平方米的小院。

小院虽小而破落,但并不是一般人就可以随意进的。

刀驼李虽然背驼如弓,但名号大着呢。他大名叫李祥瑞,挺吉利的名字,但长着长着这名字的吉利劲儿就没有了,他的背越长越驼,像水泡的豆芽儿,越长背越弓。要是换上一般人,他就会被叫作李驼子了,但他的名字前却加个刀字儿。这个字可是有来头的,传自他父亲。他父亲爱了一辈子蛐蛐,在中原几省玩蛐蛐场子里可是了不得,他的蛐蛐每年都很出色,斗上十局八局总是赢。他的蛐蛐出局时报"刀"字号,就靠这个字号和一罐罐蛐蛐,民国时候竟在北城城里置下一座大挑檐门楼的四合院,开一铺"刀字李茶馆"。

父传子学、门里出身,李祥瑞自然是蛐蛐局里的能手。

年轻的时候"破四旧"不兴玩这玩意儿,更不能斗蛐蛐,他只是偷着逮和养,做贼一样偷偷地玩。改革开放了,老玩意儿又都露出头来,他就成了名,他逮和养的蛐蛐儿总是赢多输少,勇猛善斗,成了远近闻名的抢手货。有知道他爹字号的老人,就想起那个"刀"字号来,从此,李祥瑞的名字就变成了"刀驼李"。

刀驼李正在洗罐子和过笼。

他洗罐子和过笼用的不是自来水,也不是井水,而是一入夏就用大鱼缸接的雨水。自来水有漂白粉,井水太凉,对蛐蛐都不好。他把罐子从纸箱里拿出来,用雨水洗刷一下,让它吸些水,白棉布擦干,放在一边;把过笼也找出来,刷去浮土,水洗后摆在茶盘里,让风吹干;养蛐蛐讲究罐可潮而过笼要干,过笼入罐后几天吸收潮气,就要更换干的,所以过笼的数至少要比罐的数多一倍;水槽也很讲究,要泡在大碗里用棕刷洗净。

戴金站在一旁,入神地看刀驼李一件件仔仔细细地洗着这些物什。当洗到一个老罐时,刀驼李特别小心,放下时都两手捧着。戴金判断这一定是个老物,但他并不知道这就是刀驼李祖传下来的"宣德龙凤"古罐。他没敢多问,刀驼李自然也不会多说。这罐现如今说它值百万,一点儿都不夸张的。

就是在这天下午,刀驼李答应了戴金的请求:戴金先拿两万块定钱,今年逮的蛐蛐全给他;真遇着上谱子的虫了,那也是天意,随戴金的心意再给。刀驼李说,给一分不嫌少,看上的就是戴金真喜欢这蛐蛐,也算这些年碰到的上品的玩家了。

晚上,戴金请刀驼李出去喝两杯。刀驼李没有答应,而是留戴金在他小院,弄了几个小菜,开了瓶酒。

月亮升起来了,天也有了些凉意,几杯酒下肚,刀驼李的话匣子就打开了。

今晚,他谈的不是蛐蛐儿,他的谈话是从儿子在上海买房这事开始的。他就弄不明白,这房价咋就这么高,他想请教戴金。

第 五 章

13

胥梅在省城见过相厅长后,立即回到北城。

她把助手杜影找来,要求马上展开宣传攻势,把"阳光世纪城"这个盘的开工仪式搞起来。她这样做是一开始就谋划好的,只是比原计划要提前一个月。因为,她从省里得知火省长一个月后要到北城来调研。北城是个农业市,这里没有什么可看的东西。到时候,市里肯定要让火省长他们到东城新区看。这也一定是市长冯兴国最关注的事儿。

杜影把规划设计图报到胥梅这里时,胥梅没有多想,拿起铅笔在总体规划图上划掉了一部分。面对杜影的不解,她低声说:"第一期开工五百亩,二期三百亩! 剩余的二百亩,大厦公司赵总一直想要呢!"

杜影立即明白了胥总的意思。

胥梅是想等开工后,把这二百亩转卖给大厦公司。这一千亩地是每亩三十万成本拿下的,如果阳光世纪城开工后,炒作成功,这二百亩地每亩就可能提价到一百多万。但是,由于土地出让金只交了一个亿,只拿到四百亩的土地证,规划许可证、建设许可证都没有拿到,更不要说施工许可证了。这是不能开工的。杜影想到这里,就对胥梅说:"胥总,恐怕你还得找一下冯市长,土地证只发了四百亩啊。后面的事不好办呢。"

"卡在哪里了?"胥梅问。

杜影说:"首先是国土局阎吉坤那里。住建委锁清秋也不帮忙。"胥梅看了看杜影说:"没运作吗?"她的意思很明显,就是把这两个人"拿下"。杜影叹了口气说:"他们也许都知道我们与冯兴国的关系,刀枪不入,软硬不吃!"

胥梅笑笑,说:"这也能理解,要不是与冯兴国的关系,他们还不把大华公司的皮给剥下来呢!"说罢,停了一下,接着说:"好吧,解铃还需系铃人。我来找冯市长!"

胥梅跟冯兴国约了两次,冯都推托没有时间见她。但每次通话,他都要求胥梅加快道路建设,加快"阳光世纪城"项目开工进度。

冯兴国不见胥梅的另外一层意思,是想给胥施加压力,也是逃避胥梅再提要求。他知道,现在胥梅每次找他都是提条件的。现在,把她给引进来了,就必须要让她把这一切做成功,但自己又不愿意违背原则。这种两难的事,他在省政府机关工作时是没有碰到过的,一个堂堂的市长工作起来竟也这般难。

冯兴国的这层意思,胥梅也是知道的。于是,她让杜影加紧了做小林秘书的工作。小林这个职位,虽然只是一个副科级秘书,但跟的是市长,有些时候比副市长都能起到关键作用。对待他这种职位的干部,胥梅和杜影是有办法的,无非是先施小利再许以重诺。大钱他们不敢要,重诺他们敢应承。当杜影跟胥梅报告,小林已被拿下,胥梅嗯了声,就挂了电话。

周六的晚上,胥梅给小林发了条短信:林秘书,你明天是如何安排老板的? 我想见他! 这条短信,既问了冯兴国的行程,又给足了小林面子。

不一会儿,小林回信息:还没定。明早有可能私访。等禀报。胥梅看了短信,笑了。她在心里想,钱这东西,可以铺就一切通道啊。

周日早上七点，胥梅的手机响了一下，她打开手机，是小林发来的短信：半小时后，北城狗市！

胥梅立即出了酒店，自己开着车也去了北城狗市。

北城狗市每个周末只一上午，这里并不是专做狗的买卖，而是像北京或其他城市的跳蚤市场一样，各种杂项均能找到。狗和打鸡(一种善斗的鸡)的买卖、配种、交换、斗咬，各种野鸟、笼养鸟及与鸟有关的笼子、鸟食，各种假冒的古董文玩、老旧的破书、字画、杂相旧物，各种稀奇古怪的东西都能找到。

胥梅把车停好。走到河岸下，见几组打鸡正在厮杀和斗咬。这种鸡真是善斗，宁死都不服输！右边的一条白狗和黑狗，咬得更为让人心惊肉跳。两条狗咬在一起，不松口。围观的人唏嘘不止。她一边瞅着狗，一边找着冯兴国。到了最东边，她才在人群中看到冯兴国的后背。冯兴国一身便装，小林也着便装站在冯的身旁。胥梅走到冯兴国的身后，见冯兴国没有看到自己，她就用食指捅了一下小林，用眼示意一下，自己就转到另一面去了。

她找到个空隙，从人缝中看到圆场中间两只鸡正在搏斗。两只鸡似仇人狭路相逢，俯首躬身，竖起颈毛，鸡目圆睁，怒视对方；僵持一会儿，红鸡率先进攻，一爪蹬向黑鸡，黑鸡腾空跃起，飞起一爪，扑至红鸡的面门；红鸡藏首扭身，偷袭对方的股后；黑鸡见来者不善，后腿撑地，鸡身前倾，朝前跳跃，迟了一步，几根羽毛生生折断；红鸡以为对方怯战，紧追不舍；这时黑鸡突然停身止步，抬腿狠劲，蹬向对方的腹部，只快了半拍，红鸡挨了一爪，翻倒在地。这时，铜锣响起。胥梅赶紧走到冯兴国身后。冯兴国见胥梅也在，点了点头，他们都知道这种场合不宜多说话，就走出人群。

这时，冯兴国不好再推托没时间了。胥梅就跟着他回到市政府办公大楼。

一路上，冯兴国想到很多。他从两只鸡想到官场，官员何尝不是一只只斗鸡呢。他甚至想到了自己与朱玉墨,他觉得自己应该是那只黑鸡,出其不意迅速出击,转败为胜。这个出其不意,就是要把东城新区建设加快,你朱玉墨不是就想看我的笑话吗,我偏要以最快速度建设成规模,让全市干部看、全市人民看、省里领导看。想到这里,他心里便拿定了主意。

到了办公室,冯兴国就以攻为守地说:"胥总,我正要找你呢。听说,你也想做'地虫子'?"胥总一愣,心想,他消息还真快,已经知道我要卖那二百亩地了。于是就说:"市长真是消息灵通啊,我正要跟你汇报呢。大厦集团是我的合作伙伴,他们有大华公司的股份,我这能叫倒腾土地的地虫子吗?"冯兴国略一停顿,便笑着说:"原来是这样,那只是有这种嫌疑罢了!"

胥梅倒土地是早有设计的,她只要把那二百亩地作价入股,与大厦集团成立个新公司,土地就瞒天过海地出手了。在法律上是没有瑕疵的。

这时,胥梅便说:"市长大人,我是想求您的,您得安排一下把剩余的六百亩土地证副本先给我用一下,正本在国土局,你们怕什么呢?"这件事,冯兴国是估计到了。但他没想到胥梅要的是土地证副本,而非自己想象的正本。难道副本也可以用来抵押贷款?银行估计是不敢的。

其实,他想错了。这一切,胥梅都运作好了。

她只要把土地证副本拿到,规划证就可以发下来,长江银行戴行长就敢放款。她给戴行长也是有约定的:副本交上,一周内银行放款;大华公司拿到贷款,两周内补齐土地出让金、再用土地证正本把副本换过来,银行的风险便不存在。从另一个方面讲,只要土地证正本拿到,她就可以把二百亩地作价每亩八十万与大厦集团成立一个项目公司,土地就可以卖给大厦集团,一点六个亿就可以到账。

胥梅端起茶,喝了一小口,把话题一转,笑着说:"市长,看了斗鸡有何感想啊？我觉得，我们商场和你们官场也一样，都存在着对手呢。"冯兴国一听这话，就明白胥梅是话里有话，暗示自己与朱玉墨的关系，想用激将法。于是，他脸一沉地说："你们商场的事，官场并不存在。官场最多是政见不一。"胥梅见冯兴国已有戒备，就又转了话题说："唉，只是市长城府深，不愿意像我小女子说出来罢了。我觉得土地局阎局长背后是有人的，他对新区开发不积极！"

冯兴国点上一支烟，吸了一口，然后笑着说："你们啊，总把官场看得这样灰暗！阎局长背后的人是谁？我是市长，他背后的人就是我嘛！"胥梅知道目的已经达到，冯兴国也已领会她的意思，就喝了口水，笑着说："市长，周末还打扰您的休息，不好意思啊，我走了。土地证副本的事，还请您关照一下。我真的是卡在这里了！"说罢，站起身来。

胥梅走后，冯兴国一连吸了几口烟。他心里比谁都清楚，国土局的阎吉坤分明是听朱玉墨的。但现在他没有什么破绽，又不能直接对他下手。这些天，他一直都在盘算如何敲山震虎。现在，他下定了决心，那就是要把住建委的锁清秋拿下，来震一震阎吉坤。这也是告诉朱玉墨，我冯兴国就是要想尽快把东城新区弄起来，你说我好大喜功也好，说我违背北城经济实力超前发展也好，我决心已定，阻碍我的，我就必须把他拿掉。

转眼间进入了二月，离市里的人大政协两会召开，还有半个月。

可效能办公室还没有把效能考核结果弄出来。冯兴国知道这也不是效能办的原因，这中间肯定是朱玉墨还没对考核结果拍板。但他想了想，最后还是决定要找汤主任。于是，他打电话把汤主任叫到办公室。汤主任进来后，冯兴国过了半分钟才抬起头，但脸是沉着的。路上，汤主任就猜想肯定是为了考核结果的事。现在，从冯兴国的脸上，他便确定了自己的判断。这次，自己是要夹在中间两头受气了。

这时,冯兴国开了口,"老汤,考核结果还没出来啊?我看你们效能办的效率也是该考虑考虑了!"汤主任不敢多说什么,就赔着笑说:"正在加快,正在加快!"

冯兴国把批文件的笔很重地放在桌子上,从班台后站起来,边走边说:"你们什么时候能出结果?现在正是提速发展的时期,你们这种工作效率我是不满意的。比住建委的锁清秋还慢呢!"冯兴国话题一转,就直接说了,"现在,东城新区都等着开工,但详细规划他们就是批不下来。这是什么效率?人民大会堂十个月都建成了,一个规划快一年都审不下来!他这是工作能力问题,还是对北城经济发展有意见啊?他的结果怎么样?"

汤主任没想到冯兴国会讲这番话。这目的很明确,就是要把锁清秋换掉。

在考核时,汤主任就估计到冯兴国的意思,对住建委的综合得分做了处理。效能考核其实是个工具,这一点汤是知道的,他只不过是朱玉墨或冯兴国调整干部的一只手而已。于是,他就说:"给市长报告,住建委考核得分不太好。不过……"他还没说完,冯兴国就诘问道:"不过什么?有不同意见是吧?你不要为难,这事我会跟市委那边说的。你把考核结果做好就行了!"

汤主任不敢再多说什么,就说:"一定按市长意见办!"

汤主任走后,冯吸了支烟,便准备到朱玉墨那里去。

他要亲自去找朱玉墨。他已经给锁清秋找好了位置:政协文史专业委员会委员。

14

三只小麻雀不知从哪里进了屋。

它们叽叽喳喳地在水亮头顶上盘旋,不时掠过他的额头。一会儿,一只黄嘴叉的麻雀竟在他额上啄了一下,便又飞走了。水亮迷迷糊糊的以为是在梦中。可他揉了揉眼,清醒了一下,便看到了从窗外射进来的金色阳光,三只小麻雀就并排站在窗台上,正在相互叨着、叫着,并没有在他头顶盘旋。

水亮躺在被窝里,还在回忆刚才的情形。是梦呢,还是小麻雀真的在自己额上啄了呢。他一时弄不清。这时,天已经大亮了。水亮赶紧翻身起床。

当他走出屋门,来到院子里的电水井旁准备洗漱时,听到了外面一阵骚动。他心里一惊,便又沉静下来。他知道外面肯定站满了村民。这一点,昨天晚上他就有预感的。他放下刷牙的杯子,掏出钥匙,打开铁大门。这时,四五十个妇女和老人,中间还有十来个男村民,就涌进了院子。

水亮显得特别镇静,因为这是他预想到的事,没有出乎他的意料。他心里是有准备的。于是,他微笑着说:"请等我洗漱好再说,行吗?"人群中并没有人搭话。水亮苦笑了一下,就开始接水,刷牙。牙刷好了,他又用脸盆接了大半盆水,很用力地洗起脸来。他感觉自己的脸这一夜睡得都出了一层油,他要仔细地洗一下。

一切都收拾好了。水亮就说:"这样吧,反正我也跑不了的,你们选几个代表出来,我们认真地说说。这样你一句他一言的,我也听不清。"人群里骚动了一阵子,就有五个人进了水亮的屋子。他们进了屋里,一个个都沉着脸,不说话。水亮就说:"我理解你们的心情,我可以尽快让昨天被带走的人回来,但你们必须答应我一些事!"

"俺男人被抓走了,不知道在号子里受了啥罪呢!俺还能答应你什么?"一个妇女,突然带着哭腔大声地说。

另一个女人又接着说:"水书记,我们知道你是好人,可是人不放出来,你就休想离开这院子了。反正男人也进去了,我们啥事可都敢做出来!"

水亮见她们这样说,就笑了一下,然后说:"我是不怕你们的,要是怕你们,我昨天就走了。我为什么要怕你们呢?我也是地地道道的农民。但有一点我要说清楚,你们这样不讲政策,不按套路地阻止拆迁是不行的。现在全国哪个地方不在拆迁?这个的方案,我负责任地说是把政策用到了上限,政策范围内真没有亏待你们! 你们必须配合拆迁。这是全市工业发展的需要,这是大理!"

进来的几个妇女觉得没有啥话再说,就出去了。接着又进来一拨人。水亮还是细声慢语地给他们解释。他知道,此时不能来硬的,不然就会发生意想不到的事。快到十点的时候,水亮给黄效举打了电话,说明了情况,要求来人解决。

电话刚打过,就有人冲进屋子,声音很大地说:"你给那个黄效举说,不要带人来,要是带人来了,就别怪我们对你不客气!"水亮想了想,就把这人的话告诉了黄效举。

十一点多钟,黄效举和秘书两个人来到了村部。

黄效举在农村工作十几年,他知道如何来应对农民。昨天,他来的是硬的,那是黑脸;今天,他就要来软的,唱唱红脸。做农村工作就要有软硬两种手段,不然,工作就开展不下去。昨天,被带走的十九位村民,按黄效举的安排,没把他们送拘留所,而是带进了管理区大院。人带来后,就把他们的手铐给解了,把这些人弄在会议室里,他亲自开了一个多小时的动员会。然后,把工作组和管理区的干部分开,两人对一个村民,做两对一的谈心。吃饭的时候送来的是盒饭,管理区干部与村民一道吃,吃过接着谈。有几个脾气硬的,一直谈到天快亮。

经过十五六个小时的谈话,这些村民终于有些松动了。

早上吃过饭。黄效举又把昨天研究的方案,在会上跟这十九个村民通报了一下。那就是：考虑到村民的实际情况，每户再增加半年的拆迁过渡安置费用；管理区承诺帮助马园村创办集体企业！

围在村部的女人们，不知道自己的男人被抓走后发生了什么事，心里很焦急。但见黄效举和秘书两个人过来了，心里安顿了不少。黄效举把人们召集到院子里坐好，把从昨天到现在发生的事讲了一遍。人们先是安静了一会儿，紧接着又乱哄哄的。他们不相信黄效举说的话是真的。这时，黄效举就说："你们先派几个人到村口等着吧，半个小时，人不回来，可以把我扣留下来！"

这时，有一半人，就呼啦一下冲向了院门外。

接下来的拆迁很顺利，这是水亮没有料到的。他从心里转变了对黄效举的看法。

他觉得并不是所有的基层干部都不关心农民，只不过有时也是没办法才采取一些下策。现在拆迁的确是全国性难题，不来点硬的也真不行。但一味来硬的，不站在农民那一头兼顾他们的利益，也是办不顺利。这样想来，他觉得当村官还真是不容易。虽然小真不理解他，虽然当村官没有啥实惠，但对自己的人生是一种很大的丰富。自己虽然在农村长大，也是地道的农民子弟，但通过这两年多的工作，他才知道，其实他原来并不真正了解农民。

这些天，他的心情好多了。人生何处无芳草，只是缘未到。他逼迫自己尽快忘掉小真，甚至他在想小真的时候，就把小真往坏里想。想她是一个爱慕虚荣和金钱的女孩，一个女孩只爱金钱时，还值得自己爱吗？

一个人战胜自己最困难，自己往往是自己最大、最顽固的敌人。一旦战胜了自己，那就可以战胜一切。在对待小真的问题上，水亮就是用这种办法慢慢战胜自己的。

现在，水亮整天在拆迁现场，弄得灰头土脸的，但他的心情却比前些天好多了。这关键是，他摆脱了来自小真对他的心理压力。

而今，七奶家成了名副其实的"钉子户"，这也是水亮最头疼的事。

　　随着村里拆迁的推进，整个村子只剩下村部和七奶家了。

　　现在，马园的拆迁上了市党报，又成了"和谐拆迁"的典型。黄效举的意思是，就剩七奶一家了，可以暂时缓一缓。但这种缓其实是外松内紧，工作一刻也不能停。这个工作就交给了水亮。当然，这也是水亮主动揽下来的。他这样做，是有自己的考虑。如果，他不承揽下来，工作组就可能按他们原来商量的方案，夜里把七奶和秀秀架走，强行推倒。这个结果，水亮是不愿意看到的。他觉得，如果真这样做了，七奶的病会更厉害，甚至出不出生命意外都很难说。所以，他还是坚持要做工作。

　　而黄效举也自有他的算盘，他不断地与公安沟通，只要能把李六根或郑大丽其中一个人给抓回来，把七奶交给他们，就可以强拆了。

　　七奶这些天病情确实加重了。她看到村里的房子都拆了，心里也是感觉自己的家难逃被拆。她心里焦急，越焦急病情就越加重。这些天，随着村里的房子被拆，她家里来了十几对燕子。它们就落在她家的院墙上或房檐下，叽叽喳喳个不停。人有人言，鸟有鸟语。七奶知道这些燕子是在商量到哪里安家呢。有几只燕子是因为燕窝被捣坏，雏燕生死不明，它们是在悲痛中。也有几只燕子，七奶能从它们的叫声和眼神里知道，它们是想在七奶这里安家。七奶心如刀割。

　　七奶知道这些燕子是最知趣的了。它们三月份回来，飞进飞出、乳燕大叫，人们正想烦的时候它们九月就搬走了。过了几个月，人又开始思念它们时，它们才回来。可现在，它们还不该走呢，人们就强行逼它们无处安身。七奶也没有办法，就跟这些燕子说话，安慰它们。七奶说："唉，现在世道变了，城市在不停地吃土地，也吃人,吃百鸟百物,这样早晚是要得报应的。看来我也救不了你们了,就先在这安家吧,过一天是一天吧。"

已经有几只燕子开始在七奶家屋檐下重新做窝了。七奶很高兴。她就在院子里,放个水盆,放些细草,放些细碎的黏土,放些鸡或杂鸟的羽毛。这样,小燕子就不用到外面去找做窝的材料了。但也有几只燕子,仍然不做窝,就那样不停地叫着,声音很凄厉。没几天,就有四只燕子死了,死在了七奶的院子里。七奶流着泪,把它们放在纸盒里,与秀秀一起把它们埋在了树下。

这些日子,七奶就在家里,寸步不离。她生怕自己出了门,房子就会被推倒。从前天起,连秀秀也不让去上学了。让秀秀与自己一起来保护这些燕子。水亮接到老师打来的电话,决定去七奶家,把事情给她讲明,秀秀的学习是一天也不能耽误的。

水亮来到七奶院子里。见七奶和秀秀正都仰着头,向屋檐下看。他也没有吱声,就蹑手蹑脚地靠了过去。这时,他看见两只燕子正在两面夹击地与另一只燕子搏斗。被夹击的这只燕子,显然是个入侵者。它见两只燕子左右夹击自己,就在檐下打着转地飞。它终于飞了出来,但那两只燕子还是不依不饶,又飞过来前后包抄。这只入侵的燕子,终于感到力不从心,就鸣叫着飞出了院外。这时,七奶就说:"唉,你们这俩燕儿啊,咋也学得跟人一样只自顾自了呢?它也是被逼得没地儿安家,你们咋就不能容他们歇歇脚呢!"

见七奶的眼睛发直,显然她已经不正常了。水亮是知道的,他上大学时班里有个抑郁症同学,病一厉害,眼睛就这样子。水亮对着秀秀说:"秀秀,你咋不去上学了?家里有奶奶就行了,他们不会强行推你们的房子的。不上学可不行呢。"

七奶两眼直直地看着水亮,一句话也不说。

一个多小时后,水亮从七奶的院子里走了出来。他终于长出一口气,七奶同意秀秀去学校了。水亮就想,唉,别说秀才遇到兵有理说不清了,秀才遇到抑郁症老太太更晕菜。得像哄小孩子一样地哄啊。他下意识地想,自己老了不会得这病吧。得了这病,那该是一个什么样子呢。

水亮还没走到村部,就看见毛海兵已经蔫头耷脑地站着了,那脸活像一个霜打过的紫茄子。这人又怎么了?水亮边想着边走过来。

到了跟前,毛海兵就哭丧着脸说:"水书记,我那婆娘把离婚当真了!听说她要改嫁,我去找她要钱,她翻脸不认人了。昨天晚上,我气急了,按了她,今天一大早她就去告我强奸她。你得给我做主啊!"

水亮听这话,就觉得事情复杂了。

这种离婚假戏真做的事在法学案例上多了去了,法律不是儿戏,离了就离了,你再说是假的也不行。那手印是双方自愿按的,绿本本也是盖着民政部门鲜红大印的。更不要说离婚后强行发生关系了,这种事在法律上板上钉钉的是强奸。现如今,就是违背男人意志强行发生性关系,也算强奸。水亮打开铁门,走进院子,边走边说:"毛海兵,你算完了,只要她一告你,你准被判强奸罪!我也救不了你。"

毛海兵突然哭出了声来。"这好端端的家一拆迁,我还被拆成强奸犯了!我他妈这不是没事找事吗!我咋办啊?!"毛海兵竟嚎出声来。

就在这时,水亮的手机响了。他接通,是派出所周所长的电话。水亮一听就急了,"你说啥?真把毛海兵给告了!嗯,嗯,我知道了。"水亮挂了手机,长叹一口气。他对毛海兵说:"你去自首吧,争取宽大处理。派出所一会儿就来人抓你了!"毛海兵一听,突然软在了水亮的脚下。

水亮是跟带毛海兵的警车一道走的。刚才周所长给他打电话，说是黄效举让找他，由他和周所长一道去深圳。七奶的儿媳妇郑大丽，正好在前几天的扫黄行动中被抓住了。

水亮想，嘿，真是活见鬼了。

15

水亮和周所长坐在去深圳的火车上。

周所长喜欢抽烟，一会儿出去抽一支，一会儿又出去抽一支。

水亮说，所长你别抽那么多了，对身体不好。周所长笑了笑，说，我这也是职业习惯。整天没日没夜的，不抽烟哪来的精神头啊。尤其是现在交通和通讯发达了，犯罪嫌疑人难抓呢。就是抓到了，现在讲和谐，审讯时也不能乱来。你想，别说嫌疑人了，就是这些村民都这样难弄，你对犯人来温文尔雅那一套，他交代吗？唉，现在的事，真是扯淡。很多时候，人人都在瞪着俩眼说瞎话儿。

水亮坐在车上，本来想带本书看的，可来得急慌，忘带了。看看列车上卖的那些花花绿绿的书，没有一本正经可信的。他索性就没买，就这样坐着，一任自己的思绪随着铁轨的声音信马由缰。

他克制了几次，最终还是不得不想小真的事。他弄不清女人变化这么快，今天还与你要死要活地缠着，明天转身就与你成为路人了。唉，金钱、地位、爱情，女人在这些面前，真的连只小燕子也不如呢。水亮想起他在老家看到的情形。这些日子，他之所以对七奶这么理解与亲近，其实是与他自己的奶奶有联系的。奶奶也七十多岁了，也特别喜欢燕子。他家里也是年年来燕子的。在农村人眼里燕子是神鸟，吉利，燕子只进善良人家。燕子在谁家做窝，那就是一种荣幸。

他上小学五年级的那个春天，他家的燕子回来了，但回来的却是一只。而且这只燕子无精打采地在院子里转了一圈，望着旧巢发出几声哀鸣，就钻进了窝，很长时间蜷曲在窝里不再出来，很显然，它成了鳏夫或寡妇。另一只燕子是迁徙时病死了，还是被人打死了，水亮和奶奶都不得而知。奶奶见这只孤燕的样子，不停地叹气。这只孤燕经常躲在巢中，很少发出叫声。早晨，它也会站在窝前的屋檐上，就像铁铸的一般一动不动，默默发呆。然后，孤单单懒洋洋地飞向远方觅食。

一个飘着细雨的早晨，水亮去上学，刚出门就看见一对燕子飞进他家，它们盘旋了一圈后，竟看中了孤燕这半个大泥碗似的巢穴，凶巴巴地赶出那只孤燕，强行占据了这檐下的燕窝。看到这情形，水亮很不平，恨不得赶出那对无理的燕子。可那只孤燕似乎早已心灰意冷，没有捍卫家园的激烈搏斗，甚至没有乞求和怨艾，孤燕就平静地离开了温暖的窝。但它却并不飞走，只是站在院子里的桃树枝上默默回望。此时，细雨凝成水珠滴滴滚落，望去好像孤燕悲恸的眼泪。

此后的日子，孤燕也没有离开，并且不再垒新巢，每天就在屋檐下露宿，仍然常常站在开满红花的桃树枝上，默默眼望昔日洞房，看着侵占了自己小窝的两只新燕亲昵。真不知它心中在想什么，是回忆以往美好时光，是思念昔日的伴侣，守候心中那段爱情，还是抱怨不公平的命运？现在，水亮觉得自己也能理解燕子的心情了。

周所长抽烟回来了。见水亮眼睛痴痴在想心事，就大声说了句，"嘿，你在想什么呢？"水亮的思绪被打断了，笑了笑，说没什么。这时，周所长跟水亮聊起了郑大丽的事。

东莞那边说，郑大丽是三个月前在一次扫黄行动中发现的。治安队员冲进去时，郑大丽就从二楼往下跳，结果摔断了一条腿，还是被抓住了。一直在医院治着，她就是不出院。就在东莞公安发愁时，他们看到了通缉名单，就立即通知我们去认领。本来，他们是想送过来的，可郑大丽死活不回来。这不，我们还得跑这一趟。现在啊，公安局都快成受气局了，连个妓女他们都处理不了。

周所长一边说，一边叹气。他们就这样东一句西一句聊了十几分钟，周所长的烟瘾又上来了，不再理水亮，他又从座位上站起身，摸出烟，向车厢的尽头走去。

水亮喝了口水，又接着想那个孤燕。

那是一个无星无月漆黑的夜晚，冷风夹着倾盆大雨。第二天早晨，云散了，雨消了，灿烂的阳光普照着水亮的小院。可他早晨起来上学时，却惊讶地发现：院子里躺着孤燕的尸体。水亮现在想想，那孤燕肯定是自杀，因为它在屋檐下避雨是不成问题的，绝没有被雨淋死的道理。它是厌倦了孤独的没有爱情的生活，是对未来失去了信心，还是相信真有天堂存在，去了遥远的未知世界与另一只燕子相会？总之，它死了，死在一个风雨交加的夜里。那天，水亮没有吱声，默默地挖了一个坑，把死燕子埋在了葡萄树下。

现在，他回想起来，那年的葡萄应该是特别酸的。

水亮走的第二天，管理区黄效举就接到了省长后天要来的消息。市里给黄效举传达了冯兴国市长的指示，在东城新区一定不能留任何死角，要让省长看到市里的拆迁成绩。这样，上面才有信心，才有可能把这个市级工业园区升为省级工业园区。

对于上面的指令，黄效举从来都是尽力办的。他也是农民出身，没有根基，一步步走到副处级，全靠自己干。他常常自我解嘲地说，干部干部，不拼命地干，就成不了干部，就进不了步。所以，接到这个通知后，他就上火了，半天之内，嘴角出来了四个水泡。

他有些急了，心想，实在想不出办法来，就在夜里强拆。

但一想，郑大丽马上就要被带回来，都等几个月了，再这样冒险有些不值得。他召集管理区班子成员开会，研究方案。作为马园村的村主任马锋也参加了会议。后来，还是马锋想到了一个主意。他说，不如在七奶家四周架四个大广告牌，把她家给罩住。黄效举一想，省里来的人只是从这里过一下，并不下车，而且车子的路线离七奶家有几百米呢。他觉得这样能行。

于是，就立即安排制作四块大牌子，上面喷上工业园区的规划图。说不定，这还是一景呢。

现在，在行政上干也不容易。工作来了，尤其上面来人检查视察，那真是比水火都急。黄效举一面安排人制作安装广告牌，一面打电话让水亮和周所长赶快带郑大丽回来。

本来第二天，水亮和周所长就可以回来的，但周所长没去过深圳，就订了两天后的票。黄效举一听这事儿，就立即想发火。但一想，派出所也不属于自己直管，再一算，后天早上回来也正好赶上，因为下午火省长才从这里过。于是，就顺水推舟地说："那就后天吧，在深圳玩一天！"说罢这话，黄效举猛吸了一口烟。其实，他气得牙根子都痒痒。

广告牌是夜里竖起来的。当然，七奶夜里就知道了。但她没有办法。村长马锋和管理区三个女干部就坐在她屋里，反复说，就一天时间。明天就会拆掉。七奶不同意也是没有办法的。四个人看一个人，这是黄效举安排的。省长一行人不走，就轮流派人在这里盯着七奶，一步都不能让她离开院子。他真是为七奶伤透了脑筋，一个患了精神抑郁症的老太太，真叫人没法没招的。

其实，这一段时间七奶心里反而清楚多了。

她心里想，她的这个小院肯定保留不下来了。但她就是想等到秋天，燕子飞走了，再让拆吧。这些燕子飞走了，她也心净了。这些天，她不止一次想到死，甚至想到把秀秀也带走。她想，秀秀没爹没娘的，她再走了，就像一个孤燕。七奶今年以来老感觉自己心口疼,她知道自己可能活不多久了。秀秀才九岁,她一死,秀秀一个人咋活呢。她心里有了预谋,那就是等秋天燕子飞走后,她就带着秀秀走。甚至,如何走的办法她都想好了,她想选一个月亮很好的夜晚,把房子点着了,她就与秀秀一道升天,去找那些陪伴她的一茬又一茬的燕子。

她的这个想法很可怕,但她一点也没有流露出来。

现在,见四个人围着她,她就暗暗想起办法来。吃过早饭,她对马锋说:"你们走吧,我不会咋了这牌子。但过几天,你们一定得把这牌给我拆了。不然,我就撞死在你们面前。"马锋见七奶说这话很正常,觉得七奶可能是想通了,只要答应过几天把这四块牌子再拆了,她兴许不会有什么事的。他把这个想法给黄效举汇报了。黄效举还是不相信,不让撤人。

晌午了,看七奶的另外三个女干部,也觉得七奶应该是没有问题了,说话很在理,脑子也很清醒,就又给黄效举打电话。黄效举又问了一些具体情况,加上路段上也正缺人,就同意他们先撤回来。他也想了,一个七十多岁的老太太,还真能把牌推倒不成!

水亮和周所长带着郑大丽回到管理区里,已经快十二点了。

本来,黄效举是要水亮带着郑大丽立即去见七奶的。可周所长说,郑大丽是因纵火嫌疑被通缉的,得先到所里做个笔录,才能取保离开,不然没法销卷。黄效举就说,那快去吧。

周所长带着郑大丽去了派出所,水亮就给黄效举汇报郑大丽的情况。他说,开始郑大丽死活不回来,后来听说拆迁能领到十几万补偿款和还原一套楼,就同意回来了。但她说,把房子拆迁后,她得跟李六根离婚。

黄效举听着这话,心想通缉令都找不到李六根,咋离婚。

黄效举也不想再听水亮说什么,他得陪市政办的人再把线路走一遍。于是,就安排水亮说:"你吃点饭,立即回马园,现在郑大丽还不能回去,你先去七奶家稳住她。"水亮到食堂扒了几口饭,就急急地骑着他那辆自行车回了马园。他是想尽快把郑大丽回来的消息,带给七奶和秀秀。这对七奶和秀秀来说,一定是最激动人心的消息了。

水亮离七奶家还有几百米的时候,突然见七奶举着一个着火的扫帚,在点广告牌。扫帚显然是倒了油的,不然,火不会着得那么旺。广告牌是化纤布喷绘的,见火就着了。水亮一急,车子就倒了下来。他站起来,扶着车子想再骑上去,可试了几次就是上不了车子。他索性放下自行车,向这边跑来。

这时,七奶家四周的四块广告牌都着火了,四面火光把小院团团围住。水亮跑过来,一把拉住七奶就向外拽,七奶却拍着手大笑不止。这当儿,一对燕子向火光扑去。水亮想,这对燕子肯定是看到了火,想冲进去救还没出窝的小燕子。

火呼呼地燃着。水亮脸上的汗,不停地向下流。

第 六 章

16

七奶被送进市精神病院了。

郑大丽从派出所取保出来,就签了拆迁合同。

其实,郑大丽与六年前村里马老五家的那场火一点联系都没有。但既然作为嫌疑人做了笔录,她心里还是有点怯。这些年,她在外面做小姐也不止一次被抓过,做的笔录她自己都记不清了。但公安局是联网的,只要立案了,你就很难再销了,说不定哪天一并案,又会把你扯出来。郑大丽从派出所出来的时候,周所长严厉地对她说:"别说你是不是纵火的嫌疑人了,就你这些年在案的那些事儿,也能判你三年五年的。你要老实配合政府,把房子拆了!"

郑大丽当然知道这里面的轻重。所以,她很配合,甚至连补偿和拆迁政策都没问,就签了合同。由于一时找不到住的地方,水亮就跟马锋商量了一下,把村部的两间会议室让她和秀秀先住着。水亮给马锋说这事的时候,马锋还给他开玩笑,说郑大丽虽然半老徐娘,可也是风月场的高手,你可别倒下去了啊。

秀秀现在变了个人儿一样,高兴得要命。妈妈回来了,虽然有些生分,但毕竟是有了妈妈,自然高兴得又唱又跳的。尤其,搬到村部后,她心情更好了。因为她与水亮是熟悉的,她觉得水亮就像自己的大哥哥一样。有不会的作业还可以问呢。

郑大丽和秀秀搬来的这天,秀秀竟用一个小纸盒子装来了四只小燕子。这些小燕子与秀秀很熟，它们听秀秀的话。秀秀想，奶奶住院了，房子也就要拆了，就剩下这四只小燕子，她必须把它们弄回来。水亮帮秀秀把纸盒子吊在了会议室的屋檐下。

按说，燕子是不在纸盒子里做窝的，但现在没有办法，也许这些小精灵们也理解和认同了这个现实，就在纸盒里安了家。只是它们又衔来细草和鸟毛在盒子里铺了一层。燕子是不吃死食的，它们只吃飞动着的昆虫。秀秀去上学，小燕子就飞出去找食。秀秀放学回来，小燕子就回到了窝里，叽叽喳喳地叫。

郑大丽也许怕碰到村里人，也极少出门，整天就在村部的住处玩手机。有时，水亮回来了，她就主动找水亮说话儿。东一句西一句的，有时还给水亮开玩笑。玩笑开过分了，水亮就觉得不好意思。有天晚上，秀秀让水亮给她讲作业，郑大丽也过去了。她站在水亮后面，装作很无意的用胸碰水亮。水亮是感觉到了，脸一红，随即又镇定了下来。夜里，他想他得赶快把郑大丽弄走，不然，别生出什么是非来。正好，黄效举说村部过几天也要扒了，让他到管理区去办公。水亮想，这正好，想睡就有人把枕头递过来了。

水亮决定赶快离开郑大丽，越快越好。

第二天，他就去管理区找黄效举。他说，村部快扒吧，留在那里，外面的人还以为是钉子户呢。黄效举现在不能听钉子户这三个字，听了就皱眉头，皱了就得好大一会儿舒展不开。他说："好，下周就拆，我让办公室给你找个窝。"水亮又说："现在董园的安置房已经交付了，我看先找一套让郑大丽娘俩住进去。我去医院看了，七奶的病也好得差不多了。安置好她们，心净了。"黄效举扭头望了望水亮，眼神很复杂。过了一会儿，他就说："那你看着办吧，反正还原楼都一样，关键得给郑大丽说好。这女人我看也不是省油的灯！"

这天中午，水亮从管理区回来得早。一进门，郑大丽就主动找他说话。水亮想,正好要给她谈先搬进董园村还原楼的事呢,就与郑大丽说了起来。郑大丽一听,满口答应。水亮这时才从她的话中听出,她正不想跟马园村的人住一起呢,这些人一直在背后嚼她的舌头。不仅如此,她还想等房子还原了,七奶的病好了,她还要带秀秀去外地。她的理由似乎很充分:大城市的教育好!水亮就想,你说得挺好,但主要还是为了自己。他觉得郑大丽这样的女人已经习惯了城里那种日子,根本不可能再过这种农民的日子了。

他们正谈着,院子里就进来一个人。这女人披着头发,有几分的妖艳,水亮一时想不起来是谁了。他想了想,终于想了出来,这女人就是郭红。郭红与半年前相比简直变了个人。水亮想,你还别说,这钱真能大变活人呢。郭红见水亮正与郑大丽说着话,便有点不好意思。水亮就说:"啥事?说吧!你不是把毛海兵送到监狱里了吗,还有啥事呢。"水亮显然对郭红是极端不满,他觉得这个女人心也太狠了。离婚假戏真做不说,想独吞钱也不说,竟能以强奸这事儿把男人送进监狱。钱真是把人变成鬼了。

郭红见水亮态度不好,就虚着脸说:"俺正是来找你的,后悔了。"水亮想了想,就说:"你后悔就赶紧去找检察院法院啊,找我有啥用呢。你呀你,别想太美了,就是毛海兵判了刑,你也不能独个儿吞了那些钱。"

郭红脸就一红,接着说:"婚离了俺是不复了,可俺也并不想把他判了刑呢。以后俺闺女咋做人呢。"水亮觉得给她也说不清,其实,他也真帮不了她啥忙。如果郭红到法庭上反悔了,那她自己又变成了诬陷罪。现在唯一的办法,就是郭红要找法院谈,就说自己不再追究了,反正也是假离婚的两口子。这样一来,毛海兵兴许能判个缓刑。水亮想了想,就把这番话告诉了郭红。郭红明白了过来,就扭着身子走了。

村部终于拆了。整个马园村成了一片空地,空空荡荡的。

水亮搬到管理区办公去了,郑大丽和秀秀也搬进了董园村的安置楼里。水亮又到医院看了七奶,见她精神正常多了,心里也轻松起来。

　　这半年多来可真发生了不少事,自己也累得要命。他想让自己休息一下,调整一下。他想自己也该翻翻书了,马上公务员招考就开始了,他想通过考试离开这里。虽然,他考的是信访局的副科长,职位也不好,但走入了行政这一行,就得在这个体系里运转啊。他知道自己没有什么关系可以靠的,他只能靠自己的能力。好在,现在有考试这个通道了,不然,他不知道自己还要在等待中熬多少时间,才能弄上副科级。

　　可麻烦事偏偏不放过他。他还没安心看几天书,突然又接到黄效举的指令,让他去接李六根。黄效举给他说这事时,也气得骂起了娘,"这不是没事找事吗? 找他的时候他地遁了一样,不找他了,他倒一下子从地底下冒了出来!"

　　周所长也气得要死,这上了个通缉令还真惹出麻烦来了。他与水亮一起坐上警车,就开始抽烟,抽着骂着,骂着抽着。

　　李六根是在河南石黄附近一个黑砖窑被发现的,听说人都快傻了。周所长和水亮来到河南石黄,就见到了李六根。水亮和周所长原来都不认识李六根,见了他都吃了一惊。眼前的李六根眼神呆滞,勾着头就是不抬起来。周所长问他话,他一句不说,问急了,他就嘟囔一句,也听不明白个字眼。人倒是吃得不瘦,勾着头,后脖子上便有团很厚的肉绷着。

　　据当地民警说,他被发现时正在窑场搬砖坯呢,一人背了四十多块。你看他的头都直不起来了,这是长年勾头背砖落下的。他们又介绍说,这个李六根在这里干的时间是最长的,据窑主交代应该有五六年了。临走的时候,当地干警还给周所长笑着说:"都说俺河南人黑,我看也不能全这样说。你看,这个李六根吃得跟牛一样呢!"水亮一听,在心里骂了一句,脸皮真厚,要是不给吃,他哪来的劲儿背砖呀!

七奶家现在倒因拆迁团圆了。李六根被带回来,也没法做笔录,他这些年很少说话,几乎话都说不成句了。周所长也知道六年前那场火不可能是他放的,说不定是自己着的。就让一个小干警写个笔录,让李六根按了手印,完事。

当然,这笔录是排除了李六根作案嫌疑的。他是不想再为什么郑大丽和李七奶再自找麻烦了。

黄效举下午一点,突然接到市政府办公室电话:要他和区城管执法局局长冯昊速到市政府开会,两点半必须赶到。

一路上,黄效举在想,肯定是因为七奶烧广告牌的事。但现在已经没有什么事了。着火那天,七奶就被送进了精神病院,郑大丽也签了拆迁协议,当晚房子就被推倒了。这应该没有什么事了啊?难道是为上周强拆的事。上周的强拆,虽然引起来不小的动静,但最终还是受到冯兴国的表扬了。他心里知道,这次强拆对他十分重要,如果冯兴国真从内心认可自己上周的强拆,那他提任东城开发新区主任的事,就有谱了。

想到这些,黄效举心里一阵暗喜。谁说现在提拔非要靠跑靠送?只要想干事,能干好事,有政绩照样可以提拔。

可同一车里的冯昊,与黄效举的想法就不太一样。

他回想起上周的强拆,心里还不是个滋味。自己为了不想干这种工作,虽然把腿扭折了,但伤好后还是没有摆脱拆迁这件事。他真的不想靠这种办法来使自己提升,也许性格原因,他觉得自己是不适应这种工作的。自己就像一只鸭子,被赶着硬上架。不上不行啊,旁边的人提着脖子也得把你往架上拉。

黄效举与冯昊,两个人怀着两种心态来到了市政府办公楼。刚一到,就被小林领到冯兴国的办公室里。

对于黄效举和冯昊这样的副处和科级干部,能被市长亲自叫到办公室,是十分不容易的,应该说是一种荣幸。这时,黄效举想,不是通知开会吗,怎么成市长谈话了。冯兴国显然看出了黄效举的疑惑,就笑着说:"我叫你们两个来,是先开个小会。"他一边从班台后面走出来,一边笑着说:"中国的会议就这个样子。会越小越重要,人越少越关键啊。"黄效举听着,心里便有些激动。而冯昊却感觉压力更大,不知道市长接下来要安排什么。

冯兴国坐在沙发上,看了看黄效举和冯昊说:"叫你们来是先开个小会,你们也知道,就是马园村那个钉子户的事。你们先汇报一下吧!"

黄效举见冯兴国是问拆迁的事,心里的压力放下了。现在七奶家的房子昨天夜里也拆掉了,已经全部完成了。

这时,黄效举没有提七奶烧广告牌的事,就把动用公安通缉郑大丽之后就签了协议的过程汇报了。

冯兴国知道七奶家那个小院昨天晚上就已经拆掉了,很是高兴。就对黄效举说:"效举啊,昨天夜里拆的,为什么中午不报告呢?我还担心后天火省长来时,你们拆不掉呢!"

黄效举不是不想报告,他是想下午把七奶的事全部处理妥了再报告的。于是,就说:"市长,这点小事哪敢耽误你的时间啊。我前天保证过的,我一定会做到的。"

冯兴国对黄效举上周的强拆和昨天夜里拆除七奶家的小院,显然是满意的。他笑着说:"你很有能力啊。你的工作我都听到汇报了。好好干吧!"

此时,黄效举心里高兴得很,他知道自己这次调整有戏了。

三点整,会议正式开始。黄效举和冯昊被小林引着来到第一会议室。会议室里坐了四五十个人,与东城新区建设的相关部门和进驻的几家公司都来了。

又过了五分钟,冯兴国到了。

会议是由冯兴国亲自主持和安排的。

他先表扬了黄效举的东城区拆迁成绩,高兴地宣布截至昨天晚上拆迁全部完成。接着,安排了国土、住建、环保相关部门要加快审批手续的办理。在说到这一块时,他沉着脸,发了火,严厉批评了住建委主任锁清秋,并当场宣布让锁清秋停职检查,等待处理。会议的气氛一下子压抑起来,没有人敢大声喘气,都把目光对着冯兴国。

第二项议程,是听取各部门对后天火省长来调研的准备情况。

各部门汇报后,冯兴国强调指出,这次火省长来调研关系着北城经济发展的大局,一定要认真准备,创新工作,不许有任何纰漏。这样,上面才有信心,才有可能把这个市级工业园区升为省级工业园区。

他讲话后,就要求与会各部门参会的人员,一一表态。由于,刚才宣布了锁清秋停职检查,又是省长亲自来调研,各部门谁还敢大意,都认真地做了发言和保证。

胥梅也参加了冯兴国召开的这次会议。因为她提前知道了省长要来的消息,路的进度做得很快,她要以此来让冯兴国感到高兴,以后的事儿才好办。

胥梅回到公司后,与助手杜影商量,最好再弄出一个什么景儿。想来想去,她们决定在路的另一头,做一个三十平方米的牌子,把阳光世纪城的规划图喷到上面。如果火省长看到了,肯定会要求加快进度,市里就会更重视,其他的事就更容易办了。

但这样一个大牌子,一天之内是如何也树立不起来的。要预埋钢架,要安装固定,如果简易安装,没有风还好,有了风就会倒下来,那就出洋相了。最后,胥梅还是决定用简易的办法安装这个大牌子。

为了预防不测，决定让几十个民工在后面作准备，根据风向，如风从前面来，牌子向后倾就从后面用斜杠顶着；如风从后面吹，牌子向前倾，就用绳子向后拉。

胥梅为自己的这个决策很得意。

17

第三天上午，火省长按路线到东城新区。在胥梅修的路旁，车队停了下来。

火省长在朱玉墨和冯兴国一帮人的陪同下，仔细地看了正在修建中的路面。火省长还亲切地与工人握了手，问了好，要求他们安全生产。之后，冯兴国突然看到一百米外的广告牌子，很是吃惊，就立即指着那牌子介绍阳光世纪城项目。牌子在一百米远的地方，火省长想过去，但中间是施工作业段，人根本过不去，只好作罢。但他还是很高兴的。他要求要加快园区住宅建设，只有这样才能聚人气。

这时，突然起风了，胥梅赶紧示意冯兴国。冯兴国虽然不知道是什么原因，但还是马上对火省长说："省长，上车吧。"

车队开动，冯兴国看着火省长满意的笑容，心里想：这个胥梅还真有几下子，这么短时间，竟竖起那么大块牌子！但冯兴国哪里知道，就在他们的车子开动后几分钟，一阵风过，牌子向后倒了下去。后面没有跑开的三个人，被砸在了下面，一死两伤。

冯兴国知道广告牌砸人的事，已经是晚上六点了。他立即安排办公室，紧急处理，封锁消息，千万不能让火省长知道。此时，朱玉墨也知道了消息，但听说冯兴国已作了安排，就没再说什么。晚宴上，火省长兴致很高，喝了半斤酒，并说了不少话。冯兴国心里有些存不住气，中间出来两次，听取汇报。八点钟，宴会结束后，把火省长送到房间,冯兴国就先退了出去。

冯兴国从宾馆出来,直接回到办公室。

这时,胥梅已经在这里等着了。冯兴国见到胥梅先发了一通脾气,然后才问处理情况。胥梅汇报说,砸伤的两个已经转移到邻市的一家医院,正在抢救,不会出人命。死的那个人,公司出二十万赔偿已经谈妥,这件事算风平浪静了。冯兴国听到这里,才算放下心来。他点上一支烟,又说了胥梅几句,说她不该这样做,如果不是上车及时,不是处理及时,省长知道了,那可就坏了大事。

胥梅也趁机说了委曲,她是想增加一景,让省长高兴,最终目的还不是加快东城新区建设速度吗。

胥梅见冯兴国消了气,就趁机提出要加快土地证副本的办理。她说,如果不这样,那就不能完成省长的要求,尽快开工了。其实,冯兴国已经安排过了。前天,宣布过住建委主任锁清秋停职检查,国土局阎局长就感觉到了压力。他表态这两天就把证办好。但冯兴国没有这么直接告诉胥梅,而是说:"你这是给我出难题啊。但尽管这样,我还是要安排的。不过,你必须保证五一节正式开工建设!"

胥梅爽快地做了保证。她说,如果五一开不了工,市长如何整治她都行。冯兴国一听,就笑了,他望着胥梅说:"你这个胥梅啊,我能怎么整治你啊!"胥梅也听出了冯兴国玩笑里的意思,就装着不好意思的样子,两眼盯着冯兴国说:"市长见外了,我胥梅从来到北城第一天起,就是您冯市长的人了。您老人家想怎么整治我都可以呀。刀把子在您手里呢!"

冯兴国站起身来,说:"不开玩笑了,你赶紧回去吧,一定要把这件事处理好,不留后患!"

此时,朱玉墨正在跟火省长汇报着冯兴国的事儿。

火省长来之前是听到关于冯兴国一些事的。他想听听朱玉墨的看法。朱玉墨知道火省长与冯兴国的关系还是比他熟的，说冯兴国的坏话显然不合适。从另一个方面来说，朱玉墨对冯兴国总体看法还是不错的，并不像冯感觉到的朱在处处与他较着劲。一年多来，朱玉墨只是感觉到冯兴国没有基层工作经验，凡事快半拍儿，喜欢突出自我，有时不注意方式，但人还是很直爽，想干事的。

于是，他就跟火省长说："兴国同志想干事，也能干事，成绩还是突出的。当然，只要干事就会触动一些人，就会有不同的议论。我们合作还是很愉快的。我一定会支持他。"

朱玉墨的这番话，是出乎火省长意料的。

他是听到朱玉墨与冯兴国之间有些不太和谐，但朱却把冯兴国表扬了一番。

当然，从朱玉墨的话里，他也听到了另外的意思。但总体来说，他这次来后，还是改变了没来以前的想法。

过了半个月，上面下文了。黄效举升为这个工业园区的党委书记了，提了半格，成了正处级。他从基层乡镇工作人员，一步步能走到正处级，成为工业园区的书记，自然是件不容易的事。管理区刘主任接了黄效举的位子，成了书记，也高兴得不得了。他就张罗着给黄效举祝贺。整个管理区的人都很高兴。他们知道自己都有可能升半格，别看就才提了一个黄效举。他在管理区的最上头，他走了，上面又没有派人，他腾出了一个位子，实际上就等于腾出了一串的位子呢。

这天晚上，贺宴是在锦绣前程大酒店举行的。酒喝的是古井贡十六年原浆，朱红的瓶子，吉利。水亮也参加了。黄效举来回敬酒的时候，特意给水亮炸了一个"雷子"，这个雷子有二两多。炸完后，水亮的头一下子就有些晕了。黄效举却十分清醒，他拍着水亮的肩头说："小水啊，你有股子冲劲，跟我年轻时一样认死理。但以后要多长脑子，不能光埋头拉车不抬头看路。你还嫩呢，好好历练吧！"

水亮觉得黄效举这话虽然说得实在,但话里面也夹杂着一些嘲笑。他又不好反驳,就又端起来一杯酒,说:"黄书记,你是领导,我小水再敬你一杯!"说罢,仰头喝了。黄效举顿了一下,就又拍着水亮的肩膀,笑着说:"好,我喝! 我看好你这样的小伙子!"

酒喝到这种程度,酒桌的局面就不好控制了。

刘主任好像比黄效举还高兴,他也喝得差不多了,端着酒杯四处回敬。更有一些想跟黄效举和刘主任套近乎的,变着花样地去敬酒。水亮已经不能再喝了,头晕晕的,老想吐。但他头脑是清醒的,他极力地控制着自己,他不能让自己现场直播了,那样自己就会没有面子。又有人来敬酒,水亮又喝了几杯,他有点控制不了自己了。这半年多的事儿,一股脑儿地涌出来。他心里很难受,自己就端起酒杯喝了起来。

这时,旁边的人就笑着说:"你看,你看,水亮真喝多了,自己端着酒杯跟喝水的一样!"水亮也不理他们,就又喝了一杯。

正在这时,有两个人进了宴会厅。

他们给黄效举说了几句,就来到水亮面前。来人问:"你叫水亮吧? 我们是检察院的,请你跟我们走一趟!"

水亮看了看这两个人,又端起了酒杯,嘴里不清不白地说着:"好,好,再来一杯!"

18

水亮到检察院,喝杯水,脑子有些清醒了,但仍是晕晕乎乎的。

酒醉心不迷,看着面前两位穿着制服的检察官,水亮掐了掐自己的虎口,就说:"我犯啥法了,你们叫我来?"

其中一个检察官看了看另一个人,就说:"给你明说了吧,是马长胜和马大虎案子的事! 你自己先想想。如果实在想不起来了,我们就明天再问!"

水亮想了想,真的想不起来他们俩的事跟自己有什么关系,就说:"他俩的事,跟我有啥关系啊?你们给我提个醒吧。我喝多了,这脑子不好使了。"

另一个检察官想了一会儿,然后说:"按说,我们是不能给你提示的。既然你喝多了,我就告诉你吧。马长胜和马大虎前两天又交代,他们私分那十五万块钱的时候,分给了你一万。有这事吗?你仔细想想吧。"

水亮这才明白是怎么一回事。都一年多过去了,他一时还真想不起来。

这时,刚才说话的那位检察官点上一支烟后,又开口说:"你就承认了吧,他们两个都指证着你,你不承认也不行。再说了,你不承认,我们这不好结案啊!"

水亮又要了一杯水。坐在他前面的两个人就用眼神说着话。他们是有经验的,一般被问话的人,如果要烟或要水,差不多心理防线就快要破了,离交代不远了。其中一个人递过水后,就笑了。另一个人心里明白他为什么笑,这家伙肯定在心里说,今天碰到了一个初犯,不用上手段,就自个儿交代了。

水亮喝了杯水,脑子更清醒了。他想起来了,当时马长胜和马大虎找他,说量董园和刘园村土地时,把一块沟地也量上了,五亩多地按每亩三万七的标准可拿到十八九万块钱。因为是荒地,就没有在哪户人家的头上,他们说原来村里欠饭店里的钱,还有其他账要还,就让水亮写两个死过的人名,去领款。钱领回来了,水亮把存折交给他马长胜。

过几天,马长胜和马大虎就来到村部,让水亮又写了几个人领款的条子。最后,马长胜说:"水亮,给你一万块钱吧,你在这里也辛苦,拿不到多少钱!"水亮怀疑他们是私分了,但没有证据,就不好揭发，因为他刚来不久，得罪了他们，他是没法在这干下去的。但刚开始的时候，水亮心里是清楚的，他不能拿这钱，就拒绝了。马长胜和马大虎相互看了看，马大虎就说："这样吧，这一万块钱就给你了，你去买个电脑，村里也需要！"水亮一想，这样差不多，买电脑算村里的财产，自己也是为了村里在用，就答应了下来。买过电脑还剩三千多块钱，他本来想交出来的，但又一想，真交出来马长胜他们还不知道咋想呢。反正他们都分那么多了，自己这三千多块钱用了也就用了。何况自己和小真都正需要钱呢。于是，他就给小真汇去了两千，剩下的一千多自己花了。

水亮当然不可能说实话，他说电脑是为村里的事在用，剩下的钱他存着，并没有贪污。他这样说后，两位检察官，互相看了一下，让水亮在笔录上按了手印。然后说："那，你先回去吧！这几天别远离，有事再叫你。"

水亮走出检察院大门时，感觉脊梁沟一条线地冰凉，他知道刚才那阵子后背出了不少汗。虽说，三千多块钱不够立案的，也判不了刑，但毕竟自己是花了不该花的钱。想想，真的很后怕。现在，自己刚刚开始工作就做出这事来了，将来呢？将来能保证不再出这样的事吗？当然，此刻他下定了决心，以后这样的事坚决不能碰，一点都不能碰。于是，他决定明天就把这三千块钱补上去，一点破绽都不能留。不然，自己将来的前程甚至一切的一切都会发生想不到的变化。

他这样想着，心里真的很后怕。夜很静了，他走在街上，能听到自己的心脏咚咚地在跳，一下一下地向外蹦，似乎要跳出胸腔一样。

水亮回到住处的时候，已经快十二点了。他打开门，便倒在了床上，感觉安全多了，也踏实多了。不一会儿，就打起了呼噜。

这一夜，水亮睡得很香，很死。可郑大丽和李六根却折腾了一宿。

李六根精神一时恢复不到正常,住进了新楼还是一声不吭。见到秀秀,他兴奋得直搓手,不知说什么好。而郑大丽对李六根的回来,却气得要命。见李六根神情有些呆滞,人也黑得抹了灰的一样,就很恶心。可李六根见郑大丽与结婚时像变了个人一样,身体的冲动就再也压不住了。秀秀刚睡,他就饿虎扑食一样的把郑大丽压在身下。郑大丽这些年也阅男人无数了,但她还是经不住李六根牛一样地横冲直撞。

开始的时候,她是拒绝李六根挨自己的。但她推不动李六根,再说了,还毕竟是夫妻,况且她一下子断了这事几个月,自己也需要,就闭着眼任李六根发疯。李六根下来后,郑大丽就装睡着。她本来想给李六根说离婚的事,但又怕李六根一时再兴起折腾自己。李六根像一头饿狼,傻傻的,一句话也不说,就是直往郑大丽身边挤。停了没有半小时,他又把郑大丽翻过来,压了上去。郑大丽反感极了,可怎么也推不动他。于是,郑大丽就使出招数,让李六根快下来。可她的招数用在李六根身上,一点都不灵,反而激起他一次次更勇猛地冲锋。

水亮醒来的时候,已经快九点了。他急急地洗了脸,连饭也没吃,就去了办公室。

他刚到办公室,周所长就来了。周所长与水亮关系不错。他听说昨天水亮被检察院的人叫走了,有些不放心,不知道水亮到底回来没有。他本想给水亮打个电话,但一想如果水亮还在检察院那就不太好了,所以他就来到了水亮的办公室。

见水亮正在倒水,心里就放心了。坐下来,小声地问:"昨天没事吧?"水亮笑了一下,把昨天的经过说了。他说,买的电脑算村里的财产,这,就是这个笔记本。周所长点上烟,吐了一口,就说:"现在的事儿啊,得留神呢! 说不定啥事就把自己扯进去了。"

水亮笑笑，然后说："我看也没啥，只要记住钱别装错口袋，人别上错床，出不了啥大事！"其实，说这话他心里是有些虚的，毕竟自己用了那三千多块钱。

周所长就笑。笑过之后，他又说："这可不一定，你不要以为天底下就没有冤案了。干哥这一行的，经历得多，啥稀奇古怪的事都有。走马路上还能被酱油瓶砸破头呢！"两个人就笑。

他们正在笑着，郑大丽推门进来了。水亮一愣，就说："你有啥事？这一大早的。"郑大丽看了看周所长，并不开口。水亮就说："说吧，都是老熟人了，还有啥不能说的。他是公安，他懂法！"说着，他和周所长都笑了起来。郑大丽犹豫了一下，就开口了，"我要与李六根离婚！"

"离婚？这天各一方六年多了，亲热还来不及呢，离哪门子婚。"周所长吐了一口烟，笑着说。郑大丽就有些不好意思了。

水亮就说："正好，周所长也在，你说说为啥离吧。没有正当理由，民政局可是不批啊！"郑大丽也不看周所长，就说："我受不了李六根，他跟牛一样！"说罢，脸就扭过去了。水亮一听这话，就想笑。他还是忍住了。想了想，就对郑大丽说："这理由恐怕不行，你去找妇联处理吧。他们处理这事！"

郑大丽见周所长又笑了，再听水亮这样一说，就说："那好吧，我去找妇联。反正不能跟他再过了！"

郑大丽走后，周所长突然大笑起来。笑过之后，就说："嘿，骚矫情！"

这些天，水亮被两个人缠得头昏脑涨的。

一个是郑大丽，天天来找他，要求离婚。一个是毛海兵。毛海兵被判了缓刑，也从郭红那里又要回了五万块钱。可他一出来没几天，郭红就带着女儿嫁到外地去了。现在，他成了孤家寡人，精神一下子垮了，人变得神经兮兮的。老来找水亮主持公道。

水亮实在被他们缠得没办法，就不再开门办公。现在，水亮正在准备公务员考试，心里着急的。

　　考试终于结束了。水亮入围了。接下来，就是面试。可在面试的时候，他感觉明显受到了不公，但又不好说什么。他最终落选了，与第一名的综合分只差半分。可他的笔试比这人多了九分呢。水亮心里就灰灰的。

　　当然，这事他也想到过，就怕与那些当官的子女撞车，撞了车，就没戏了。后来，水亮还是自己劝自己，他觉得机会多着呢。再说了，只要努力干，真干，干出成绩来，就不信得不到重用。黄效举不就是明显的例子吗，他也是从一个乡镇的办事员，一步步干出来的呀。这样想着，水亮心情便好些。

　　周所长见水亮落选了，就请他喝酒，说是酒可消愁。喝酒时，周所长说："考不上，不一定是坏事，福兮祸兮嘛！你就是考上了，那个信访局也不是人呆的地方，跟你现在一个熊样，整天接待的还不都是郑大丽、李六根、毛海兵这样的人吗?!"

　　话是开心锁的钥匙。听周所长这样一说，水亮基本调整了过来。自己想想，周所长说的也是实话，考上了还是干这活。更何况，组织部过几个月就会对他们这批干了三年的村官考评了，说不定还会有更好的结果呢。

　　水亮的精神又恢复到了从前。他想，还得把精力投入到工作中去。眼下，最需要解决的就是郑大丽和李六根的事。于是，他决定去李六根家看看。

　　到了周末，水亮就骑着自行车先进精神病院，见七奶可以出院了，他想终于完成了一件大事，心里的一块大石头落地了。虽然，他还不知道上面是不是继续要他留任村书记，但毕竟他发誓要做七奶的工作的，阴差阳错地有了个结果，一种从没有过的成就感从心里油然而生。

他给郑大丽打过电话,一个多小时后,郑大丽、李六根和秀秀三个人一道来到了医院。

办好了出院手续,他们四个人陪着七奶回到了董园还原区的住处。

也许是李六根和郑大丽都回来了的缘故,七奶显得精神正常了。到了新家,左看看右看看,就赶紧让水亮坐,还让秀秀给水亮倒水。

水亮见七奶心情很好,就从包里拿出一对绒质小燕子,交给秀秀。这两只小燕子,做得跟真的一样:上身为发金属光辉的黑色,头部栗色,腹部白粉红色。秀秀一按它的头,就发出真燕子的叫声。

水亮见七奶张了张嘴,正要给这两只燕子说什么。也许,她突然意识到这是一对绒质的假燕子,就把要说的话咽了下去。水亮有意岔开了话题,他怕七奶再发出什么岔来,就对秀秀说:"秀秀,你看这燕子多可爱啊!"

这时,一只黄嘴叉的雏燕不知从哪里突然飞了过来,在七奶头顶盘旋了两圈,竟落在了七奶的身上。这个时节,怎么会有燕子呢?

水亮和秀秀一下子惊呆了。

过了好大一会儿,秀秀又高兴起来。她看着落在奶奶胳膊上的那只小燕子,就唱了起来:

　　　小燕子,告诉你
　　　今年这里更美丽
　　　我们盖起了大工厂
　　　装上了新机器
　　　……

第 七 章

19

商业谈判也是外交的一种。是外交,就讲究个对等。

一笔交易开始谈的时候,总是下面的人先出来,你来我往,一轮又一轮拉锯式地讨价还价。等双方都做了让步,做了妥协,找到了利益共同点,大的框架都谈好了,真正拍板的人才出面。这时的出面,只是一种形式了,或在酒桌上,或在会议桌上,或者一场聚会中。但在这之前,并不是双方拍板人不管不问,相反,双方低一层级人员谈判的过程中,两边的拍板者更关注,一直在指挥着,操纵着,把握着。

胥梅和冯兴国打招呼后,就让她的副总杜影来长江银行拜访。杜影是个有着诸多传说的人,坊间有传说她是胥梅从监狱里捞出来的,她曾在北京一家投资公司主操过资本运作。当然,她也是因为涉嫌经济诈骗而入狱的。资本运作这行,也说不清是诈骗还是违规,运作这个词本身就有多种理解。成功了,不出纰漏就是运作高手,在政策与权力和金钱之间游走,稍有不慎,就成了诈骗。这行当玩的就是以权力和智慧撬动金钱。

戴金对胥梅、杜影和大华公司的背景是调查过的。虽然,他与胥梅已经接触过几次,而且这次冯兴国也打了招呼,但他还是没敢大意。

戴金开过行委会,就把谈判这事交给了业务副行长兼VIP部经理孔旗。

这事现在还不是戴金出面的时候。何况，刀驼李那边传过话来，他从山东宁阳回来了。

戴金接到刀驼李的电话，就急切地问："逮了几罐？有入眼的吧！"刀驼李没直接回答，而是笑了一下，才说："今年宁阳的虫不错，有缘逮着个上谱的。"戴金一听，心儿立即飞到了刀驼李的家。上谱子的虫可是很少见了，他从来就没玩过上谱子的虫。这些年，也见过几只，每每对着《虫经》、《蟋蟀谱》凭回忆比对，心生羡慕。刀驼李啊刀驼李，你果真名不虚传，看来我戴金这般敬着你，你没让我失望啊。

戴金急切切地来到估衣街刀驼李的小院。刀驼李正坐在屋檐下抽着烟，面前小桌上放着一壶两杯。看来，茶已经沏好，就等戴金了。

戴金坐在小凳子上，往四处瞅了一圈，并没见罐子，就不好意思地笑着问："李老，虫呢？"刀驼李笑着说："我就知道你急呢，跟我年轻时一个德性！"一边说着，一边指着桌子下面说："在这呢。暑气还重，虫也坐了一天车，得让它安泰会儿啊。"戴金眼瞅着桌子底下那七个古朴的山罐，恨不得立马就要看上一眼。

刀驼李知道他的心思，就先拿出一罐来。移动罐盖，戴金见是一条油黄。这虫深色琥珀头，铁皮蓝项，紫肉，六爪似蜜蜡，遍体油色，是咬数口即胜的健将。一罐罐看过，均是他极少碰到的虫，戴金有些激动，这六罐都是上品了，最后那条应该是啥个品相呢。当刀驼李把最后一罐拿上来，移开盖子，戴金却突然有些失望。这虫相也太小了吧，大不过六厘多一点。

刀驼李看出他的心思，就笑着说："小相照样出将军，看来戴行长还是看得少了点儿。"戴金虽然看这虫相有点失望，但不敢轻言一句。他试探着说："李老，你就赶快让我长长见识吧。"刀驼李瞅着罐里,细声说:"这是上了古谱的'枣核丁'。相虽小,立身却厚;立身厚,脸就长,脸长牙就长。看色、看肉便知它矫健如风,口快如钳,上得场子必定骁勇无比,会把对手咬得满罐子流汤的!"

戴金听后,大有所悟,看来自己的道行还差得远呢。这时,他竟突然由蛐蛐相斗而想到了商业谈判。这世道,处处都有战场呢。

正如戴金所料,此刻,孔旗正与杜影在行里你来我往地较量着呢。

杜影果真干练,她与孔旗第一次见面就单刀直入,"孔行长,听说贵行有意向买我们阳光世纪城沿街的铺面做支行营业厅,胥总让我来拜访一下。"

孔旗微笑了一下,本想绕个圈子,不直接进入话题,但话逼到这里了,也只好直接介入了。他说:"仅仅是个意向。不过,你们开价每平方两万一,是不是贵了点儿?"杜影也微微笑笑,呷了一小口茶,然后才答:"银行营业厅看重的应该是位置和人气,这个价不高,在成本价上只加百分之十。我们大华公司与银行合作,从来就是本着双赢的。"

这个价,长江银行是算过的,看来杜影没说假话。孔旗想了想接着说:"现在省行对购置固定资产要求得很严,我们恐怕审批时有问题。杜总,能不能把底线说出来?我看你也是个爽快人。"杜影放下茶杯,笑着说:"地产商跟银行打交道,敢不交底吗?你们啥账算不清。报价是每平两万二的,两万一已经是底价了。"

这话把孔旗逼得不好再说什么。越是在这个时候,越要沉住气。孔旗点上一支烟,端起茶杯,喝了一口茶,才说:"杜总应该知道,如果长江银行在那里开了营业厅,对你们楼盘品质的提升是有好处的,促进销售那是定局的事儿。这一点,难道不是双赢吗?"

杜影知道谈判快要进入实质性阶段了。

他们大华投资公司之所以想与长江银行做成这笔生意，其用意也在于此。

现在，楼盘看似很热，但毕竟价格提升得有些快了，还需要环境的带动。如果长江银行能在那里开设一千五百平方米的营业厅，势必会引来其他公司进驻。这样，楼盘就会热起来，不仅销售进度会加快，价格也是可以小步快跑向上提的。前几天，她就与胥梅作了分析，长江银行是不会轻易以每平方米两万的价，一次购买一千五百平方米的。他们一定会以这三千万的总额做一些交易。她们想过，长江银行肯定要求降价，但这是不行的。一来，降价会影响整个楼盘价格走势，再者，大华公司现在最缺的就是现金，多卖点钱总比贷款划算。既然，价格不能降低，那就必须以另外的附加条件做交易。

很显然，最可能做成的交易就是把按揭贷款放一些给长江银行。

这时，杜影笑着说："这么说吧，价格是真没有降的空间，就这个数了。我想，长江银行看重的也不是每平方再低一星半点的，我们还应该有别的通道可以达成一致。你们有什么想法，尽管说。"

孔旗听罢，觉得心里有底了，谈判正在按着他们设计的路径向前走。

戴金给他商量过的，买这个一千五百平方米的铺面，是要达成一个亿的按揭贷款放在长江行来。现在银行最好的业务就是做住宅的按揭贷款了。有房产证抵押在银行，千家万户月月还贷，不仅可以稳收高利息，而且毫无风险。就是个别人还不起房贷了，房子还在银行手里呢。但地产商把房屋销售的按揭放在哪家银行，其实也是一种交易。是看这家银行在这个地产项目启动时，给了多少贷款，按揭额度是以你放贷额度配比的。银行给地产商先拿钱买地盖房，地产商把房子卖出去，才能把按揭这个环节的利润给银行。地产商和银行两家的分利,最终是买房人掏的。

现在,长江银行从大华投资公司还没有一分贷款,要想拿到按揭,交易的筹码就是买大华投资公司的这处铺面了。孔旗按照戴金的安排,抛出了第一张牌。他笑着说:"胥总和杜总都这么爽快,我们肯定会有达成的通道。我也直说了吧,请你们给我们一点二亿的按揭贷款。只要手续齐一套,我们保证一周内放一套的款。"

杜影望着孔旗说:"孔行长,我们信任长江银行,也想给你们一些按揭做。不过,项目启动时都是建行贷的款,你们又开了这么个大数,我实在不敢当家啊。能不能也把你们的底线说一说,我也好回去给胥总报告啊!"

两个人都笑了。他们知道谁也不会把自己的底线交给对方的。但这次谈判应该是达到了目的,双方都基本了解了对方的底线。这时,杜影就说:"这样吧,我们都拍不了板,你们要研究,我也要给胥总回报。改天,我们再聚一下,怎么样?"

孔旗笑着站起身,握住杜影递过来的手。

送走杜影,孔旗就立即给戴金汇报谈判情况。戴金大致听了一下,就知道这笔交易基本成了。只是双方要个面子,都再退一步的事儿了。于是,就对孔旗说:"知道了。等他们找过来再说。我这里正有事呢。"

这里,戴金正在想着如何跟刀驼李做笔交易。

戴金与刀驼李又喝了一壶茶,天色向晚了。这时,他接到一个电话,是他的司机打来的。他给刀驼李说:"李老,你等会,我出去一下,到街口就回来!"

戴金再回来的时候,手里拎着个包。打开包,里面是几袋还冒着热气儿的卤菜,卤菜底下是两瓶酒。

刀驼李今天也高兴,他有几年没逮到过这么上品的虫了。两个人你一杯我一杯,一会儿,一瓶酒就喝光了。这时,戴金不好意思地说:"李老,我有件事得开口了,你允不允是你的事,但我一定得说。说了,你可不许生气啊!"刀驼李笑了笑说:"说吧,能允的一定允你。谁让我俩有缘呢。"

戴金又喝下一杯酒,才觍着笑开口,"李老,你别嫌我俗气。我再给你拿五万块钱,你帮我把这七罐虫调养着。等上了局,赢了你我四六分成,输了全是我一个人认!"

刀驼李没想到戴金会说这番话。这话有点儿破了他的底线。

这些年,他只卖虫,不给别人养虫,更不斗虫。每年他都要留两罐,自己养着玩儿,咬着玩儿,咬钱的事儿他不沾。虽然,五万块钱不是小数,他儿子买楼正需要钱,但钱不是这个挣法,坏了自己的规矩。想到这里,刀驼李为难地说:"今晚,你还是把这几罐虫拿走吧。你说的事我允不了呢。"

戴金有些急了,他没想到刀驼李面对这个开价没动心。就说:"李老,你别先拒我。我是看这虫好,我也没这本事伺候好它们,怕毁在我手里。斗的事你应不应都行,但调养这事你一定得允了我。"

刀驼李也觉得这几罐蛐蛐是上了品,上品的虫儿难伺候,恐怕他真养不好。他想了想,最后说:"这样吧,你让我想想。我也坐一天车了,人老了,经不起长路子折腾了。"

戴金走出估衣街时,心里充满信心。他相信,刀驼李会答应自己的。就是他再不为钱所动,可他也担心这虫养毁在我这里呢。

这样想着,戴金就觉得今晚风儿凉凉地拂在脸上,真舒服。

20

戴金与胥梅再次见面是在一个饭局上。

这个饭局是胥梅安排的。本来,事都谈成了,也就是各退一步的事，她把铺面价降到两万，长江银行把按揭额降到一个亿。按说，这个时候胥梅主动到长江银行或者戴金主动到大华投资公司，都是不失面子的事儿。但两个人都较着点儿劲儿，谁都不愿意主动到对方那里去。他俩心里都清楚，大华投资公司与长江银行合作才刚刚开始，下面还会有大的交易要做，都想先占着主动。

戴金与胥梅在饭局上是见过面的。

那场酒有冯兴国参加，两个人客气地说着套话，都热情地希望对方支持。现在，胥梅把饭局定在了金色年华大酒店，戴金就觉得地产商到底还是扭不过银行，多少有点得意。得意归得意，但他是不能失礼，不能让胥梅太没有面子。大华公司是需要长江银行的支持，可长江银行同样也需要大华这样大地产商的业务。两家其实都是在做生意，都是依托着对方，从买房人手里挣钱。说到底，也是利益共同体。

饭吃得热烈而愉快。

因为是中午，大家都没喝多少酒。但戴金还是喝了足有四两，毕竟胥梅也一直喝着白酒呢。饭局上，戴金与胥梅敲定：九月九日签订战略合作协议，并请冯兴国市长参加。这么一定，说明他们默认了将来要有更大的合作。戴金心里高兴，胥梅也达到了目的。

戴金回到行里，立即召开了行委会。他说既然与大华公司达成了共识，下面就尽快办理。买铺面的钱这两天就打过去，另外派两名业务员进驻大华公司售楼部，提前做办理按揭的手续。谈判的时候要寸步不让，合作起来就要讲诚信，这样才能双赢。行里的人都挺高兴，毕竟这一个亿的按揭贷款是有不少利润的。再努努力，今年超额完成省行下达的指标是没有问题的。这就意味着，大家都有不少的奖金可拿。

散会后，戴金在办公室喝杯茶，就下了楼。他的心早飞到了估衣街刀驼李那个小院。驾驶员小司是他从省行带过来的，跟了他五年，是信得过的。但他也从不让小司到估衣街来。他从街口下了车，快步走进估衣街深处，那座牵扯着他的魂儿的小院。

刀驼李总算依了戴金，收下了五万块钱，但只答应调养，不参与进局斗。就这一条也不容易了，人家毕竟玩了一辈子蛐蛐，有自己的底线，不可能一下子突破的。刀驼李答应那天，戴金还想，如果不是他儿子急需要钱买房结婚，他肯定是不会答应的。这个老头儿，爱蛐蛐胜过一切，绝不是爱钱的主儿。现在，让他破自己的规矩已经不容易了。看来，钱虽然不能使鬼推磨，但是可以慢慢改变一个人的。

戴金进来时，正赶上刀驼李在喂蛐蛐。

他放不下手，就边喂边给戴说着话。戴金在旁边站着看，刀驼李打开罐子盖，蛐蛐见光，飞快地钻进过笼；他放下盖，用竹夹子夹住水槽倾一下，倒出宿水，放在净水碗里；拇指和中指将过笼提起，放在旁边的一个空罐里；拿起罐子底朝天一倒，蛐蛐簌簌地落下，干白布将罐子腔擦净了，麻刷子蘸水刷一下罐底，提出刚才那过笼放回原罐；接着，夹出水槽在湿布上拖去底儿上的水，挨着过笼放好；再用竹夹子夹两个饭米粒放在水槽旁，盖上盖子，这才算喂好一罐。

枣核丁养在那个宣德雕龙罐里。刀驼李打开盖时，枣核丁一闪躲进了过笼里。戴金的眼前一亮，想多看它一眼。刀驼李明白他的心思，就慢慢地打开过笼，怕它蹦，又怕它断了须，就特别小心。看着这温润如玉、精光内含的罐子，戴金觉得自己就变成了"枣核丁"，心里有说不出的惬意。

这些日子，戴金心里舒服极了。

不仅是刀驼李那个小院让他充满了希望，行里的业务也极为顺畅。让他有些犯愁的东风机械厂那一千万贷款，终于有了真正解决的办法。解铃还须系铃人，这事还是市长冯兴国出的面。那天晚上,都快十点了,冯兴国突然给他打个电话,让他明天一早到他办公室去一趟。戴金这时还不知道是什么事儿,更没想到的是,东风机械厂那一千万贷款有了路径。

进了冯兴国的办公室。落座后,冯兴国就说:"听说,你们行与大华投资公司合作得不错?"戴金赶紧说:"多亏市长牵线啊。很顺利的。"这时,冯兴国就说:"大华公司是有实力,胥总这个人嘛也是女中强人,有信誉。"戴金听这话,就知道冯兴国叫他来肯定是与大华公司有关。于是,就试探着说:"有啥指示,市长尽管说。"

冯兴国点上一支烟,看着戴金,笑着说:"请你来,是想听听是不是愿意与大华投资公司进一步合作。胥总面子薄,没敢直接找你,非要我先听听你的意见。"冯兴国这样绕着弯子说话的情况不多,看来是有大事的。戴金这么想着,就说:"胥总真是的,还要麻烦市长。我就听市长的安排了!"

"我不会安排的。市政府怎么直接管银行呢。但我就直说了吧,大华公司想摘东风机械厂这块地的牌,但一时现金周转不过来。你知道,现在工人正闹着呢,政府必须要现金,得安置这些工人呢!你能不能再给大华贷点儿款。"说罢,冯兴国微笑地望着戴金。

冯兴国的话说到这里,戴金就明白了。他在飞快盘算着:贷款可以,但必须有两个条件。一是,胥梅得答应这块地到手后,就必须把土地证副本抵押给他;二是,冯兴国得答应,政府收了胥梅的土地款,除安置职工外,要保证把那一千万贷款还给长江银行。

这个时候是不能吞吞吐吐的,必须把话说明了。

于是,戴金就说了自己的条件,并最后保证一定按市长指示办。冯兴国是料到戴金会提这条件的,所以一点都不吃惊。冯有冯的想法,这件事对他来说是三全其美的事:一则,东风厂拍卖了可以解决职工的事;二则,可以解决那一千万贷款的事,这毕竟是他安排贷的；三则，也满足了胥梅拿这块地的要求，真按规划把楼盖起来了，也是城中心的一个亮点。

合作成功与否，关键是看双方能不能找到利益结合点。

在冯兴国的牵线下，戴金很快与胥梅和政府达成了三方协议。协议签订后，副行长孔旗提醒戴金，说大华公司现在的买房人有不少是本公司的员工，怀疑是假按揭套长江银行的钱。戴金听罢，沉思了一下，然后说："你把关严点儿，不会有什么大问题。有房产证在我们手上押着，怕什么。再说了，员工买自己家公司的房子也应该是正常的。"

孔旗听后没再多说什么。

他知道，就像戴金说的那样，即使是假按揭也没什么大不了的。这确实是业内潜规则，假按揭一是可以迅速解决地产商的现金缺口，二是给市面上造成房子热销的假象；现在人都买涨不买跌，房价都是这样炒起来的。但作为负责业务的副行长，风险他是必须揭示的，说了，自己就免责了。

戴金这天到估衣街刀驼李小院时，刀驼李并不在。

这老头到哪里去了呢？戴金正急着呢，刀驼李回来了，他去彩票站打号去了。刀驼李只要有时间，几乎每天都打号的，而且有一个号他是必打的，那就是他儿子的生日：77828。

从前天刀驼李就开始排蛐蛐了。排就是选分量相等的在一起角斗，只有排得狠，以后上局心中才有底。当然，那条枣核丁是不需排的，一是刀驼李舍不得排，二是也没有可以与它对局的。今天，刀驼李排的是"油黄"和"紫金翅"。

刀驼李把油黄和紫金翅放在罐子里，用鼠须一拂，油黄的两须立时一愣，头一抬，六条腿抓住罐底，身子一震，竖起翅膀叫了两声，饿虎般扑向紫金翅。紫金翅淡紫头皮、黑顶门，冲星出角、淡红牙一龇，毫无怯意。只见它纵身一跃，钳住了油黄的左翅膀，死口不丢。蛐蛐好胜,好蛐蛐即使败给对手,也宁死不屈。刀驼李见状,赶紧用鼠须拨开,两条好虫相见是不忍心"排"的。

哪行有哪行的道行,戴金在刀驼李这儿真是长了见识。就像刀驼李不明白房价为什么见天见地长,弄不清银行、地产商、政府的关系一样,他也弄不太清这蛐蛐行里的学问。

刀驼李把油黄和紫金翅安顿好后,戴金还一直在想着刚才那场面:蛐蛐如此毫不相让,人与人何尝不是啊。

虫斗,人争,一个道理。

21

两个月来,胥梅的计划都在一步步向前推进。

先是土地证副本拿到手了,接下来换出了正本,两百亩地也顺利转到大厦集团名下。

现在,她要集中力量把东风机械厂拿下。这件事,胥梅找过冯兴国。冯心里很清楚,现在应该控制胥梅在北城的发展,因为她从这里挣的钱太多了。虽然自己跟她没有经济上的瓜葛,但她毕竟是自己引进来的,社会上能有谁相信我冯兴国是清白的呢。

胥梅知道了冯兴国的态度,就改变了思路,她要真金白银来拿东风机械厂。

世界各国的开发商与政府的关系,再也没有像当下中国这样纠结了。

这一点,胥梅感受最深,也最清楚。地方政府不仅需要土地财政,更需要靠开发商提升城市形象,改善居民住房条件;银行更是如此,它需要千百万家有抵押的优质房贷户和开发商的贷款利息,现在每座城市的楼房应该有一半以上是银行的钱。房子不停地盖,银行就会不断地收取利息,获得利润。开发商更离不开政府,政府的具体化就是一个个大大小小的官员。没有他们的支持和参与，地拿不到，房盖不起来，盖起来也卖不了。

这些年的发展，胥梅深知只要跟政府搞好了关系，白花花的银子挡都挡不住。

但与政府打交道是有许多玄机和变数的。

有的官员敢收贿赂，事就好办，收了钱他比孙子还孙子，下面的事就会按你的要求办。但绝大多数最有实权的市长、书记并不是那种只收钱的人，比如冯兴国和朱玉墨，胥梅直接用钱并没有走通这个捷径。但这也无妨，因为这些人要的是长远，那就谋势，用开发的前景和实绩来争得他们的支持。对其他职位低一些的官员，则采取金钱进攻。有上面的大力支持，下面不收钱也敢做，何况收了钱呢，做起来就更快。

胥梅拿定主意要夺东风机械厂这个标，而且志在必得。

冯兴国知道了这个消息，就主动给胥梅打了个电话。

他的意思是，现在胥梅应该改变想法放弃机械厂，不该把所有的风头都出尽，这样不好。胥梅没想到冯兴国会是这种态度。开始的时候，冯兴国是支持自己夺这个标的。可现在态度突然改变了，让她一时想不明白。

放下电话，她觉得冯兴国对自己的态度可能再也回不到从前那样。这中间的原因到底是什么呢？难道是冯兴国觉得自己从他手上赚的钱太多了。胥梅回忆着半个月前，她去省城见冯兴国的妻子海青时的情景。那天，她是作好准备的，她知道冯兴国这个时候需要钱，因为他女儿就要出国了。但海青的态度很坚决，别说收钱了，就是那块ENICAR女表，她都坚决拒绝了。胥梅想，冯兴国对自己现在并不是真正地信任。

没几天，关于东风机械厂的事，就传得沸沸扬扬。

这中间都有关于冯兴国的话题。冯兴国是听到了一些，但他没在意。当一个市长,没有一些传说也许真的不正常。但朱玉墨说的那句话,确实让冯兴国有些坐卧不安了。昨天中午,开过常委会,其他人都离开了会议室,而朱玉墨却坐在那里没动,点上了一支烟。冯兴国知道朱玉墨还有话要跟自己说,就也坐在那里没动。

这时,朱玉墨就说:"兴国啊,听说东风机械厂又要落到那个胥总手里了。"冯兴国一听便有些激动,他知道朱玉墨话里的意思,但他确实不支持胥梅夺这个标,而且还电话阻止过胥梅。于是,他就说:"书记,拍卖还没举行,这只是传言。即使到时候胥梅拿到这个项目,但我保证跟我一点关系也没有。全是竞标的结果!"

朱玉墨见冯兴国这个态度,就站起身,意味深长地说了句,"我知道了!"说罢,转身离开了座位,向会议室门口走去。

接下来的几天,冯兴国心烦意乱。

他把自己来北城一年多所做的事,全部回忆一遍。他觉得自己并没有做腐败的事情。但为什么人们却怀疑他与胥梅的大华投资公司有关呢?尤其是朱玉墨,你作为书记,官场多年,应该能看出我冯兴国是清白的。

回想起火省长来后的一些事,冯兴国心里更是不太舒服。那次,他去省里汇报工作,见到了火省长,临走时,火省长却对他说:"兴国啊,你要与玉墨同志配合好,玉墨同志对你印象很好,他比你更成熟啊!"这话是什么意思呢?冯兴国猜想,肯定朱玉墨给火省长说了自己什么。但他又不能问火省长。但那次以后,他就注意多了,警惕着不给朱玉墨和其他人留下把柄。

现在,他一静下来就想自己与朱玉墨的关系,想自己今后的路子。原来冯兴国极少想这些事,因为按常规,朱玉墨两年后就肯定会转任,自己当市委书记顺理成章。但现在,情况复杂了,不明朗了。冯兴国感觉很不是个滋味。

这天,他又在想这事时,秘书长翁庭和进来了,他对冯兴国说:

"市长，《致22世纪北城人民的一封信》起草好了，您审一下。"

冯兴国接过来，顺手撕了。翁庭和愣在了那里，不知如何是好。这时，冯兴国生气地说："什么时候了，还搞这种东西！"翁庭和这时没敢再说话，转身离开了。

这件事翁庭和是委屈的，这原来也是冯兴国提的。为了尽快把东城新区人气提上来，市里决定把市政府和医院搬到新区。在新市政府大楼奠基时，在地下埋下一个封闭的石箱，里面装上一些代表北城特点的东西和这封以市长名义写的信，以期媒体能炒作一番。没想到，现在冯兴国不让做了。这件事虽然是冯兴国提的，但现在不让做，也是出于自己现在的处境。他觉得在这样一个越来越复杂的情况下，应该调整一下自己的行为，低调些，再低调些。现在，不是说做官的第一秘笈就是低调吗？我冯兴国也只有如此了。

这个周末，冯兴国又不准备回省城了。妻子海青感觉到冯兴国可能是工作压力大，就说要来北城看他。冯兴国来北城快两年了，她才来过一次。现在，女儿也出国了，她一个人在家也挺寂寞的。冯兴国就同意了。但要求妻子周五坐火车来。火车到北城的时候正好是晚上八点，这个时候冯兴国正好去接她。

周五下午，海青刚上火车半个小时，冯兴国就收到了胥梅的短信：市长大人，夫人来北城了，能不能赏光请你们吃顿饭啊？冯兴国看到短信，心里一惊。

这个胥梅怎么这样快就知道消息了呢，莫不是给我冯兴国安了卧底。心里就特别不高兴。于是，就回了条短信：谢谢，她另有安排了，不方便。这话说得硬邦邦的，显然表示出了对胥梅的不友好甚至不满。胥梅觉得很没有面子，但想了想还是回了条自嘲的短信：不好意思啦，忘了市长大人也要度周末的。打扰了。下次再找机会吧！

冯兴国看过，合上了手机，没有回。

胥梅等了半个小时，见冯兴国没有回信，心情一下子特别不好。她在办公室里走来走去，突然想起一件事，就立即给财务总监桑亚东打了电话，要他立即到办公室。桑亚东有些为难地说："胥总，能不能明天呢，我得四个小时后才能到。""你现在在哪里？"胥梅厉声问道。

桑亚东此时正在离江南岸不远的那座冶父山上。他是被北城开发公司胡总邀上山的，他正在跟胡总做一笔交易。但他不敢跟胥梅隐瞒自己所在的地点，因为胥梅的手机可以卫星定位，随时看到他在什么地方。于是，桑亚东就编着瞎话说："胥总，我在冶父山，给母亲求福呢。我马上赶回去！"

胥梅没再说什么，啪地合上了手机。

冯兴国接到海青后，心情好了些。军分区张司令知道海青要来，也没吃饭。海青到了冯兴国住的军分区，稍稍收拾了一下，就与张司令他们仨人一起吃了点饭。吃饭时，张司令问想到哪里去，要不要安排，冯兴国笑着说不用了。

晚上，冯兴国躺在床上看电视，海青就跟他说话儿。她想知道丈夫最近工作的状况，究竟是什么事让他不开心了。但冯兴国只应付了几句，并不多说。最后，海青说："明天带我去北城狗市看看吧，你不是老说那里才是真正的民间吗？"冯兴国情绪好了点，就答应了下来。而且话题打开了，开始给海青讲他几次微服私访的见闻。快到十一点的时候，海青说累了。冯兴国明白了她的意思，就去冲澡。

第二天早上七点半，小寥就在楼下等着了。一会儿，冯兴国和海青穿一身便装下了楼。车子到了北城岸边，冯兴国让小寥远远地把车子停下，并示意让他在车上等。他就与海青一道融入到拥挤杂乱的人群中。海青是第一次来，对这里的一切都很新鲜。看看这，看看那，走得很慢。冯兴国走在前面，不时地催促她。海青有些撒娇地说："你看你，就不能陪我玩啊，人家不是没见过吗？"

几十分钟过去了，海青随着冯兴国来到河岸的下坡。他是想看看今天是不是还有斗鸡的。见前面一片人，冯心里有些兴奋。但走近了，才知道是斗狗的。

只见，一白一黄两条狗正拉开架式，准备开战。这时，一个人开始喊54321！话音刚落，两只红了眼的狗直扑对方。白狗一口咬住黄狗的脖子，拼命撕甩；黄狗惨遭攻击却也很顽强，伺机反攻。此时，场外观众屏声静气，冯兴国的心跳急速加快。经过十多分钟的较量之后，有人将两只双目怒瞪的狗用冷水浇湿，然后再用毛巾擦洗干净，为其散热降温。接着，两条狗又咬在了一起，十几分钟都不肯松开……

海青害怕了，拉着冯兴国向外走。离开人群后，海青说："你也不管管这事，太残忍了！"冯兴国笑了笑，接着又叹口气，说："唉，人与狗一样啊！"

海青听明白了冯兴国话里的无奈，就没有说话。

两个人，又融在了拥挤杂乱的人群中。

第 八 章

22

十一长假上班的第一天,东风机械厂的拍卖就举行了。

开标那天,胥梅并没露面,而是让杜影和财务总监桑亚东去的。

最终,大华投资集团以八千三百万拿下了这块土地。这个价格也出乎胥梅的意料,她没有想到会是这么高。这主要是北城房地产开发公司胡总,从中抬价的结果。虽然多花了钱,但胥梅认为是值得的,关键是她要向政府表明,大华公司在北城开发有志在必得的底气和实力。这样,以后还会获得其他赚钱机会。

胥梅从长江银行贷了五千万,加上自有的资金,倒是利落地把八千三百万一笔划到了政府账户上了。款到的当天,戴金给冯兴国打了个电话,他小心地说:"冯市长,那一千万贷款可是逾期两个多月了啊。"没等他说完,冯兴国这边就不高兴地说:"还不相信我啊,我就代表政府。明天就划过去!"戴金赔着笑说:"感谢市长,感谢市长关照。长江行一定会为北城发展尽力!"

第二天下午,一查账户,那一千万果真到了。戴金长出了一口气,心想,这一关总算过了。虽然自己付出了新增的五千万贷款,但毕竟这一千万没有了坏账的风险。银行不就是放出去、收回来嘛,再怎么说这一笔看来归还无望的贷款,总算安全回来了。其实,现在银行也不容易,对一些还贷无望的客户来说,银行就是孙子,贷款人就是爷。他真不还你,你还真没招儿。

进了十一月份,国家对房地产的政策突然变了,控制房价、收紧银根成了热点。省行下来文件,要求控制放款额度,年前也不准再向地产商放贷了。

对这次政策调整行里其他人有些紧张,纷纷议论可能国家真要抑制房地产的发展了。但戴金不这样认为,他觉得这只是上面为了平抑公众对房价过高的短期行为,国家是不可能把房地产业打压垮的。

这是明摆着的事实,各地政府都是土地财政,房地产业不行了,土地还卖给谁去;再说了,银行也是国家的,现在房地产有百分之六十以上是银行的钱,房地产真破产了,国家金融也崩溃了。这肯定是为了明年三月的人代会,平抑一下公众心里的不平而已。十几年了,过一段上面就打压一下房地产,可这个行业越打压越热,房价越涨越高。政府、银行和房地产业的人都心知肚明这个道理,只是大多数买房人弄不清楚这里面的道道罢了。

所以,戴金根本没把这次平抑房价的政策当成大事儿。快到十一月份了,蛐蛐儿倒是快要开局了。可以说,他现在放在蛐蛐上的心思,一定比这一道道收紧房地产的政策要多。

戴金现在最上心的一件事,就是想再争取一下,能不能让刀驼李陪他去上海出局。上海的"秋斗",他参加了六年,这些年输输赢赢,基本打个平手。今年他是想一展身手,争个彩头的。这天晚上,他来到刀驼李小院时,刀驼李正驼着背对彩票号呢。刀驼李每次都不在彩票点对号,而是把号抄回来,在家里对。他这样做是有自己的想法的,潜意识里他总觉得自己某一天会中个大奖。他是不想中奖后被别人知道,虽然这样是费了一遍手,他还是坚持这样做,几年来都不改规矩。

这次,刀驼李最终还是没有答应戴金的请求。他告诉戴金说,这是在他爹断气时他答应过的。那一年秋天,刀驼李的父亲逮到一条上古谱的好虫,排过十几场,都是不过三口便将对手咬败。于是,他父亲就起了贪心,在出局时下了大注,结果三局两败,输掉了"刀字李茶馆",他母亲一气病倒,入冬就走了。从此,他父亲虽然仍玩蛐蛐,但从不下注,只是玩儿。在他老人家去世前,刀驼李答应他:永不下注!

戴金听了这番话,就再不好说什么。让一个六十多岁的老人,违背对自己父亲的承诺,这确实不是一件容易的事儿。也就是那天晚上,刀驼李给戴金作了嘱咐。他说,这几罐虫不差,尤其"枣核丁"应该是上品,但你记住了千万不要下大注,"枣核丁"最多只能上两局,就是局局赢,也不能上三局。俗话说,试不过三,蛐蛐行里老玩家子多,水深着呢。戴金虽然点头应了下来,刀驼李还是不放心。他又说,人有大限,蛐蛐儿也有大限,真正爱蛐蛐的是不会让它上末局的,不忍心看它被斗败,失了英雄气。

这天晚上,戴金走后,刀驼李在床上翻来覆去地睡不着。这虫儿就要离手了,他有点舍不得,每次心爱的虫儿出手他都难受几天。让他更搅心的还是儿子前几天的电话。儿子又哭着腔调说,手里没钱,付不了首付,眼看着房价还见天地涨,这一辈子是要打光棍了。当儿子问到今年逮蛐蛐挣了多少时,刀驼李说现在手上总共才攒十万多一点,马上就汇给你。儿子李忠听说马上汇过来十万块钱,声音好听了不少。接下来的问话,却让刀驼李心里一寒。李忠说:"爹,听说你那有个宣德罐儿,是真的吗?如果是真的,卖几十万是不成问题的,我买房结婚就不愁了!"

这罐子确是刀驼李祖上传下来的。但他从来都说是仿品,不值钱。有一次,戴金也问起这罐子,刀驼李就笑着说:"嗨,要是真宣德罐,我就不愁儿子的房子了。这是我几年前在鸟市上十块钱买的,你要看上你拿去玩。"他知道,自己越这样说,戴金越不会拿这罐子的。现在,儿子开始惦记上这罐子,他倒有些怕了。这孩子可是啥事都能做出来,指不定哪天他偷走后,就被人得手了。

第二天起床,刀驼李就捧起这个宣德雕龙罐,一遍遍地看了半个时辰。他拿定主意,这个罐子不能让戴金带到上海去,秋斗场里老玩家子多,不能露了真。他要替换一个罐子,把这个宣德罐存放好。

戴金提前一周就把手头的工作安排妥当了。每次在上海"秋斗",来回至少要五天。

第一天到了酒店,就被一辆黑玻璃的豪华大巴带进场子,场子具体在哪里车上的人并不知道。因为有赌注的,一定是要保密的。进了场子,并不是立即开局,而是要对蛐蛐进行至少一天的查验:要过安检,看是不是装了钢牙;要进行药检,看是不是喂了兴奋剂;要过电子秤,量长度,分出等级。

分等级的规矩多着呢:将蛐蛐从罐中取出,负责过秤的人一手拿蛐蛐绒,一手捏着提笼;先用绒毛将蛐蛐赶到提笼里,然后提着笼把蟋蟀放进电子秤上的纸杯里称重;过完秤的蛐蛐重新回罐,将它的体重写在小纸条上,尔后粘在蛐蛐罐上,裁判员再根据纸条上的重量配虫对决。

戴金只带了三条虫:油黄、紫金翅、枣核丁。

第一天开局,油黄和紫金翅都进局了,而且都是三胜两负,收局的时候戴金有些后悔,后悔自己的注下少了,只赢了五万。但后悔只是一会儿的事,他最多的还是高兴。有这两条虫小胜做底,他对"枣核丁"更有信心了。这一夜,他几乎就没怎么入睡,心里老设想着明天"枣核丁"上场时的勇猛样儿。

蛐蛐儿配对入局后,场内只留四人:两名监局,就是裁判;一名草师,是负责用芡草撩逗,让蛐蛐开牙开叫的;另一名就是司账,是负责记录的。主家却是要到黄圈以外,至于自家虫儿厮杀的风采,只能通过前面投影的大屏幕观战。

第二天，第一局与"枣核丁"对决的是"黑将军"。只见这虫通体乌黑，似铮铮铁甲，鼓翼展翅，若战袍临风。草师用芡一挑，黑将军和枣核丁立即都开牙开叫。只听监局喊道："双方开牙有叫，起闸！"

"搭牙！"监局话音没落，只见"枣核丁"猛发一口，"黑将军"猝不及防，抽身后撤，一瞬间被掀翻在地；"枣核丁"旋即叆翅鸣叫，耀武扬威。这时，戴金脱口而出，"好！"

第二局与"枣核丁"对决的是"粟壳紫"。这虫头色深紫映红，淡红斗线铁皮项，紫金翅，六爪斑斑，黄板钳阔厚。起闸后，双方的牙八字张开，寻找战机；"枣核丁"突然发力，钳住"粟壳紫"，而"粟壳紫"也合牙重夹，两虫互不松口，在地上翻滚起来；"枣核丁"身体晃动了两下，收紧两腿，躬身后撤，"粟壳紫"仍然不肯松口。这时，"枣核丁"突然后撤两步，猛扑过去，"粟壳紫"踉跄两步，乱了脚跟，再不敢与"枣核丁"搭牙……

戴金盯着大屏幕，看"枣核丁"两局厮杀，心都提到了嗓子眼。两局两胜后，又有玩家要求戴金再开一局。这时，戴金想起了刀驼李的嘱咐，收虫进罐，坚不应局。但看到两局赢得的二十万，加上玩家们一再激讽，戴金一时血冲额头，答应开局。

没料想，对方出局的是条"粉虫"。这虫长只六厘四，比"枣核丁"还小两毫，但这虫粉头粉脸，粉背，粉项，马脸，却白六爪镶朱砂，配一副玉柱大白牙，威仪万端。起闸后，交牙即胜，没再二口，"枣核丁"便蹬爪立毙。戴金一下子傻了眼。

戴金见到刀驼李，把三局说过，刀驼李长叹一声，脱口而出："你太贪心好斗了！"戴金无地自容，落下泪来。两个人相对而坐，一直到深夜，再无言语。戴金临走的时候，刀驼李突然开口说："我估计有玩家子给你做了局，专等你第三局呢！"戴金这时一惊，脑海里突然闪出一个人的背影。这背影在他进酒店时一晃而过，但细回想起来，倒很清晰——这人肯定是杜影！

戴金正要开口给刀驼李说这事，刀驼李没让他开口，而是自己开了口。他说："你的对家，你自己去想。"停了一下，刀驼李又说："我只是想告诉你，人养虫，养的是喜怒哀乐；虫养人，养的是知耻识时。"

戴金顿时愣在了那里，一句话也说不出来。

23

女人和女人之间的事儿，是世间最复杂的事儿了。

蓝雪接到大华公司胥总的正式邀请后，心里就一直矛盾着。

一个人的出身和经历，往往从根本上注定了他的心态。蓝雪这种出身和经历的女人，有这样矛盾的心态是一种必然。

对于没有家庭背景的女孩子，往往好的长相就特别能决定她的命运。长相出色就容易嫁好，嫁好便好，这是不争的事实。蓝雪不是特别漂亮的，她的五官是属于那种没有特色的一类，但比例还是非常和谐的，长得一点都不抽象和生硬。尤其是她有一身好的皮肤，雪白如凝脂。这对她来说就是一件银镂玉衣，为她增添了不少的光华。偏偏这些年，她又学会了装扮和调理，加上从心底衍生出来的不屈的精气神，便让她从一般的职场女人中凸显出来。往女人堆里一站，你一眼就会感觉到她是那样地出色和不俗，甚至有些鹤立鸡群的感觉。

胥梅在北城一露面就先声夺人，气度不凡地拿下一千亩地，要投资兴建阳光世纪城。蓝雪在房地产公司滚了五年，知道这个行业的根根底底。这就更使她从心里佩服胥梅的路数和能力。没有过硬的社会关系，没有相当级别的领导关照，这几乎是不可能的事。

蓝雪从心里没办法不欣赏胥梅,也正是这样,她才怕自己真正被胥梅征服。虽然,她是想跳槽到这个公司来的,但心里还是不愿意自己真被一个女人征服。

今天,蓝雪五点就醒了。天一亮,她就起来收拾自己。她觉得虽然自己的身份与胥梅不能比,但一点都不想输给她。她要刻意把自己打扮一下。

她决定给自己画一个淡妆。其实,淡妆是最考验一个女人的审美和化妆水平的。淡如素面朝天,淡里有浓,浓浓相宜这就是一门学问。她精心地修了眉毛,在眉的底部和尾部显出肤色的崭新感,只这一点,就足以突出她皮肤的优势。她给两眼上了一层若有若无的蓝影,但睫毛只轻轻地夹了个月形,这样正好突出两汪眸子的清澈。鼻子,她是着意修饰了一番,两翼下扑了一层深色的粉底,鼻梁就更秀美、挺直,如异峰突起,从而就使整个脸部风生水起了。

这一切结束后,她又给自己穿上了一条靛蓝的过膝裹臀筒裙,上身配乳白棉质高腰短褂,与肤色一致的丝袜下面,是一双黑色细跟皮鞋。这样一来,她就显得腰更细、臀更翘、肩更柳、胸更丰,婀娜妩媚、袅袅娜娜了。

蓝雪是掐着时间赴约的。

离九点正好差五分钟她进了红茶坊的大门。在服务员的引领下,她来到了6号包厢。但令她没有想到的是,胥梅已在那里坐着了。只看了一眼,蓝雪就觉出了胥梅的不一般。胥梅微笑的两眼善意而热情,但起身与她握手时,却有一种逼人的居高临下。这让蓝雪有些猝不及防和出乎意料。她不自觉地有些矜持的笑和略显幅度大了点儿的落座动作,还是让她露出了窘态。胥梅显然是全看在了眼里。但她大度地笑了笑,用欣赏的眼光认真地看了看蓝雪,立刻便抚平了房间的氛围。

谈话是在两杯冒着香气的咖啡上来后,进入主题的。胥梅还是有些慌乱,夜里想好的话儿似乎不太听她的调度了。胥梅便礼貌地调节着谈话的走向和节奏。当蓝雪要介绍自己的情况时,胥梅却得体地把话引了过来。

胥梅并没有介绍公司的情况,也没有对蓝雪提什么要求或谈一谈待遇什么的。她呷了一小口咖啡,突然郑重地站起来,伸出手,很用力地握着蓝雪,盯着她的眼,但声音很小地说:"小蓝,你的情况和想法我都了解,房地产界的情况你也清楚,我真诚地需要你过来!"这让蓝雪有些意外,她本来觉得应该谈一谈,而且她还打算说几句谦虚的话,以显示自己是有实力的。但胥梅没有给她这个机会。胥梅对自己的信任,就这样让她不容推托地接受了。

接下来,胥梅和蓝雪聊起自己驾车去西藏的经历。

胥梅有些激动地说到米拉山口。蓝雪的眼前便出现了壮美的画面。那里没林木,仅是高山草原,但天蓝得透明,游云白得洁静,山峦苍茫起伏,山坡上的颜色暗绿、草绿、土黄随着光影变化万千,草地上点缀着点点羊群、黑色的牦牛,世间顿然显得那样地纯净,让她产生了无限的遐想,心灵宁静而升腾……

蓝雪还沉浸在遐想之中,胥梅又呷了一口咖啡,看了看腕上的表。蓝雪有些不好意思地也笑了笑。胥梅便从包中拿出一个方形圆口的瓶子。这是一个十厘米左右高的水晶瓶,精致而大气,里面似乎没有任何东西,只有一层淡淡的略有略无的蓝色。蓝雪一时不知道眼前的胥梅到底要干什么。胥梅便开了口:"小蓝,我们是第一次见面,大姐送你个礼物!"

蓝雪正要开口说话,胥梅便笑着说:"这是米拉山口的云。那天我下车把瓶子打开,云便迤逦而入!你留着吧,啥时心情好的时候,可以打开,也许你会有不寻常的震撼。"

蓝雪接到手中,胥梅又笑着补了一句:"记住,天气晴朗,心情最好的时候再打开哟!"

走出红茶坊的时候,胥梅客气说:"小蓝,我今天还有事要谈,就不陪你了!"蓝雪便笑着说:"不敢,不敢,胥总这样忙。我正好还要在这等个朋友呢。"两个人握了一下手,便笑着分开了。

其实,蓝雪是没有约会的。她随口这样说,是为自己也是为胥梅。

胥梅的宝马车上了对面的路,蓝雪才抬腕看了一下表,此时正好十点。蓝雪一时不知道下一步要干什么。但她也不能在门前再作逗留,于是,便提着手包漫无目的地离开茶坊。

女人被男人征服不算一件太难的事,有时,一个不经意的眼神就能让女人一生相随;女人要被女人征服却不是一件易事。女人的嘴天然地长着蜜,说出的话儿都是温软的蜜甜的。两个相识的女人,一见面就会咯咯地笑着说起话来,而且总会有亲昵的肢体接触。单听她们嘴里的话,你会觉得女人间是最容易欣赏对方,最容易被对方征服,两颗心是最容易融为一体的。

其实,我们都知道这是最大的假相,都知道女人是天生说反话的高手,女人间是最难互相欣赏、最难被对方征服的,更不要说心与心真正相融了。人们都知道这样一个事实,但似乎没有谁愿意说穿。这就使女人间的世界变得更有趣,更诡秘,更扑朔迷离。

但今天,胥梅的举动和谈话带给蓝雪的震撼却是巨大的,她开始时担心自己被胥梅征服的事,还是发生了。她觉得自己被她征服了,而且在自己那颗感性的心的引领下,不自觉地便产生了行动。

尤其那瓶米拉山口的云,让两颗心近了许多。

见过胥梅和杜影后,蓝雪就像一根压紧的弹簧,时时都有一种要崩裂的感觉。尤其是拿到《阳光世纪城开盘方案》后,她觉得必须去找一个人。只有这个人，才能帮她细化，帮她释放压力。

这个人就是左枫。左枫原在《北城早报》做楼市版主编。

在蓝雪心里，他对北城楼市是理解最透的，他的策划也是最有前瞻性的。让她想到左枫的另一个重要原因是，她钦佩他的人品，尤其是他对金钱的态度。她在北城房地产开发公司时，是负责广告执行的，有太多的机会和理由都是可以拿到回扣的，但他一分钱都没有要。尽管他的生活，是那样地不容易。

这一点是让蓝雪由衷敬佩的。左枫的妻子原来在蓝雪工作时的那个企业，她离开两年后这个企业就破产了。也就是这一年，左枫的妻子下岗后，就得了白血病，这对在报社做记者的左枫来说，是件天塌下来的大事。他先是卖掉了房子，然后是不停地借钱，但这最终还是没能挽救妻子的生命。妻子走后，他便带着四岁的女儿和母亲在郊区租了两间民房。偏偏一年前，他的母亲又中风卧床。

半年前，蓝雪为了一件什么事，路过左枫的住地，但左枫没有让她进去。左枫是有自尊的，他从不在外面露出自己的苦处，更不愿意接受别人的馈赠，就这样一个人扛着。这一点蓝雪是理解的，所以，她选择匿名汇款给左枫。

现在，她觉得左枫应该是最难抗的时候了，她想让他离开报社与自己合作，这里面不仅仅是需要他的帮助，也有一层想让左枫体面地改变境况的意思。

24

这几天，蓝雪不止一次地回忆着与胥梅和杜影见面的情形。

那天，蓝雪进了胥梅的办公室，她才看到胥总并不在屋里。黑色的六角小会议桌前，是另一个三十多岁的女人坐在那里。

这个人是杜影,是大华投资公司的副总裁兼财务总监。蓝雪在进公司的第一天,是见过她一次的。她留给蓝雪的印象,是温软话语背后逼人的干练和眼镜后面深不可测的眸子。今天,她穿着一套深色的西装套裙,显得越发庄重与严肃。

蓝雪坐下后,谈话就立即开始了。

杜影给蓝雪一个笑意后,接着就说:"从今天开始,你必须把你的智慧发挥到极致,就是要把阳光世纪城的均价卖到五千以上,而且要在年底之前完成销售的百分之八十。更为重要的是,必须保证回笼现金五个亿!"

蓝雪听后,脑子立刻轰了一下。这简直是不可能的。现在,北城最高的房价还不到四千,均价要卖到五千,这是她从没有想过的。再说了,现在阳光世纪城这个楼盘,路、水、电三通工程还没有开始,根本不具备销售和签约条件,怎么能销售百分之八十,回款五个亿?她觉得眼前这个女人是不是脑子出了问题,不然,怎么会说出这样的话来呢。

杜影见蓝雪一时无语,突然笑了一下。这一笑让蓝雪觉得脊梁发紧,她更是有些无措和局促。杜影收住笑,突然提高声音地说:"在房地产业,没有什么是不可能的。这一点你必须清楚和坚信!你要完全改变过去的操盘模式,以全新的思维来应对。那就是要换脑,甚至包括你的生活方式、道德观、价值观、人生观,等等等等。这一点,胥总和我都相信你能做到!"

这时,杜影站起身来,蓝雪也不自觉地站了起来。

杜影引领着蓝雪,向东南的墙角处走去。

这里有一大一小两个鱼缸,大的是一米多高,一米多开口的圆形玻璃缸,小的是半米上下的青花瓷,缸身画着一个可爱的女子在弯腰喂鱼,弯腰处女子丰盈的体态如真如实。走近大鱼缸只见里面安静地卧着一条从没有见过的鱼。这鱼尺长左右,牙齿锐利,下颚长刺,体呈卵圆形,侧扁,尾鳍呈又形,两侧灰绿,背部墨绿,腹部鲜红。蓝雪正在猜测这到底是一条什么鱼时,杜影弯腰从旁边的小鱼缸里,用网勺捞起两条梳子大小的鱼,丢到大缸里。一直卧着不动的这鱼,突然跃身而起,一口便吞住了其中的一条。

蓝雪下意识地向后退了半步。杜影突然笑了一下,然后说:"这是南美洲亚马逊河流域的食人鲳,性情凶猛残暴,连人都可以吃,所以又被称作'无敌鱼'。"蓝雪听后,心向上一提,感觉有些害怕。这时,杜影又说:"我们房地产公司就要像这食人鲳一样,只有这样才能生存得更好,才能不被别人吃下去。当然,做人也一样,这就是弱肉强食!"

回到小会议桌前,坐下。杜影问蓝雪,她说的目标能完成吗。蓝雪有些不自信地说:"杜总,按我过去的经验判断,完成目标确实很困难。"其实,蓝雪本来是要说,这几乎是不可能的,但她还是换了个方式,婉转地表达了自己的想法。这句话应该是在杜影的意料之中,她一点也没有表现出吃惊,而是有些满意地点了点头。

然后,她一改刚才那种语态,有些温软地说:"这个你不要担心,胥总和我自有安排和方案。但重要的是你能执行好,你能把我们需要的人招来,并带领他们执行好!"蓝雪这时心里变得有些底了,甚至有些兴奋,她知道自己执行好是没有问题的,她有这个自信;更重要的是她要看一看这样的目标,是不是在她手上真能实现。

蓝雪起身给杜影加水时,杜影从包里拿出一盒韩国 ESSE 香烟和一个细长的红色 ZIPPO 火机。她抽了一支让了一下蓝雪,蓝雪笑着谢绝了。咔的一声,蓝色的火苗蹿了出来。杜影优雅地吐了一口烟,然后开口说:"蓝雪,胥总和我都十分看重你,你知道为什么吗?"

蓝雪顿了一下,笑着答:"感谢你们的信任,可能我没有你们想象得那样好。我真的怕让你们失望。"蓝雪说这话是真诚的。虽然，在商城地产界她是拿头牌的楼盘销售操手，但这种让房价每平方米半年之内提升一千元的目标，她没有想过。

与胥梅谈过，尤其刚才与杜影的谈话，她心里没有从前那样自信了。刚才，杜影说话时，她甚至怀疑自己决定加盟到这里的正确性。但这只是一瞬间的感觉，她到这里来，很大程度上并不是为了钱，更重要的是为心中的一个目的。这个目的与北城房地产公司有关，与北城房地产的胡总有关，但这一切只能埋在心底，是跟任何人都不能说的秘密。

杜影把烟掐在烟灰缸里，长吐了一口气，两眼盯着蓝雪说："小蓝啊，你的一切我和胥总都清楚。我们把你挖来，一方面，是你在北城有无可替代的销售人气和操盘经验，更重要的是你有发自心底的内动力！"蓝雪正要说什么，杜影又接着说："你的经历，包括感情上的经历我们都清楚，这一点与胥总和我是有些相同的。也只有我们这样经历的女人，才有可能像鲳鱼一样所向无敌。"

蓝雪听罢，脸一下子红了。她没有想到自己的心被眼前这个女人看透了，而且自己的经历和不堪也被她们了如指掌。女人的秘密被别人了解，这是一件最让人难堪的事。但这已经是无可挽回了的事实。杜影显然是看出了蓝雪的窘态，长出了一口气，然后笑着说："没有什么不好意思的，我还坐过五年牢呢。我们每一个人都应该为自己的经历而庆幸，而不是被不堪的经历所毁掉！"

这天早上，雾很大，空中到处弥漫着水汽。蓝雪打上出租车，到左枫居住的东城区去找他。她之所以没有打电话，没有约他见面，而是选择这种突然造访的方式，是怕左枫拒绝。如果拒绝了，再谈起来就夹生了，也许就没有希望了。

由于雾大，出租车便像一只老牛，慢吞吞地向前挪动着。

蓝雪望着前面，两眼有些虚空。其实，她还在继续回想那次与胥梅和杜影见面的一些细节。

那天，她与杜影见面快四十分钟了，套间的门才开。胥总像是刚休息过，一脸小憩后的精神饱满。她来到小会议桌前，微笑着看看蓝雪和杜影，然后说："谈得怎么样啊？"杜影看了一下蓝雪，她是要蓝雪回答的。蓝雪镇定一下，就说："我觉得这是我从没有过的谈话，一切都是新的！"胥梅开心地笑了笑，然后说："杜总，方案给小蓝没有啊？"杜影便说："还没有呢，马上我让人送来！"胥梅站起身来，走到自己的班台前，从桌上拿起一张纸，又走了回来。

这是一张已经打印好了的协议。胥梅把它推到蓝雪面前，蓝雪首先看到的是胥梅的亲笔签字。当她正在看上面的内容时，胥梅笑着说："这是给你的协议，你在这里是拿提成的，销售额的百分之一。"

蓝雪有些吃惊，她赶紧说："胥总，这个太高了，我真的不需要！"胥梅和杜影都笑了。笑过之后，胥梅说："小蓝，我要让你在我手上成为千万富翁！只要你有这个信心。"蓝雪还要说什么，胥梅已经站了起来，两眼望着蓝雪又开口道："签过字，你就开始工作吧。当然，首要的是把精干的人员招来，把方案细化。我需要一鸣惊人，一举成功！"

出租车鸣叫着，继续向前挪动了。

蓝雪坐在车上，看着两边朦胧的街道，突然有了一种未曾有过的疑惑。

车子慢慢地爬行着，蓝雪就不停地向路的四周看着。

约有四十分钟，车子才到郊区。她开始搜寻记忆中左枫的住地，那天，左枫只给她指了一下，她并没有进去。正在这时，车子突然停了下来。司机说，得下车，前面走不动了。蓝雪向前看一眼，前面是一片黑压压的人群。

下车后，她走近一看，便明白了，前面正在强行拆迁。三台推土机被人们围着，另一台推土机轰鸣着正冲向一座民房。她刚想走向前看个究竟，就见人群中的村民和一些保安模样的人，冲撞了起来。

　　蓝雪退到人群外十来米后，想了想，还是掏出了手机，拨下了左枫的号码。因为，她不知道，左枫现在还住不住在这里了……

第 九 章

25

左枫吸了一口,又吸了一口,烟灰后面的火星亮了一下,又亮了一下。

他压下喉头,把烟雾咽到肺里,烟雾就在肺里由上到下,由下向上翻转;他没有立即打开喉咙把烟雾吐出来,头就有些眩晕,他就是要让自己沉浸在这种感觉中。

这时,女儿艾艾兴奋地叫着爸爸。他一抬眼,艾艾已经来到了他的面前,而且手里拿着一张纸。

"爸爸,你看我画的大楼漂亮吗?这一层我住,上面的你住,最下面的奶奶住,我还要在这一层喂小兔呢!"左枫张开嘴,烟就从里面呼出来,呛得他连着咳嗽了几下。咳嗽完了,他才摸一摸女儿的头说:"好孩子,比爸爸有本事多了!"

艾艾高兴地向奶奶床边去了,左枫望着她的背,心里想:就这样定吧!

上午蓝雪来找他时,他没有答应她,其实他是想立即答应她的,但他觉得应该给自己留个面子。人活一张脸,脸就是一张纸,捅破了就啥意思没有了。这张纸不能让别人捅破,自己更不能捅破,这是活着的自尊。左枫很感激蓝雪的,她没有太直说,只是教艾艾画大楼,这其实就是告诉左枫,作为一个男人不能老让女儿在纸上画楼来满足心愿。

左枫理解了蓝雪的心意,现在也更被女儿对楼的期待所感动,他决定不怕这张纸被捅破了,再也不能视金钱为粪土了,因为自己在金钱面前早已是粪土了。

蓝雪是一个办事利落的人,她给自己定过一个原则:想好的事立即办,今天的事不明天办。左枫答应下来的第三天,他们就开始了谋划。按约定的时间还有十分钟,蓝雪就已经到了红茶坊。其实,她昨天在家反复谋划和盘算一天了,今天是要再听听左枫的意见,看左如何把她的想法变成现实。

左枫到了,他们喝了一口茶,就直接进入了主题。

蓝雪说:"我们要想做好这个盘子,必须炒作,狠狠地炒作。只有炒热了,把人们的头脑炒得晕头转向了,才可能有作为!"

左枫同意她的看法。其实,这两天,他也一直在思考。尤其是研究"大华投资公司"的历史与运作特点。对于这个公司,真实的资料没有找到,只知道他们是有新加坡背景的合资企业。胥总和杜总是新加坡籍,这是可以查到的。但左枫还是找到了大华置业进入北城市的突破口。

一年前,大华投资突然进入江南省。而且他们进入的方式更为传奇。那天晚上,在省城最高档的五星级酒店——麦香楼宾馆,胥梅突然宣布,当天晚上所有宴会、餐饮、住宿消费,全部由自己的公司买单。杜影去谈时,已是晚上六点,麦香楼总经理感觉到十分突然,开始并不同意,但她当场又加付百分之二十费用。这家国际性的酒店也是头一次碰到这样的事,为大华投资公司的做派而折服。杜影当时谈的理由,只有一点:大华董事长胥梅是江南省人,这是该公司回国投资的开始,他们要以实际行动回报和感恩家乡父老!

第二天,省城的各大报纸都报道了"大华投资公司"。接着,他们在江南省的宣传一直不断,捐助和公益活动一个接着一个。半年后，才通过省里一位领导引见，来到北城。到了北城，做的第一件事就是：免费给全市白内障病人做手术，让他们重见阳光。他们的口号是：阳光有多温暖，大华投资就有多少爱。很快，他们拿到了东城区改造项目，土地面积一千多亩。

这块地是以"阳光世纪城"为名的高档社区，他们同样有一个响亮的传播语：阳光有多温暖，世纪城就有多贴心！随即，"阳光世纪城"这个项目成了北城妇孺皆知的大事。

根据他们先声夺人的一贯做派，蓝雪和左枫达成了共识，那就是延续这个风格，必须把北城市民的眼球更进一步吸引到这个楼盘上。他们在红茶坊呆了一天，晚上九点时，基本思路终于确定了：在省城媒体尤其是北城所有媒体，强势发布高薪招聘置业顾问广告，广告发布半月后再接受报名。置业顾问其实就是售楼小姐，在这个问题上蓝雪坚持用置业顾问，售楼小姐这个名字现在实在太俗太不中听，社会上都称"兽兽"、"小姐"，而置业顾问就高档而且专业。

他们制订的招聘标准和待遇都同样非常之高，必须是二十五岁以下本科学历以上，而且采取电视直播海选的方式进行。这种策划在同行业是没有过的。更为重要的，他们还在招聘广告中明确说明，海选入围的选手将要经受半年军训，送到北京专业培训。

其实，这只是他们的策划而已。蓝雪和左枫的最终目的，只是为了吸引全市和周边地区准购房者的眼球。最重要的是要把北城市其他楼盘的售销人才，尽量多的挖来。这些人，才真正能够上手，而且真正拥有客户关系；更重要的，这样可以给其他楼盘来个釜底抽薪。潜在的购房人就那么多，对手少一个，自己这边就多一个，这是最简单不过的道理了。

他们的细划方案出来后，第二天就得到了杜影和胥梅的批准。

第三天，广告便铺天盖地地在省城尤其是北城展开了。没有几天,关于阳光世纪城的各种议论和话题,就成了北城市民的谈资。招置业顾问就这般阵势,足见这个公司的实力和气魄。尽管广告上说半个月后才接受报名,但广告推出的当天还是有不少女孩来到公司,要求报名。蓝雪没有接受,连登记都没有。这些报名者得到的只有一个告示,那就是半个月后提前排队报名。

广告登出的第三天,有一个人反复打蓝雪的手机。蓝雪最终还是接了,来电话者叫甜甜,是青岛青旅公司的导游。甜甜也是北城人,两年前,蓝雪在北城房地产开发公司做销售经理时,带队到青岛结识的。青岛离北城八百多公里,这个消息都传到那里了。那次,甜甜确实给蓝雪留下了不错的印象,于是,她决定见见她。

虽然甜甜是从青岛回来,但还是准时到了蓝雪跟她约的红茶坊。

一杯花茶倒好,蓝雪就直截了当地问:"甜甜,你为什么要辞掉导游,改做置业顾问?难道仅仅是为了高收入?"

甜甜笑了一下,回答道,"蓝总,难道这个理由还不够吗?我大学毕业就到了青岛,与男友一起干了五年,连首付都交不起,房子灭掉了我的所有梦想,包括爱情!我们八零后再强的勇者,也不敢面对无房的人生。"

蓝雪笑了,她想导游就是嘴麻利,说出话来一串一串的。她望着甜甜,又笑着问道:"你与你的白马王子分了?难道仅仅为了房子?"甜甜呷了一口茶,苦笑了一下,说:"是的。当然还另有原因,他从心里是看不起做导游这个行当的。"

"怎么?导游不好吗,收入高,见识多,天天游山玩水,天底下还有比这更好的工作吗?!"蓝雪笑着说。

甜甜叹了口气,笑得更苦了,她问蓝雪,"蓝总,我能抽支烟吗?今天坐一天车太累了。"

蓝雪先是一愣,继而微笑着点了点头。

甜甜点上一支烟，吸了一口，开始了似乎是自言自语的述说。她说，其实做导游是非常苦的，尤其是地接导游根本一点底薪都没有，不仅如此，接到团还得按人头给公司上交很多费用。现在，游客购物理性了，购物回扣很难拿到，即使有点回扣，还得与游车的司机平分。更让人不能忍受的是，在旺季和热点景区因住房紧，酒店只免费给司机和导游提供一间房，往往要和司机同住。

旅行社都不养车，车是旅行社雇的，每个团结束以后，导游会把车费给司机结账。导游与司机有着密不可分的利益关系，大家都是出来赚钱的，谁不想多赚点呢，所以有很多女导游，就趁晚上和司机一起住的时候，勾引司机上床，最后女导游就会以此来少给司机车费和回扣。导游这个行当竞争也相当激烈，有些人为了多挣钱，也会与个别男客人从眉来眼去到投怀送抱……

甜甜说着，蓝雪越来越感到意外，她没有想到导游这个职业竟有这些事儿。甜甜说完了，蓝雪给她续上茶，看着有些无奈的甜甜说："你以为售楼小姐这个行当好吗？你对它有多少了解？"

甜甜想了想，笑了一下，然后说："我都想过了，差不多吧，都是吃的青春饭，都是靠的人际交往能力，都是靠业绩提成。"说罢这些，她笑了笑，又接着说："也许，你觉得我们八零后女孩现实，其实，我们是被现实逼的。"

此时，蓝雪觉得甜甜与四年前相比是变了一个人，她也许已经被潜规则了，但蓝雪觉得她做售楼小姐一定是称职的。她是一个受过伤、敢于豁出去的女孩，一个人只要敢于豁出去，他身上就会爆发出常人没有的力量。这天晚上，蓝雪的心情很复杂，虽然她为甜甜的加盟而高兴，但心里总有一种说不出的累，这种累不仅来源于甜甜，更是来源于自己的经历。

回到住处，蓝雪简单洗了一下，就躺下了。她想看看电视，可打开电视又关上了。于是，她又拿起一本书，可翻两页就看不下去了。最终,她让自己躺下来,什么也不干,静静的,任心绪无根无由、天马行空。

快十点了,她的手机突然响了。

她拿过来一看,竟是长江银行的行长戴金打来的。这个时间了,他还打来电话干什么?蓝雪犹豫了一会儿,还是按下了接听键……

26

东城新区,现在有六家房地产公司同时在这里开发。

但数胥梅的大华公司气派最大,开工的楼盘数量最多。唯一能与大华公司相差不多的就是北城房地产公司了。这个公司是北城的国有企业,也拥有许多别的公司没有的优势。

杨老四就是北城房地产建筑公司工地上的一个小工头儿。

能成为工头,是他做梦都没有想过的事。

今年正月十六,他从家乡龙湾带来了五十号人的当天晚上,老板栾正杰把他叫到工地旁的洪福酒楼。喝了三瓶古井酒后,栾老板拍着杨老四的肩头神态严肃地说:"老四,我没看错人!跟我好好干吧,汽车高楼也有姓杨的那一天!"第二天,栾正杰把8号9号两栋十八层的瓦工包给了杨老四。立马,杨老四就成了工头儿。

在建筑工地,只要能带几个人包到工的,都会被人称作老板。杨老四包到瓦工,他就被称为小老板,工地上的人口气都大,带个"小"字就少了些豪气,省略下来就成了老板。栾正杰从北城建筑公司拿到建筑总包,他就是大老板。

按说,北城房地产建筑公司的胡总才是真正的大老板。但工地上的人们却不喊他老板,而是喊他胡总。不仅如此,他们建筑公司所有人一律是喊某某总的。在别的工地对建筑公司的老总过去是喊大老板的,但这个工地规矩不一样。因为北城建筑公司只是北城房地产集团公司的一个子公司,是国有企业,国有企业的人是忌讳被别人喊老板的。

杨老四每天派好工后,却一天不拉地在工地上,与别人一顶一地干。老四在建筑工地上打工有五六年了,瓦工、木工、钢筋工样样都干过,手艺不错,可也老是受小工头的欺负。这些事儿,前些年老四都认了。不认不行啊,他自己觉得,一个农民而且是只上了小学四年级的农民,不受点委屈恐怕是不行的。有时他也想反抗,但每到此时他总是想起爹的话:咱乡下人生下来就是干活的命,干活干活,不下力地干,没法活啊! 后来,村里几个人跟他一道儿在一个工地上干,就不一样了。

倒不是说人多有群胆,而是可以随时与工头叫叫板。越是到工期紧,缺人手时就越可以与工头叫板。现在工头儿也不像过去那样牛了,没有民工他当哪门子工头啊。老四自己成了小工头,他自然知道手下的人心里是咋想的。别看他们一口一个老板地叫着,但心底里都是有些不服气的,稍有招呼不周的地方,他们都可能在关节点上给你磨工,使绊子。再说了,老四是刚刚包上工,对一个工时能做多少活还掐不死,如果窝了工,自己就没有了钱赚。他自己加在里面干,一方面可以摸得更清,另一方面大家也不好意思怠工。

这样干了两个多月,老四觉得不对劲儿。开发公司负责工程的赵工、周工,监理公司的陶工、柳工,还有栾正杰手下的技术员孙胖子和会计菊华,六个人就像六根绳子都勒着他,而且越勒越紧,快有些喘不过气来了。今天这儿不行,明天那儿得返工,工夫不少费可就是不出活。老四观察了包木工的老陈,夜里在铺上翻来覆去地想了一宿,终于明白了,这些人也都是小鬼啊,你不给他好处,小鬼比阎王还难缠呢。业已想通,老四就有了办法,我以为多大事

147

呢,不就是四位老人头——人民币没出场嘛!

第二天,老四给带班的毛孩说:"兄弟,我不能老闷着头跟你们一起干了,我得打点打点这些人呢。你看明白没有?打发不好小鬼,就难过关啊!"说着,老四从怀里掏出一包玉溪烟,抽出一支放在嘴上,把剩下的一盒给了毛孩。毛孩笑了笑,点上一支,猛吸了一口,点着头说:"老四,放心吧。干活这事交给我了,你去打点吧。"

现在,老四怀里开始揣两种烟了,一种是玉溪,一种是红梅,而且至少每样两包。见这工那工管事儿的来工地,瞅没人就递上一包玉溪;自己在工地上看大家干活累了,就一人甩过去一支红梅。而且总是说:"哥几个,歇会儿,抽支烟! 咱出来打工,也不能把命都卖给这工地。磨镰不误割麦。"民工们就停下来,嘿嘿地笑,"老四,给你干舒坦,累死也快活。"老四就笑,"看哥几个说的,我老四就是给大伙一道打伙计混饭吃!"一支烟抽完,工人就像充足了气的皮球,比刚才干得欢实多了,活不但不少干,而且比想象的还多。这一点,老四心里是有小算盘的。一天四包红梅,二十块钱,多干半天工就赚回来了。对于这五十号人,一人多砌十块砖,也不止这个数啊。

工地是最难管的。别看一色的农民工,平时低眉下眼的,但心里都妖着呢。尤其是来挂单的散工,是最难防的。散工就是自己到工地来找工的,往往他们不是两个人就是仨人。老四过去在工地上干活时是遇到过的,所以他就一直防着。

这不,一个月前,有仨河北人来找老四,嘴说得比鳖蛋都圆,啥活都能干,工钱差不多都行。老四递给他们仨一人一支烟,笑着说:"哥几个,我这儿活少,庙也小,养不了你们。另寻高就吧。"这仨人不走,苦笑着说:"老板,你就留下俺们仨吧,我们都两天没混饱肚子了!"老四看了看他们,就对毛孩说:"带他们到食堂! 肚皮都是肉长的,不能饿了肚子。"仨人吃过立即就来到工地,推车抓锨地干了起来。晚上,他们在工棚吃了饭后,老四就说:"哥们,明天我可不敢麻烦你们了。另攀高枝吧。"第二天中午,这仨人就到了钢筋工老田那里。都在一个楼位上,低头抬头都见得面。这仨人在老田那里还真是卖力,活也快,人也不哼不哈的。有一天,老田就说:"老四,走眼了吧。这哥仨可是三头牛呢。"老四没说啥,笑笑,递给老田一支红梅烟。

老四开始与监理公司的陶工、柳工和开发公司的赵工、周工打交道时,有些怵。他还没有跟这些人打过太多交道。他就试着来,先是瞅没人时塞给一包烟,见他们都收下了,而且脸色也变温和了点;接着,他就请他们去吃饭,他们也没推辞;再后来,他们吃饭后就提出去洗脚、洗桑拿、唱歌。老四知道行了,"四位老人头"的威力显出来了。虽然,每次钱花出后心里痛得跟刀割的一样,但面子上还是笑呵呵的。

一次,跟开发公司的赵工和周工喝过酒去唱歌,他们俩一人叫了一个小姐。老四不会唱,也不敢叫小姐,就只有喝啤酒。喝着喝着就多了,酒虽然多了,但老四心里明白,要玩就让这俩人玩个痛快,就又给他们一人叫了一个小姐。赵工也喝多了,就叫老四过去。赵工有些口吃,喝了酒说话就更不连贯,"老、老四,这、这就对了。钱算什么?钱、钱就是我哥俩笔尖子一拐的事!老、老四我看出来你厚道,以后、以后就跟着我哥俩混吧!"老四头也晕晕的想不太明白。就说:"赵工、周工开酒,怎能给兄弟面子,咱哥仨就擂一个!"周工把怀里的小姐推开,拿起酒瓶,"老四,干!跟俩哥哥混,亏不了你!"

早上,老四的头还晕晕的,木木的不太听使唤。他在想,咱这农村人就是有点不行,没那副金肠玉肚,喝少点酒还听自己使唤,多喝点儿人就听酒的使唤了。过了晌午头,老四才真正清醒过来。他抽着烟盘算了一遍，心里就一疼，再盘算一遍心里还是一疼，刀割的一样。乖乖，昨儿一晚上造祸了2400多块啊！

下午快收工的当儿，赵工和周工来到了老四的工地。老四心里一紧，"这俩爷，今儿还想造啊！"但老四还是一脸的笑，"赵工、周工，欢迎指导，指导！"说着，就把怀里的两包玉溪掏出来，一人一包送上。赵工笑了笑，没有说话。周工也没说话，两个人在工地上转了两圈，老四心里打着鼓，跟着转了两圈。停了下来，赵工看了看周工，笑了一下，就说："老四，你是真不懂还是假不懂啊？"

老四蒙了，赔着笑脸说："真不懂啊，两位多指点。"周工就说："你啊，真老实。但我不能让你老实人吃亏。你这工程量大了，跟图纸不一样，要是别人还不哭着喊着要补签证呢！你看看这图。"老四这才明白过来，原来他们是要给自己补签工程量，就是变法儿加钱。他就说："不瞒两位，我老四就小学四年级毕业，真看不懂那曲里拐弯的图呢。"赵工笑笑，"老四，四年级那不叫毕业叫失学。"老四就笑着说："对，对，是失学失学。"赵工笑过后对周工说："小周，给老四照实办个单子吧！"

第二天，老四拿到单子，一看就心里一惊。一盘算，工钱竟多出6450元啊！心里一叹，"拎瓦刀的跟拎笔杆子的，真他妈一个天上一个地下。"走出赵工的办公室，老四心里很复杂，他觉得怀里揣的不是一张纸，而是一块千斤重的石头。这钱来得太他妈的容易了，真是笔尖子一拐的事。他又想，怪不得国有企业弄不好，弄好个熊啊，这些人胳膊弯子都往外拐啊。他更觉得自己这钱来得有些黑心，昨晚花了2400多块，今儿就来了6450块，整整赚了4000块啊！人家都说，钱能生钱，这话真是不假啊。但老四脚跟儿发沉，心里有些胆怯，他觉得这钱有些扎手，不好拿的。

正在这时，老四的手机响了。打开，就听到周工的声音，"老四，晚上要没事，跟赵工咱仁再弄两杯！"老四就明白了过来，赶紧答:"没事,没事,我能有啥事。马上到!"

老四合上手机,心里突然轻松了许多。

27

还没收掉工,锁老七就来喊老四去洪福酒楼。

老四本来不想去,但还是去了。一是锁老七这人平时也怪仗义的,再说了锁老七包的是木工,木工卡着瓦工,木工支壳子慢了、使了窝角,瓦工浇注水泥时就得窝工,甚至返工。虽然都是工地上讨饭吃,但木工比瓦工钱挣得要轻巧,钢筋工比木工更轻巧。这一点,老四是知道的,但他也没有眼红过。他相信世上没有巧事、好事,只有出力挣钱的实在事。

锁老七是平顶山人,酒量不小,喝起酒跟喝水差不多,一大口一大口地喝。

不大一会儿,一斤半酒搁进了老四和锁老七他们俩肚子里了。白酒这物,刚喝多时人并不难受,只是把人的一个脾气性格放大而已。喝了酒,不敢大声说话的声音变粗,平时不敢想的事敢想了,不敢说的话敢说了,不敢做的事敢做了。老四也常喝多,第二天酒醒了,就会后悔,心里老在想,我昨天喝多了说什么了没有,做什么了没有?总怕有失言失礼失手的地方。这也难怪,现在自己领着一干人在城里挣钱,人就得小了再小,夹着尾巴低着头。这样就不会碍别人的眼,就不会招别人的嫉。做事在前,挣钱事大,人前人后张扬是万万使不得的。但锁老七就不一样,尤其是他喝了酒,就像是吃了兴奋药,那做派比城里人还城里人,比老板还牛×。

老七撂给老四一支烟,突然把头伸过来,压低了声音,"老四,哥给你商量个事,咱明天停工吧?"

"咋了?"老四不解地问。

锁老七直了身子，端起酒杯说："让栾老板加钱，他妈的凭啥挣这么多？不加钱，咱哥几个就晾给他看！"

老四吸了一口烟，又吸了一口，望着老七说："七哥，这事我老四做不出来。栾老板挣的钱多是栾老板的本事，咱挣的是他的钱呢，咱不能跟他使手脚！"

"嘿，你老四怕钱扎手？！这两栋楼下来他栾正杰能赚两百万啊，我们苦两年挣三十万足天了。他不该再掰给咱们点啊。"锁老七不平地说。

"栾老板能从胡总那儿拿到工程，整天孙子一样跟在后面，重孙子一样招呼着建筑公司那些爷，人家容易吗？我就挣我该挣的钱。"老四从心里不赞成锁老七这主意。

锁老七见老四说出这话，把酒杯往桌子上一蹾，盯着老四说："老四，这事跟老田我俩可说好了啊，木工钢筋工都要涨，就你出苦力的瓦工不涨？你别喝两盅猫尿，充他妈大尾巴犟驴好不好！"

老四也把酒杯往桌子上一蹾，"老七，恁走恁的阳关道，我老四挣我的苦力钱！我走了。"老四站起来要走。锁老七也站起来，把老四按了下来。他又喝了一杯，然后说："老四，我平日里觉得你仗义，但我他妈真没看出你跟钱有仇！"

这世上没有人跟钱有仇的。但老四不愿意这样做是有他自己的理由的。打小的时候，爹就教他，无论做啥事算好自己该挣的，别的再多不是自己的也不能伸手，钱是烫手的物件。再说了，老四更不愿背后给栾正杰下绊子。

一年前，他是救过栾正杰，但人家栾正杰对自己不薄。先是叫老四到他工地上带班，现在又把瓦工包给自己。做人不能不讲良心，不讲情分，那连猪都不如。猪见主人还哼哼呢。更何况，老四从栾正杰那里听说这工程复杂着呢。这是大华投资集团的楼盘，胡总的建筑公司是国有企业，听说要不是市委书记打招呼，大华公司是不会把工程交给胡总干的。这里面丝丝缕缕的，水深着呢。老四铁定了不搅这个浑水。

见老四铁了心地不同意，老七没招了，他不停地喝酒。老四就劝，"七哥，我也知道咱出来挣钱不容易，可苦挣甜万万年。"老七又喝了几杯，显然是真醉了。他突然就哭了起来。老四递给他一支烟，给他点上，然后就劝。这时，锁老七又开了口，"兄弟啊，你不知哥的难处，我他妈不多挣钱不中啊。她，她都怀上六个月了，没钱她不走哇。"

老四点上了支烟，一时无语。锁老七年初在歌厅相中了一个小姐，东北人，叫红字。玩过、嫖过，老七对她动了真情，红字也看上老七的出手大方。后来，锁老七就租了一间房，把红字养了起来。老四刚知道这事时就劝过老七，而且话说得也到位。老四说，老七咱是啥？咱是农民！咱能玩得起吗？就是玩得起，咱养得起、包得起吗？那山果子从来都是猴吃的，根本就没有猪的份。可老七着了魔一样，听不进去。有一次，钢筋工老田跟老四一道也劝过老七。但老七却说俺想女人想得苦啊，初中一毕业，爹就说，儿啊，爹没本事，你就出去自己挣媳妇去吧。俺打了六年工，才娶了屁股比磨盘还大的媳妇，俺烦死了。红字呢，那妖劲，勾了俺的魂，八头牛也拉不回头，别说恁俩的劝了……

再好的肉也有吃腻的时候，再妖的女人也有厌的那一天。俗话说得好，女人脸面有高低胯下东西是一样的，被子蒙了头，一样出笨力。老四看得出，现在老七对红字厌倒没有厌，而是怕了，怕她那双花钱如流水的手。想到这里，老四摇了摇了头，又点上一支烟。

锁老七端起酒杯跟老四说："兄弟，你要是帮哥，你就帮我把红字弄走吧！我早晚得栽在她身上。"老四有什么办法把红字弄走呢，他就劝老七，"七哥，揽了瓷器活儿，咱就不能装孬，再说钻不是金刚的了。走，走吧，天亮了，酒醒了，你就舍不得了。"

老四把锁老七弄到他租的房子。红字正挺着肚子在门口张望呢。见老七醉成这样子，红字有些心疼地说："你看你，快进屋喝点水吧！"

回到住处，老四又抽了一支烟。他思来想去，最后还是给栾正杰拨了个电话。"老四，啥事啊？深更半夜的。"老四听到手机那边一个女人的埋怨声，"谁啊，人家正美着呢。"老四知道这女人就是栾正杰的相好菲菲。一年前的那个晚上，栾正杰就是因为她被打晕在马路边，老四救了他。尽管老四知道菲菲不高兴，但他还是跟栾正杰说了锁老七和老田合谋好明天要停工的事。栾正杰没有多说什么，只是说："我知道了，老四，哥谢谢你！"

第二天早上，工人们刚到工地，栾老板就领着一个工头模样的人到了工地。他们在木工场地转了几圈，小声说着什么。锁老七就跟了上来，他递烟给栾正杰，栾正杰没接，而是对锁老七说："老七，你这工慢啊，我又找了个人，这是我老乡。"锁老七一时不知如何回答，望着身边的这个人，点了点头。这时，这人就对栾正杰说："栾老板，我那工地就要封顶了，木工活没有了，我随时都能把人带来。"栾正杰笑了笑说："那好吧，我过一会儿跟老七商量商量，再说。"锁老七一听这话，明白了过来，他望一眼老四，知道栾正杰做好了准备，就连声说："栾老板，你放心，我老七窝不了工的！"说着，又看了一眼老四，又笑着补充道，"老四，你说是吧。你七哥啥时窝过工？"

老四看了看老七和栾正杰，笑着说："是啊，是啊，七哥没窝过工。栾老板放心吧！"

在场的人都嘿嘿地笑了起来。

下午刚上工，老四正在三楼检查着刚砌的墙，手机响了。老四掏出手机，那边竟是三福的声音，"叔啊，俺来商城了，刚下火车，你侄媳妇病了,人也生地也生的,只有找你老了。"老四心里一咯噔,苦笑了一下,然后说:"三福,别急,你们就站在出口别动,我去接你们。"自从老四今年包了瓦工,村里人就说他成工头了,就隔三差五的有人来商城找他,打工的、看病的,竟还有来找他打官司的。他虽然有时心里也烦,但却要笑脸相迎,再咋说都是乡亲,都以为你在城里发达了,都是带着热脸来的,老四也扭不出冷屁股来。

在去火车站的路上,老四也犯了难,自己不就是领几十号人在工地上干活嘛,哪有乡亲们心里想的那些能耐啊。但老四是个重情的人,也是个要面子的人,打破了牙只有自己往肚子里咽。三福住村东头,虽然叫老四叔,其实五十出头了,比老四大十几岁呢。一路上,老四都在想,三福他媳妇过年时还大声大气的,这咋说病就病了呢。

老四见到三福,打一辆的士,到了商城医院。老四让三福和他媳妇站在大厅门口,他自己排队去挂号。号挂好了,老四走在前面,三福和媳妇就跟在后面,像听话的孩子。到了门诊,医生接过挂号单,问了情况,冷冷地说:"可能食道有毛病,明天早上来做胃镜。"老四笑着脸问,"医生,明天早上能做吧?"医生看了他一眼,没好气地说:"谁给你说不能做了?!"

老四把三福和他媳妇领到工地旁的一家小宾馆,开好房间后,三个人在房间里坐了一会儿,天就黑了下来。老四领着他们来到一家炒菜馆,说:"三福,就在这吃点吧。"炒菜馆老板认识老四,就很热情地说:"杨老板,家乡又来人了吧。今儿想吃点什么?"老四笑了笑,点了两个菜一个汤。菜上来了,三福媳妇夹了一点菜,放在嘴里,咽的时候很费劲的样子。三福看在眼里,一会儿他咽菜时,脖子也一硬一硬的。老四知道,他们俩想起来医生说的话了,就笑着说:"没事的,别听那些医生的。"

三福也拾了个笑说:"就是,你看医生那熊样,跟咱欠他八百块钱一样。有啥了不起,他妈的,我回去把粮地里菜地里再多撒点农药,俺慢慢地毒死你们!"三福媳妇瞪了一眼三福说:"就你能,不说话人家就把你当哑驴给活宰了?"三福拿眼拧了媳妇几眼,接着说:"俺说的哪不对了,现在城里人吃的肉、米、菜、面,哪一样不是饲料农药泡的。叫他们看不起乡下人,早晚毒死他们!"三福又夹了一口菜,然后对老四说:"叔,这回来忘了给你带一袋子没喷农药的面了。"老四就笑笑说:"唉,这城里乡里啊,啥时能尿到一块去呢。"

第二天早上,老四带着三福他们来到商城医院。楼上楼下的忙了一上午,化验和胃镜的单子都出来了。医生看着单子,示意老四让三福媳妇先出去。老四和三福一下子意识到不好,心提到了嗓子眼上。这时,医生才说:"食道癌晚期。"三福忙问:"还有救吗?"医生摇了摇头,淡淡地看了老四和三福一眼,轻声地说:"你们是农村来的吧,这病就是动手术,也就保不准活过一年。"

从医院出来,三福蹲在路边,手抓着头发,停了好一阵子,站起来对老四说:"叔,这病不治了,我回去给她弄点好吃的,也不枉她一辈子。"老四望了一眼不远处的三福媳妇,从怀里掏出五百块钱,递给三福,一句话也没说。

把三福他俩送上火车。一路上,老四都在想,钱啊,对有些人来说就是花花绿绿的纸,可对大多数人,它就是命啊……

第 十 章

28

进入十一月，戴金的心情就如这天气阴冷着，不死不活。

老话说，福无双至祸不单行，还有点儿道理。十一月底，银行的一个财年基本就算结束了。

这个月份主要是收贷、理账，一般都不会再放款。今年更是如此，两个月内连续两次提高存款准备金，放款的额度上面一控再控，这明显是收紧银根，减少现金流动量。房价虽然没有平抑下来，但成交额下降的目的基本达到；生活必需品的价格是降了下来，但这也只是从心理上给人们一种安慰，实际上并得不到多少实惠。戴金虽然在银行干了二十多年，但他对中央这轮金融政策还是不太理解。

理解不理解问题都不大，银行说白了就是一个执行，执行各种政策。金融政策到下面的银行这里其实十分简单，就是一个收款和放款的额度与速度问题。政策紧了，就多收少贷或者快收不贷；政策松了，可以少收多贷延收快贷。但现在政策越来越紧，戴金发愁的是有几笔款眼看着不能按时收回，延期上面又批不下来，这就有点麻烦。更让戴金感觉要出麻烦的还是大华公司那五千万贷款的事。胥梅和冯兴国都承诺，十月底就把东风机械厂的土地证副本交过来，作为抵押。可这都到十一月底了，却依然没有交过来，而且这些天竟联系不上大华公司的胥梅和杜影了。

戴金派孔旗去调查,回来的消息更让他吃惊:东风机械厂土地证被抵押给建行,大华公司又从建行那里贷出五千万。如果真是这样的话,那就是一物两抵,何况长江行这边只有一纸协议,并没有土地证副本。这就风险大了,眼看省行就要稽查了,而且现在胥梅和杜影听说都去了美国,什么时候回来还不确定,这真让戴金作难了。

冤有头债有主,戴金决定还是要找一找冯兴国市长。是他从中牵线,长江银行才做的这笔贷款,真有什么问题,只要冯兴国出来说话,至少戴金跟省长也好交代一点。

戴金打电话想跟冯兴国约个时间,但冯兴国却说最近很忙,还是电话里说吧。戴金把大华公司没有把土地证抵押的事说了,冯就在电话那头说:"我也听说胥总把证交给建行,说是为了五千万的过桥,一个月期限,应该很快就会把证抽出来交给长江行的。"从冯兴国嘴里证实了这件事,戴金真的紧张了,五千万这样的数目就是大华公司用的过桥资金,也绝不会只一个月期限,这里面一定另有隐情。这么想着,戴金就带着恳求的语气跟冯兴国说:"市长啊,我这边可没办法给省行交代啊!这可关系着长江行明年在北城市放款的额度呢。"冯兴国显然有点不高兴,在电话那头说:"戴行长,这也有你的责任啊,工作抓得不紧。听说前些日子你去上海斗蛐蛐去了。"冯兴国停一下,又笑着继续说:"当然,这与工作没啥关系,但传出去就有不敬业之嫌啊。"

戴金放下电话,猛一拍桌子,脱口而出,"他妈的,给老子下套啊!"骂罢,他掏出一支烟,点着,狠狠地吸了几口,办公室里立即弥漫着浓浓的烟味儿。

戴金一边抽烟,一边在想"诚信"这个词儿。诚是信的前提,没有诚哪来信呢。现如今,诚字换成了利,还哪来的信啊。要想让对方诚信,必须手里握着他的东西,没有东西握在手里你就休想别人会给你有诚信了。

这么想来想去，戴金做出了两个决定：一是，立即到省行去运作，再要点额度，让大华的阳光世纪城那个按揭多放快放，放后扣在行里，以备将来他们不按期还款时直接冲扣；二是，要找胥梅摊牌，警告她如果不尽快把土地证交过来，长江银行就起诉，这样势必会牵扯到冯兴国，谅她现在也不敢给冯兴国为难。

主意已定，戴金就立即安排孔旗按此办理。

这些日子老是阴天，冬季里阴着天，时间就觉得过得特别快。

下班了，行里的其他人都走了。戴金对司机小司说，你先走吧，我一会走着就回去了。其实，戴金想去估衣街见见刀驼李。现在，刀驼李是他生活中的一点乐子。他与刀驼李年龄、工作、身份都存在着极大的差异，两个人没有任何需要互防着的地方，与这样的人交往是放心的。并不是所有身份有差异的人都能成为朋友，关键还是要有共同点的，喜欢蛐蛐就是两人的共同点。他们在一起，不用互相提防，可以畅快地说说虫儿的事。现在人活得太累了，绝大多数人没有放松和说真话的地方。戴金从认识刀驼李后，感觉自己找到了一个休憩心灵的地方。

天黑下来了，戴金拎着刀驼李喜欢吃的野兔肉、猪头肉、鸭翅膀和花生米，外加两瓶酒，来到了估衣街这个小院。

刀驼李正在屋里收拾罐子、过笼、水槽这些东西呢。他见戴金进门了，示意他坐下，自己却没有停下手中的活儿。看刀驼李收拾这器物也是一种享受，他对每个物件都像宝贝似的，轻拿轻放，仔细擦拭。对于爱蛐蛐的人来说，这些器物就是蛐蛐儿的华屋精舍，不能有半点怠慢和粗心。

见戴金看得入神，刀驼李就开始说话了。他说，蛐蛐罐儿有南北之分，南罐腔壁薄而北罐腔壁厚，这是南暖北寒的气候决定的。刀驼李点上一支烟，又接着说：小的时候从老父亲那里看到过名器,那也是雍正乾隆时的东西;好虫要配名器,连过笼都不能含糊,他见过最好的过笼是五福捧寿过笼;水槽也分高低,有沙底、有瓷底,最好的应该是蓝宝纹鱼……

这天晚上,刀驼李和戴金的情绪都不错。两个人说着拉着,两瓶酒就快要完了。可他们又各自喝了几杯后,就都有点不能自持了。

戴金开始给刀驼李诉说自己的不快,银行与政府与地产商与各行各业的那些交道。刀驼李显然听不太懂,但这并没有影响戴金一直说下去。他现在就是想说,想把心里的委屈说出来,说出来,心里就畅快些。

刀驼李也是喝多了,他也开始说自己的苦闷。他的苦闷先是蛐蛐儿,接下来是儿子,是儿子买房子的事。老伴走得早,他是鳏夫熬儿,儿还算有出息,可眼看着不买房就成不了家,他又不舍得把那个宝贝给卖了。他们两个几乎同时在说话,根本都没在乎对方是听还是没听,就像两股水流在这么一个酒醉的夜里,汇在了一起,融在了一起,向夜深处流去……

大街上的铺面外,到处是青青的圣诞树,一些时尚的女孩戴着圣诞帽在街上穿行。这时,戴金才觉得圣诞节就要到了。他的心情很不好,心里在愤愤地骂着:都神经了吧,过起洋人的节了。

早上上班,他第一件事就是问孔旗大华公司按揭又放下多少了。

当听说已放出两千万,全在行里,一分钱都没划到大华账下时,他长舒了口气。心里想,你胥梅牛吧,不拿来土地证,你就休想划走一分钱。没有这笔款,那些建筑队那些民工就不会放过你。我就不信,你不来求我。

戴金这么想着,竟有几分得意,套儿系死了,你不来解我还不找你呢。

也就是在这天下午，胥梅突然给戴金打了个电话。

她平静地说："戴行长，我刚从美国回来，想见你一下，我们的事老这样僵着不行啊。年底了，对我们都不利的。"戴金就等她找上门呢，笑着说："胥总忙啊，你再不找我，我这年恐怕就过不去了。你说个地点吧，下午见！"

胥梅就说："你在办公室等我吧，我五点到！"胥梅说话从来都这样不温不火，不微笑不说话。戴金心里明白，她这是装出来的，其实，她心里正烧着火呢。

胥梅准时来到戴金的办公室。寒暄之后就进入了主题。她说："戴行长，我是给你道歉的。十月底，我在省城又拿了块地，一时手头紧，用东风机械厂土地证抵给建行做了两个月的过桥资金。我是违约了，不过我也是没办法。但我保证元月十五号之前，一定把土地证交到你手上。"

戴金觉得眼前这个女人倒挺直话直说的。

他点了一支烟，故作为难地说："地产商玩的就是资金的翻转腾挪，胥总，这一点我知道。可你不能让我为难吧，元月底省行要来稽查，如果发现了，我的这顶帽子就要摘了！"说罢，戴金苦笑了一下。

胥梅也笑了，而且笑出了声，是那种不以为然的笑。她说："戴行长言重了，哪有你过不去的坎？再说了，你也给我为难了啊。按揭款不划过来，就要过年了，民工们拿不到钱是要跳楼的，我可真过不去这年了！"戴金听胥梅这样说，就笑道："按胥总这么说，我们都要困死在年前啊。你有什么解决办法吗？戴某愿洗耳恭听。"

胥梅又笑了笑说："办法有，你先把按揭款给我划过来，我保证元月十五号之前把土地证交到你手上。"戴金觉得眼前这女人果真不好对付，就摊牌地说："胥总，这样恐怕不行。你得先交过来证吧。"这时，胥梅脸色一沉，立即又面带微笑地说："你再想想办法吧。恐怕你戴行长现在得先救我了。我腾出手来才能解开这个死套儿。那我先告辞了。"

说罢，胥梅起身，拢了一下裙裾，伸出手来。那意思是要与戴金握手的。戴金犹豫了一下，刚伸出手，胥梅又把手收了回去。然后笑着说："对了，还有一件事呢。"边说边拉开手包，从里面掏出一本房产证，"戴行长，这是宋姐买的商铺，证我办好了。收下吧。"戴金一惊，他从没听宋绮说过买房啊。就有些紧张地说："不可能吧，她可从没跟我说过。"这时，胥梅又笑了，她说："戴行长别怕，宋姐是交了钱的，只不过是优惠价而已！"

这时，胥梅伸出了她那雪白修长的右手。

29

现在，天一天比一天短一小截。瓦工是按天算的，一天的工钱一分不少，但活却干不了那么多。这就意味着老四的赚头一天比一天少。但老四肚里有一把算盘，可以说一直在劈里啪啦不停地算着。

老四有老四的招儿。他先是在大锅菜里多加点鸡架骨或是肉摊子上卖剩下的肉皮，隔三差五的晚上收工搬两箱商城啤酒，给手下人调剂调剂伙食。但他要求大伙儿每天晚上加两个小时的班，加班也不白加，加四个班算一个工。工人们虽然累点，但心里舒坦。他们身上不缺力气，他们要的是能多挣些钱，希望别人把他们当人看。老四前些年一直在工地上干，他最知道农民工都想的是什么。有时，老板一个认可的眼神、一支烟都能让他卖命地干半天。农民也是人，而且最在乎别人对他们怎么看。

老四这边没有因为天短减少工程进度，木工和钢筋工自然也得跟上。但锁老七和老田不太尿工人，虽然也加班，但工人们就是出工不出力，活儿上不去。活儿上不去不行啊，老四这边等着呢。钢筋扎不上去，木工就不能立壳子，老四这边的瓦工就没活干。尤其是老田的钢筋活，那是第一步。栾正杰是想在十一月底封冻前，把楼的框架都浇出来，就是完成结构封顶，这就要求老田必须不能耽误。老田一急，嘴就有点把不住门，到工地就骂骂咧咧的。越这样工程进度越慢，加班的时间也越长。

由于钢筋没有扎好，老四就没有活干。吃过晚饭，老四就宣布今晚不加班了。工人们高兴得要命，他们倒不是因为不加班就可以休息，而是因为对面工地旁来了大篷歌舞团。说是歌舞团，其实就是跳脱衣舞的。工地上都是年轻人，从正月出来快十个月了，十个月不挨女人，他们真是有些受不了。他们难得的一月一天放假到街上去，并不是买东西，而是去看女人。每次一放假后，他们看了一天女人回到工棚，就会大谈女人。有的人干脆一点也不避讳，总会说，他妈的见不了女人真是急得都想找墙窟窿！

老四的瓦工没活了，锁老七的木工也没活，十几个人就结伴到对面工地大棚去看脱衣舞。毛孩他们一人十元买了票，钻进大篷，就见穿着短裙的女主持人大声说："亲爱的老少爷们，脱星艾丽丝小姐、张玲珏小姐，就要出场了！"大篷里立即发出一阵狂叫。在架子鼓的轰响声里，两个穿着短裙的女孩迈着猫步走了出来。脱呀——！脱呀——！好——！都脱光！白呀——！随着人们的狂呼，两个女孩脱得只剩下胸罩和内裤了。篷内的人边狂呼边向前挤去。这时主持人煽情地大喊："各位观众，各位观众，别向前挤！好戏在后面呢！"

架子鼓又一阵狂敲乱击，主持人换成一位留长发的男人。他持着话筒，大声地唱着：给她一块钱，她就对你笑；给她两块钱，她就让你抱；给她三块钱，她就叫你操！钱、钱、钱，快点扔钱；操、操、操，她就叫你操！在口哨、尖叫、狂喊声中，两个女孩脱去身上的所有东西,一会儿肚皮顶肚皮,一会儿屁股顶屁股——架子鼓的敲击声、嘈杂的伴奏声、喝彩、咒骂、拍手、跺脚,各种声音搅在一起,像一股浊浪滔天的海啸,把篷内的人卷飞……

走出了大棚,小房对毛孩说,他妈的真过瘾!毛孩借着工地上昏黄的灯光,看了一眼小房有些变形的脸,狠狠地向前方吐了一口,说,这俩妞真他妈的白啊!可还真不知道我他妈晚上怎么熬啊!他们都点着了烟,边大口地吸,边向工地走去。

离工地还有几十米,毛孩突然停住了。他瞅了一眼工地上聚在一起的一片人,大声说:"出事了!"立即向人群跑去。他拨开人群,钻进里面,见从河北来的那个矮个钢筋工已平躺在了地上,一边蹲着一个人,呜咽地抽泣着。死了!毛孩喊了一声,就往后退。老四对他的腰窝捅了一拳,毛孩一扭头,脸凝固成一张死板。这时,栾老板厉声说:"都给我回工棚去!这里没有你们的事!"人群寂静了下来,你瞅我,我瞅你,一丝不动。栾老板拿眼把老四、锁老七、老田扫了一遍,低声说:"快把人给我弄走!"

老四、锁老七、老田仨人,扭过头,分别撺着自己的人。一会儿,人散去了。工地上只剩下栾正杰、老四、老田、锁老七,和看工地的阮中仁、阮中义与那条乌黑卷毛狗了。栾正杰厉声对阮中仁说:"把射灯都给我关了!"阮中仁连忙跑过去,工地上忽地暗了下来。这时,蹲在地上的两个河北人哭声突然变大:我的兄弟啊,我咋回去给咱爹交代啊——我的好兄弟啊,你让哥咋给你媳妇交代啊……锁老七对着其中一个人屁股踢了一脚,"哭顶个屌用!人死能哭活吗?!"两个人的哭声小了下来,变成了一声长一声短的抽泣。老四自己掏出一支烟,点上,猛吸了一口,一句话也没说。老田递给他们两支烟,劝道:"大兄弟,业已这样了,恁俩说咋办吧!"两个人把烟夹在了耳朵上,突然哭声又大了起来。"唉、唉、唉,我说恁俩真他妈变女人了啊!"老七大声说。

栾正杰使了个眼色，向外走去。老田皮影人儿一样地跟过去。栾正杰低声骂道："看你那个熊样！直起腰来。"老田猛吸了一口烟，对着栾正杰说："老板，这、这事咋整呢？咋整呢！"栾正杰点着一支烟，说："工地上哪有不死人的，死了就是几个钱的晦气。还能枪毙了你个狗日的！"老田便不做声。栾正杰这时对老田说："你跟他仨签生死协议了吗？"老田突然来了精神，连忙说："签了！签了！""咋签的？说给我听听。"栾正杰盯着老田的脸。老田拍了一下脑门，又拍了一下脑门，想了想，说："就两句话，自愿到工地干活，因操作不当死伤责任自负！"栾正杰吐出一口烟雾，不做声了。老田急着问："老板，这、这下好了！"

栾正杰把烟头甩在地上，粗声说："好个屁！你那协议没法律效力。死有理，死有理，人死了就有理了。你等着坐牢吧！"老田一听坐牢，身子立即矮了半截，虚着声问，"老板，你得想办法啊！"栾正杰向天空瞅了一眼，然后说："你去把那协议给我拿来！"老田转身就走。栾正杰见老田急急地就走，就喝道："站住！把他仨的身份证也给我拿来！"

栾正杰给赵工和周工分别打了个电话，那边说，马上到。地上蹲着的两个河北人，见栾正杰过来了，哭声又大了起来。栾正杰就说："你们是签了生死协议的，责任自己负！哭顶个屌用。"锁老七也说："人死不能复生，人要是命短，喝凉水都能噎死。"栾正杰看了看老四和锁老七，突然压低声音对两个河北人说："哭顶屁用！这人真是你兄弟？"蹲在地上的两个人，一惊，抬头望了一眼栾正杰，立即低下头哭了起来。栾正杰蹲下来，拍了拍其中一个人的肩膀，又压低着声音说："我在工地上滚了二十年，啥滚刀肉没见过？他要是恁兄弟啥都好说，要不是，死的可就不止一个人了！"栾正杰边说边瞅着两个人的脸。这两人似乎没听到一样，哭声更厉害了。这时，栾正杰的手机响了。他向老四和锁老七使了个眼色，伸了一下右手，便离开了。

这时，锁老七就说："光哭顶屁用。已到这地步了，我给老板说说，给你们五万，把他弄回家就行了。"俩人哭泣声小了下来，但一言不发。锁老七按了打火机给他们把烟点上，然后说："是多是少你得说个数啊。等天亮了，调查了事故的原因，说不准你们还拿不到钱呢！"其中一个又抽泣起来。老四也蹲下来，问另一个人，说："想要多少，开个口吧！"抽泣的那人也停了下来，看了看老四又看了看锁老七，坚决地说："二十万！少一个子儿都不行。""啥？想钱想疯了吧！煤窑闷一个多少钱？两万！你要二十万。好了，好了，咱哥俩也不劝了，就叫他们在这里哭吧！"锁老七拉着老四就要走，老四摇摇头，叹了口气。蹲着的另一个人就说："多少钱有命金贵啊，没摊在你们身上。"锁老七看了一眼老四，俩人又蹲了下来。

赵工、周工、栾正杰正在商量着，老田从出租车上下来，急急地向他们走来。栾正杰接过老田递来的一张纸和三个身份证，立即向灯光处走去。他在灯光下，仔细地看了看三张身份证，又仔细地看了那张按着三个红指印的协议，长舒了一口气。这时，赵工、周工也跟了过来。栾正杰把手里的东西递过去，赵工和周工轮流地看了又看，三个人的目光交织在一起。

老田也跟了过来，栾正杰想了下，然后说："你过来干啥？快去工棚把工人叫起来，一个一个地问，死这人是被那俩人推下去的！让看见的人按上手印。"老田有些不解。栾正杰就骂道："你是猪啊，没人看见是被推下去的，你就要坐牢！"

老田走后，栾正杰又与赵工和周工商量了起来。他们仨人又仔细地看了看三张身份证，两张旧的，一张新的。死的这人身份证是新的，叫白天光，另外两人，一个叫白天明，一个叫白炳权。他们分析这其中肯定有诈。但为了尽快处理，最后决定摊开了给白天明和白炳权谈，天亮前拿钱走人。不然，天亮了，建管处、劳动局知道了,停工不说,五十万也不一定能摆平。于是,三人向这边走去。

凌晨四点多了,白天明和白炳权还死咬着十万不松口。栾正杰说老田这边只出五万,双双就僵了下来。正在这时,老田又急急地来了,他把一张纸交给栾正杰。栾正杰看了看十几个红手印,又把纸交给了赵工,赵工看后又交给了周工。三人看过后,栾正杰就把三张身份证、原来签的生死协议及这张按满手印的纸,拍在了地上。他低声地笑着说:"你们说要咋办吧! 生死协议签了,又有这十几个人看见他是你们推下去的! 这身份证是真是假,你们更清楚! 走,咱们都走! 这事我不问了,天亮了,让公安来处理吧!"说完,栾正杰转身走了。

凌晨五点多,天还黑着。在赵工、周工、锁老七的劝说下,白天明和白炳权签下了保证。老田把保证叠了叠,装在贴身的上衣口袋里,才把八万块钱递过来。老四把烟甩在地上,从怀里掏出五百块钱递给白天明,白天明一愣。老四就说:"看在他在我工地上也干过一天,这是我的心意,拜托哥俩给他弄个好点的骨灰盒!"白天明和白柄权并不敢看老四,只是狠狠地点了点头,转身走了……

天亮了,工地的机器声又响了起来,轰轰烈烈的与往日没有两样,一切如故。

这件事后,老四在工地上盯得更紧了。他这样做,一是怕自己的瓦工出什么事,另一个原因是栾正杰安排替他多操点心。老四在工地现场不停地转,尤其到下工的时候,他更细心。下工往往是问题最多的时候,最容易出事故。晚上下工后,老四就在工地的暗处蹲着,有时一蹲就个把小时。他这样做,是因为他听说有人夜里偷钢筋。

这天夜里十一点了,他与赵工、周工喝过酒后,又来到工地。他远远地站在围墙外,点上一支烟。刚吸了两口,就听见扑通一声,一捆钢筋隔墙掉了下来。他赶紧掐了烟,蹲了身子。不一会儿,一个人影向这边走来。他突然站起来,大喝一声:谁! 黑影立即转身就跑。老四并没有追,他知道这人就是毛孩。

老四是个能沉住气的人。第二天,他并没有问毛孩,见了毛孩像没事儿一样。接下来,他每天晚上都留着毛孩的意。第五天夜里,十点了,毛孩一个人从工棚里出来,左闪右拐地向工地外走去。老四就在后面跟着。出了工地,毛孩打了辆车。老四也打了辆车,跟了上去。毛孩在汽车站门前的一胡同口下了车,便急急地向胡同深处走去。老四也下了车,点上一支烟,一口接一口地吸。

一个多小时后,毛孩走了出来。老四便直接迎了上去。毛孩一愣,笑了笑说:"老四,你也来这儿了。"老四没说话,上前给了毛孩一拳。然后骂道:"这城里的女人是弄的? 在城里花钱操娘们,不如回家弄! 你哪来的钱?"毛孩头一仰,争辩说:"我他妈都快憋死了,男人不弄女人,还是个男人吗? 啥城里的娘们? 弄来弄去还是乡下的婆娘!"

老四接着追问:"哪来的钱?"毛孩又一仰头,不高兴地说:"咋了? 我又没偷你的!"

老四上前抓住毛孩的胳膊,气呼呼地说:"咱挣的是栾老板的钱,咋能再偷他! 吃锅里,屙锅里,不是咱乡下人的本分。"

毛孩没有再理老四,气呼呼径直向前走去。老四在后面一边追一边说:"行! 明天你就给我滚蛋!"

30

毛孩走了,老四让小房带班。但小房心里并不是十分快活。

小房安排好工,抽了支烟,就在想心事。他从心里觉得老四在对毛孩这件事上,做得过了。不就是偷点钢筋,去操个女人嘛。你不去操,他不去操,城里这小姐的裆里还不长出蛆来。小房心里想不通,也有委屈。自己都二十五了还娶不到女人,可这些大大小小的老板,哪一个不是二奶三奶的不停换。他听说开发公司的胡总五十多了,却月月换女人。为啥自己天天辛辛苦苦干一年,挣的钱还不够这些老板的二奶们买一件衣服?为啥这么苦这么累,吃的还不如城里人家的狗?为啥自己拼命地干活,却没房住、娶不起媳妇,这些老板天天包二奶、嫖女人,却日进斗金、腰缠万贯?其实,小房在老家也有个相好的叫小青,今年也十九岁了,人长得一点都不比城里女孩寒酸。他把在工地上四年打工的钱给小青哥哥作彩礼,自己才和小青订了婚。但结婚还得挣啊。小房想,现在带班了,一天可以多挣二十块钱了,自己一定要好好干。这样做,一是要对得起老四,更重要的是为早一天娶到小青而干,为能早一天尝到女人而干。

小房还没从脚手架上下来,老四就在下面喊:"小房,快下来!"小房下来后,就被老四带到工地办公室里。简易房里已经坐了一圈人,有监理公司的陶工、柳工、总公司的赵工、周工、栾正杰、锁老七、老田、老四,再加上像他一样身份的几个带班的。会议开始了,陶工说:明天市人大就要来安全大检查了,你们要认真排查,全部消除安全隐患。到时候,出了问题,可别再怪我和柳工翻脸不认人啊!接着,柳工、赵工、周工、栾正杰都讲了一些安全方面的话。最后,陶工总结时说:"老栾,安全标语处里都治好了,一会儿就送来。上午必须全部挂上,下午我们就来初查。"说罢,他把一张票递给了栾正杰。

十一点多时,标语送来了,两栋楼挂上了红底白字的八条标语。老四虽然识字不多,但他还是认得的。望着脚手架上挂的,"安全生产大于天"、"奋战六十天,争创全年无事故"等标语,老四骂了一句:真他妈胡屌扯!人都死了,还全年无事故呢。老四骂过,正要离开工地去吃饭,电话响了,是栾正杰叫他。

栾正杰他们没在洪福酒楼吃饭，而是到了"一闻香"羊肉馆。几杯酒下肚，栾正杰说："老四，你觉得我这个老板干得窝囊吗？"老四端起酒杯，对栾正杰说："老板，你是好人。工地真不容易呢。"栾正杰苦笑了一下，喝了一杯酒，眼里就水汪汪的，他又仰头喝了一杯，才说："那个白天光死了，老田拿五万，我拿三万。可前天陶工、柳工来了，我又给他们两万才算摆平。这不，八条破标语又要一万！都说我们包工头赚钱，有他妈几个人知道，咱赚的钱都被这些人拿走了啊！受苦受累，装孙子求爷爷，咱们挣点钱容易吗？"老四见栾正杰心里不舒服，就劝他少喝点酒，但栾正杰不听，一杯接一杯地喝……

栾正杰喝得不少，但他没有太醉。快结束的时候他打电话让菲菲来接他。一会儿，菲菲开着那辆黑奥迪到了。见栾正杰喝得不少，菲菲就对老四说："老四，恁栾哥这一阵子心情不好，以后少让他喝点吧。"老四做错了事一样，不好意思地道歉。栾正杰就说："别胡说，我一点没多，我喜欢老四，跟老四喝点酒心里畅快。"老四招手打辆车。在车上，老四想栾老板也不容易，刚与老婆离了，又接连这些事儿，叫谁都心烦。但他认为栾正杰是个有情有义的人，跟菲菲这些年，总算给她了一个名分。人啊，咋一有点钱，就变了心呢？这时，老四想起自己的媳妇苇缨。

这天下午，老四来到工地上。小房立即就跟他说："四哥，你看这沙子不管用啊，现在正是浇梁的关口。这是河沙啊。"老四蹲下来，抓一把沙子一攥，再用拇指和食指一碾，停在了那里。过了好大一会儿，他才掏出烟，点上，狠狠地吸了一口。他知道这沙子是不能用的，这房子虽然不是自己住，但用这样的沙子浇梁，达不到安全指数啊。可他又分明知道，这工地上的砂、石、水泥、钢筋等几乎所有材料，都是总公司胡总的弟弟和亲友送来的。不用不行，用了安全没保障。但栾老板也没有办法，他一点料都不能进，据说这是拿工程时与胡总说好了的。不仅如此,几乎所有的料数量还都不够,砂石从车上卸下来,胡总的弟弟说多少方,就是多少方。更让人窝心的是,有一次栾老板喝多了对他说,这些料进来就要付现钱,总公司胡总不给钱栾老板也没那么多钱垫,那胡总的弟弟就给他算利息。栾老板说,行业正常的百分之十五利润,他最多能拿到一半就不错了。

老四想,国有企业真黑,老胡更黑。但这一切都要转嫁到房子上。栾老板不会赔钱,他们干活的更不能不要钱,逼着对房子偷工减料。他有时就想,买国有企业开发房子的那些个人才真是傻×。羊毛出在羊身上,狗身上一万年也长不出羊毛来。但这些人买一套房子几十万,不容易的。老四想了想,最后决定不能用这批沙子。他打电话把栾老板的技术员孙胖子、总公司的赵工、周工叫到工地。他要让他们来看一看这沙子怎么用,如果谁说能用,谁就签字。他不能盖这样的房子糊弄买房人,他也不能担这个质量责任。

孙胖子、赵工、周工一会儿都到了工地。赵工和周工抓一把沙子一攥,再用拇指和食指一碾,也都停在了那里。孙胖子就说:"这太不像话了,真是硬往眼里推石磙,这咋能浇梁呢!"赵工看了看周工,点上了支烟,吸了几口,终于掏出了手机。手机通了,赵工说:三哥,这正在浇梁,沙子细了点儿,你来看看行吗?老四没有听到对方的声音,赵工就把手机挂了。于是,他们就在这沙堆前边等边聊天。老四赶紧又掏烟,给孙胖子递过去。

一会儿,一辆白色丰田车开了过来。因为工地被老四收拾得规整,路是通的,车子就直接能开到沙堆旁。车子到了沙堆旁,刹住了。赵工、周工就向车门这边来,他们到了车门口,车窗玻璃才开了四指宽的缝儿。赵工、周工忙弯腰俯身对着胡总弟弟,想说话。这时,就听车里说:"我当多大屌事呢,这钢筋水泥的还能倒了不成！别没事找事，就这样用。"这时，孙胖子也走了过去，他笑着对车里说："胡总，你看这沙子要是浇梁，安全可是个问题啊！"

话音刚落，车门打开了。胡总的弟弟胡老三下来了。赵工、周工、孙胖子都往后退了两步，他们不知道胡老三要干什么。突然，胡老三一巴掌抽在了孙胖子脸上。孙胖子被突然一打，后退两步，差点仰倒。这时，胡老三又跟上一脚，把正要倒下去的孙胖子踹倒在地。赵工、周工就上前拉住胡老三。胡老三挣了一下，用手指着孙胖子骂道："你小子今天就给我滚蛋！从明儿起，我什么时候看到你，什么时候打你！"赵工就劝，"三哥，别生气，有话好好说。"胡老三一摆胳膊，扭脸向车走去。上了车，他一边关车门，一边骂道："想找事，都他妈的给我滚蛋！"车门啪地关上。

胡老三的车开走后，赵工、周工没说什么就先后走了。孙胖子揉了揉脸，掏出手机给栾正杰打电话。老四没有听清栾正杰说什么，但见孙胖子合上手机，骂了一句什么就走了。这时，老四的手机响了。掀开手机，栾正杰在那边说："老四，啥也别说了，先停下来吧，这沙子是不能浇梁的。"

刚才的事，工人也看到了，他们也都骂骂咧咧地离开了。老四说："关你们屁事，都给我少咧咧，回工棚早吃早歇着吧。"工人们离开了工地。老四转身要走，小房跟了过来。他掏出一支烟递给老四。老四一愣，望着小房问："有事？"小房就笑着说："四哥，兄弟给你商量点事儿行吗？"老四说："有话就说，有屁就放，你啥时候也学习文明了。"小房又一脸笑地说："四哥，我媳妇小青来了，就住在旁边的一个小旅馆里。你看，你看能不能让她来工地帮着烧两天饭。这不，也快放假过年了，我俩想一道儿回去。"

老四皱了一下眉头，问道："你媳妇？不是正月刚订婚的吗？你让她来弄啥。"小房有些下作地笑着说："她在合肥一家酒店打工，可那老板不安好心，想欺负她，她一气之下就来找我了。"老四嗯了一声，看了看小房，想了想说："我先给你说啊，这工地可是男人窝。她可以在这烧几天饭，哥不少她一分钱，但要是有个三长两短的，可别说哥丑话没说到前头啊！"小房就点着头说："四哥放心，我就在这儿，连我都没挨过她的身子，谁还敢打她的主意呢！"老四又看了一眼小房，说："好吧，今天四哥我请你们俩吃涮羊肉，也算给她接风了。"

这段时间，大华投资公司的人来得越来越勤了。听说他们大老板胥总要求十二月底必须封顶。北城建筑公司的胡总也被大华投资集团催得紧，胡总给栾正杰也下了死命令：主体晚一天封顶罚款十万！

这两天，老四和栾正杰都有些高兴，虽说风风雨雨的，但毕竟能按计划封顶了。腊月初六，就要浇顶了，栾正杰买了礼花和炮，并给老四封了个红包让给工人改善一下伙食庆贺一下。这也是工地上的规矩，封顶的时候老板就要封红包改善伙食，作为业主的总公司也要送酒来。

中午十点十分，礼花和炮齐鸣，工地上一片欢呼。总公司的胡总也来到了工地。封顶仪式结束后，他在栾正杰、老四等的陪同下，来到工棚食堂。这时，小青正在炖红烧肉，热气中小青的身腰影影绰绰的。胡总来到工棚里，看到小青，愣了一会儿，就大声说："好啊！好啊！"这时，老四就对小青说："小青，拿出手艺来啊，总公司胡总来看望我们了！"小青转过身来，目光就被胡总盯住了。

走出工棚，胡总高兴地对身边的赵工说："拿五千块钱给厨房，让他们高兴高兴。"赵工就离开了。现在只剩胡总、栾正杰和老四了。胡总对栾正杰说："这个做饭的小姑娘挺麻利的嘛，我们总部办公室正少一个端茶倒水的姑娘呢。她过去，公司亏待不了她的。"栾正杰对胡总的话感到有些吃惊，他一时不知如何作答，看了看老四，老四也不知如何接话。这时，胡总又说："怎么？不舍得啊！你们问问她再说吧。"

这顿饭虽然应该很高兴的，可老四和栾正杰却高兴不起来。他们陪着工人们喝了几杯，就离开了。栾正杰把老四叫到一边，对老四说："叫这姑娘走吧，胡总看上她不是什么好事。"老四心里更明白，他知道这事对小青绝不是好事儿。他看着栾正杰有些发愁地说："只有让她走了，一走百了。"这时，老四的手机响了。原来是赵工打的电话，赵工说："老四，胡总想让你工棚里做饭的姑娘到公司办公室来，你想好了吗？"老四看了看栾正杰，支支吾吾地说："她是小房的未婚妻，这事我做不了主啊！"那边赵工就说："我给小房说好了，他同意了。"老四没有再说什么，就把手机合上了。栾正杰递给老四一支烟，然后说："老四你可跟小房说明白啊，这事他自己做主。"老四嗯了一声。

晚上，老四把小房叫了出来。他看着小房严肃地问："你同意小青到总公司去了？"小房有些不解地说："咋了？同意了。到那里讨个好工作，有啥不好的？"老四叹了口气，就说："你可想好了，那可不是咱乡下人享福的地儿啊。"小房笑笑说："四哥，你想多了，我给小青也说好了，她要去。她说她在酒店啥样的主儿没见过。我还不相信，青天白日的，一个大老总会咋了她一个乡下姑娘！"老四无话可说，扭头走了。

第二天，小青到总公司办公室，说是专门打扫会议室和胡总的办公室。到了年底，马上就要给工人结账了，老四也没有闲心管这些事，他一心想赶快能从栾正杰手里拿到工钱，不然，他没办法给工人交代啊。栾正杰也急，他给老四说："老四，你得有心理准备啊，总公司说资金紧张，工程款只能付百分之三十，这工资我也只能开出一半来。"老四吸着烟没有吱声，他知道栾正杰的难处。胡总不给他钱，他也没法给自己钱啊。虽说上面说欠农民工工资可以投诉，但那是活鱼摔死了再吃，终究不是个好法。老四又想了想，然后对栾正杰说："栾老板，你也别太急，真不行啊，我和锁老七、老田我们去找胡总要去！他不给啊，我们就带着人跟着他。"栾正杰想了想，然后说："这样硬来恐怕不行，最终他会给我压力的。"老四一时也想不出办法来。

眼看到了腊月十五，工钱的事还没有最终定下来。老四见栾正杰天天在总公司和胡总办公室，心里也急得没办法。这天，他一个人站在工地前抽闷烟，小房就走了过来。他对老四说："四哥，听说工钱拿不全是吧？我有个主意，你跟栾老板说说，要是我们能要来，能不能把咱瓦工的钱全付了。老四看一眼小房，就说："你有啥本事能要来钱？"小房就笑了笑说："你忘了，小青天天给胡总打扫办公室，让她跟胡总说说，说不准能行的。"老四没有再理他，转身走了。

腊月二十这天，栾正杰突然给老四打电话。他说，胡总又给他三百万，说是先紧着你们瓦工付。是不是你去找他要了。老四知道是小房让小青找胡总了，他握着电话，一直没有吱声，他不知道该给栾正杰说什么……

第十一章

31

阳光世纪城的售楼中心建在小区入口的左侧,这是一座英格兰风格的白楼。

这座三个月抢期装修出来的白楼,完全按照英国标准,从外到内与英国建筑无异。在楼的四周,先移植过来的六十棵干径四十公分的法国梧桐,已经发出新芽,在阳光下与售楼中心连成一体,成为一个高档美丽的整体。

从省城培训归来的三十位置业顾问,一色的黑色套装,铁红丝巾,加上刻意的化妆,着实让左枫都吃了一惊。这些女孩从车上走下来,踩着同样的步伐,步入白色售楼中心时,人的黑与楼的白、人的青春与建筑的凝重,瞬间融成一个整体,和谐而庄重、神秘而撩人。

三十位置业顾问进入售楼中心后,胥梅在杜影、蓝雪和左枫的陪同下,走进大厅。胥梅站在这些人面前,发表了简短的讲话。她最后告诉大家:在楼市面前,没有什么不可能的,只有你想不到,没有做不到的。阳光有多温暖,阳光世纪城就有多美好;阳光有多少能量,你们这三十位置业顾问就能创造多少奇迹!

接着,杜影也做了十分钟的训话。她的语气与胥梅完全不一样,她是咄咄逼人的口气,她要求大家必须坚定完成目标的信心。最后,她面对三十个女孩大声地说:坚强的女性要敢于面对挑战的人生，不在销售业绩中成长，就会在失败中被无情淘汰！

胥梅和杜影走后，蓝雪开始布置正式接待客户的执行方案。她要求大家，一周内每个人必须要有五十名以上客户，参加开盘仪式的客户要排队预约。同时，她还透露了炒楼花的方案。她告诉这些女孩，阳光世纪城开盘价每平方四千五百元，比现在最高价的楼盘每平方高出五百元；交五万元诚意金即可得到一个楼号，公司将会在第一批楼号发出后，每半月按每平方五十元的速度提价；五个月后，现在订到的楼号如按一百平方米算，即可净赚五万元；对转让楼号的，公司半年内给予办理更名。

这个方案宣布后，通过这三十位置业顾问的巧妙传播，北城迅速掀起了一股购买房号的热潮。三十位每天传播十人，六天就有两千人知道这个消息，两千人再渐次传播呢，人数就几何级地放大。发售楼号的前一天，就有人开始排队，经过一天一夜的排队，到第二天九点时，排队的人数竟有五千多人。当然，在杜影的安排下，市公安防暴大队和所在地派出所出动了五十多名警察，轮流维持秩序。当天中午，排队号发到五千个时，就不再发号。后面排队的人就开始混乱起来，十几个人被警察带离现场后，秩序才算稳定下来。

别墅销售部只有五人，甜甜是其中一员。她们的任务是按一万元一平方的底价，销售第一批推出的五十栋。对于每个人十套的任务，确实难度很大，但她们每个人都信心十足。

甜甜开发的第一个客户就是高大鹏。高大鹏是做中药材起家的，从他第一次进售楼中心，甜甜就觉得这个人是可以成交的大客户。做售楼小姐最重要的功夫，不是给来人推荐楼，而是要有识人的本领。第一次见面就要能真正了解来人的基本情况，包括经济实力、兴趣爱好、社交圈子等等。

高大鹏一开口，甜甜就判断出他的基本情况。她是做导游出身的，见过的三六九等人物太多了。从高大鹏那辆白宝马、一身的浅色西装和那双色眯眯的眼睛中，甜甜就认定这单生意能够做成。见面后的第二天，高大鹏就约甜甜在咖啡厅见面。甜甜没有直接拒绝，而是以晚上要整理资料为由，改为第三天晚上。

其实，那天晚上甜甜也是可以去的，但她这样做是另有想法的。她不会让高觉得他的钱是万能的。男人就是一条馋狗，越是吃不到，他越馋。对于高大鹏来说，甜甜在心里冷笑，吊一吊他的胃口，他会跟得更紧。

甜甜不会失去这个客户的，她们的提成是百分之一，就是说这栋别墅成交了，她至少可以拿三万。甜甜认为，别说陪他喝喝茶，就是陪他上床也是十分合算的。卖别墅的小姐卖身，这在业内也是一种潜规则。甜甜也矛盾过，但她最终坚定了自己的选择：狗屁的清高，不要说卖楼的，现在卖保险、卖汽车……几乎所有卖高价单的女孩，有几个是清白的。

左枫在售楼中心每天都要走几次，他看着那些面对一个规划沙盘、几台户型模型、几张宣传材料的购房者，心里感到好笑。现在人们真是疯了，价格越涨来的人越多，他们唯恐买不到房似的。其实，这一点蓝雪不这样认为，她认为楼市的涨价是必然的趋势，国家要城镇化、政府要从房地产拿税、银行要靠房地产生利、买房者的硬性需求和投资者的资金冲动、开发商赚钱的本性、国内小城市与大城市价格的接轨，这一切的一切都决定了房价肯定会涨，而且会有十年二十年的涨价空间。现在阳光世纪城不停地炒作与涨价，只是提前走了几步，但这必然是一种趋势。

这天，蓝雪与左枫正在为房价这样每半月一涨而争论时，突然接到一个电话，说售楼中心被一百多人围住了。她立即到了现场，一了解，原来是一些拆迁户。她没加盟这个公司前就听说了，一位七十多岁的老大爷住在原来的平房中，坚持不拆。后来，在一天夜里,被几个不明身份的人蒙着眼带到郊区打伤了一条腿,当他爬着再回到他原来的住处时,房子已被推倒。这件事情发生后,一直没有得到处理,大华公司不承认与自己有关。上访到市里,公安开始调查,快一年了仍无结果。现在,这一百多人聚在售楼中心门前,说是要求公司给老人支付治疗费和赔偿费。但蓝雪从他们的话中听出,事情并不是这样简单,这些人心里是嫌拆迁安置补偿费用太低,要求增加。

蓝雪了解到基本情况后,感觉事情不好处理。就给杜影打电话,她是这个项目的具体负责人,胥总极少在北城露面的。电话刚打通,杜影就声音很低地说:"知道了,你要保证这些人不冲击到售楼大厅,半小时后这些人会走的!"

听到杜总这样说,蓝雪一时不敢相信。这些人都铆足了劲地闹,说走就走了?她想,自己倒要看看这个杜总有什么高招。于是,她泡了一杯玫瑰花茶,看着杯里的玫瑰花在热水中,慢慢地向外舒展着花瓣。花瓣像一个舞蹈着的女子,慢慢地舒展开来,叶片就像女子的四肢和脸,在杯中梦幻般飘展着。蓝雪第一次注意到这种情形,她心想自己难道每次喝下去的都是这样美好吗。

正在这时,门外的人群中出现了骚乱。她急忙出门,见人群里有五六个光头的年轻人边骂边打,不分青红皂白地拳打脚踢。人群中开始有人喊:我们散吧,他们是老七的人!这时,一个光头年轻人狂笑着骂道:我们是七哥的人咋了?我们是来买楼的,谁让你们堵门,不让我们进去了!

关于七哥,蓝雪是听说过的。七哥是北城人,以前是这里的一个黑社会头目,现在到佛山发展去了。他在北城外有一个养猪场,传说,有敢得罪他的人,他会把这人弄到养猪场,当场砍了腿和胳膊,用粉碎机粉碎了掺上饲料,当着你的面喂猪。这虽然是传言,但他的狠毒是出了名的。虽然,他们的团伙也被抓了几批,但他依然没有受到任何影响,养猪场一直办着。

几分钟后,警车鸣叫着驶向这里。从车上跳下来的警察,不由分说铐了两个光头年轻人和五个堵门的拆迁户,然后鸣着笛开走了。留下来的警察,挥动着橡胶棍,驱散着人群。几分钟时间,人群便四散开去,售楼中心门前又恢复了平静。

蓝雪回到办公室,望着安静的大厅门前,她端起那杯玫瑰花茶,狠狠地喝了一大口,把两朵血红的玫瑰花也吞进了口中。她还要再喝第二口时,手机突然响了。她看了一下,又是长江银行的戴金行长。她迟疑了一下,电话响了三声后她才接听。她答应了戴金的约请,今晚去金色年华大酒店。不过,她还是要求戴金把他的妻子宋姐带上。戴金在那边笑了一下,然后说,其实,这场饭就是你宋姐约的。我们是想找你问一下关于那套房子价格的事儿。

挂了手机,蓝雪摇了一下头,笑了。她了解戴金这个人。

以前,她在北城房地产公司是负责销售和银行按揭回款,她按行规给戴金礼品时他从不收,都是他的妻子宋姐收。胥梅送给戴金的那个商铺房产证是蓝雪经手办的,只是比市场价优惠了百分之二十。这是胥梅亲自安排她办的,这样做不仅仅为了长江银行要买下沿街铺面作为营业大厅,更重要的是大华公司与长江银行的其他合作。蓝雪知道如何应对。

今天的日小结会开得很短。

左枫要去接女儿,蓝雪也要去赴戴金的约请。蓝雪只简单地对日报表进行了点评,就结束了会议。会议散了,蓝雪和左枫一道出门。刚出门,就见一个三十五六岁的女人与左枫的女儿艾艾,站在门外。左枫一惊,向这个女人笑了笑,然后对着蓝雪说:"蓝总,我来介绍一下,这是艾艾的老师童老师。"蓝雪对眼前这个温柔而有些哀怨的女人,笑了一下,算是打招呼了。左枫又开口说:"童老师,怎敢劳驾你来送我女儿呢?"

童菲就笑着说:"我是顺便,也想来看看,想买套房子搬出来住。"左枫又笑着说:"你还需要房子?你家高老板难道没有三套五套的房子住。"童菲笑了笑,没有再说什么。蓝雪听着他们的对话,又看了一下前面停着的宝石蓝本田女车,心里突然间便把甜甜与高大鹏联系在了一起。这是高的妻子?

她正想问什么,门前嘎地停下一辆白色的宝马。这时,甜甜走过来,拉开车门,钻了进去。车子开走后,童菲掏出手机,拨通电话,冷笑着说:"高大鹏!你看到我的车子没有?"那边似乎没有讲什么,童菲就啪地一下合上了手机,停了一下,对左枫说:"左先生,今晚你请我吃饭吧,我们谈谈艾艾的学习情况,好吗?"

左枫一时不知如何回答。这时,蓝雪就笑着说:"我晚上有个约,那我就不陪你们了!"

左枫回过了神,赶紧说:"那好,那好,两便吧!"

32

三月是政策变化的分水岭。

每年这个月份全国人代会开后,都会有一些政策的变化。但今年,银行和地产公司的期待却落了空。人代会后,不仅对房地产的政策上没有放松,而且越来越紧。出台的各种政策表明,上面并没有放松对房地产业的打压,银行都接到通知:控制额度,慎重放款。

戴金每天都派人到大华投资公司的售楼部去暗访,他是要掌握房子的真正成交量。反馈过来的结果并不让他满意,售楼部看的人多,真正落单的一天也没有一两个,有时一连几天都没有人交定金。可那边送过来的按揭手续却每天都有四五套,这显然又是在做假按揭。看来,大华投资的资金已经相当紧张了。戴金对胥梅的大华投资公司是十分慎重的,这女人太厉害了,稍不小心就可能把他套进去。就说宋绮买的那个铺面吧,从时间节点上看是开盘促销时买的,各种优惠加在一起价格便宜了百分之二十,也能说得过去。但要细究起来,这里还是有嫌疑的,就是说戴金已经有把柄攥在胥梅手里了。

每想到这事,戴金就窝火。他多次警告妻子宋绮,不要插手他的事,可女人到底比男人看钱看得重。妻贤夫祸少,妻贪夫必倒,这绝对是事实。这件事过后,戴金就严厉告诉宋绮再也不能跟胥梅、杜影、蓝雪这三个人有来往。这次还应该能说过去,如果再深究下去,那就会坏了大事的。

对大华投资公司业务进行控制,行里的其他业务还是要做的。

当北城房地产开发总公司胡总找到戴金时,戴金的心就动了。北城房地产开发公司毕竟是国有控股的,这家公司既有房地产开发又有建筑公司,听说朱玉墨跟胡总关系不一般。戴金想,又是国有控股公司、又有朱玉墨在后面,跟这样的公司打交道应该比民营企业安全得多。于是,他就安排孔旗先对这个公司的财务报表、资信情况进行尽职调查。银行也是企业,政策再紧也不能不做业务,不做贷款业务这二百多号人的工资奖金就没有出处。戴金和所有的行长们一样,也都有难处。

银行都有难处了,老百姓的日子也不能好过到哪里去。

刀驼李天天看电视上说要控制房价,可房价就是一点也没有降下来。他觉得电视上那些当官的都是在说瞎话,都是"叫虫",叫得响,但办不成真事儿。你们当官的管着整个国家的事儿,咋就说话算不了数,让房价降不就降下来了吗？其实,他哪里知道,政府、银行、开发商都在一条线上,能控制住不再涨就算不错了。降了咋办？房价真降下来了,那影响的可就不只是开发商了。

上面有上面的政策,老百姓有老百姓的活法儿。这几十年,不都是慢慢地活过来了吗？刀驼李仍然每天去鸟市卖鸟食，下午收摊后到彩票点买彩票。卖鸟食是他保生活的，买彩票是在为儿子撞大运；日子就这样在踏实和希望中一天天过去。

入夏鸟脱毛，需要喂活食儿。刀驼李开始卖繁殖的黄虫和蚂蚱，这些活食赚头大些，刀驼李的心情也活泛多了。夏天到了，秋天就不远了，看着树儿由嫩绿变成老绿，刀驼李眼前就常常出现蛐蛐儿。他心里就有一种说不出的兴奋劲儿。

入夏后，戴金来估衣街的次数多了起来。刀驼李从他的言谈中知道，他们银行里的一些事儿。银行的事顺了，戴金心情就好些，要不顺，也能从他的眼里看出来。嘴可以瞒人，但眼是瞒不住人的，这句老话刀驼李是信的。这天晚上，戴金又和刀驼李见面了，虽然他一脸的喜气，但从他眼里还是能看出一点点不快来。点着烟后，刀驼李就说："这两天有不顺心的事吧。嗨，你就知足吧，天天跟钱打交道，还有蛐蛐儿这个乐子。"

戴金就笑了，然后说："看你说的，我有不知足吗？虽然有些事不顺心，但那都是工作上的事，工作就是解决事儿的。"

其实，戴金今天心里是有点不踏实。

下午的贷审会上，虽然北城房地产公司的项目通过了，但他还是觉得这里面有些蹊跷。这个公司的资产负债表怎么变化得这么快呢。他想，一定是行里有人与北城房地产公司串通了。有人向他们透露了审贷会刚调整的"打分规则"，并指导他们修改了资产负债表。出现这种情况，戴金本来是不能同意放贷的，但这件事朱玉墨也打了招呼，而且从理论上说是没有瑕疵的。更何况，已经有两个月没有放款了。在这种情况下，戴金最终还是让贷审会初审通过了。他只是强调，要进一步坐实资料，以备省行终审。

戴金没有跟刀驼李说这件事，说了也没有啥意义。他们还是聊起了蛐蛐的事儿。

今儿，刀驼李跟戴金聊的是年轻时逮蛐蛐儿的事。

他说：过了白露就得夜里逮了。头上满天繁星，地下遍地虫声，蛐蛐儿乱叫一气，没经验可真是分辨不出哪个好，分辨出来了你也不知道它在哪里，这就要凭自己的活儿了。

有一次我在东观稼台，就是现在的观稼台广场，那时候算在城外，四周种着庄稼。那晚过了十二点了，我突然听到一声叫，就"唧唧……呦"地叫那么一声，然后就再也不叫了，但我断定是个好斗虫。我慢慢凑过去，耐心等它再叫，后来又叫了一声，我听准了是在草丛后的一块坷垃底下，但我不敢去逮，怕如果扑不住它一跳就再也找不到了。我只好就坐在那里，一动不动地等到天亮。天亮后，我一签子把它扎了出来，果真是条"红牙青"，足有七厘五，那年它连斗六局局局占上风，到了大雪才老死……

岁月真是不饶人呢。过了小暑，在刀驼李眼里立秋也不远了。这天，他想搬一搬檐下的鱼缸，把接下的水清一清，可一低脖子，头竟轰的一下。他血压高，一直吃着药，所以他立即意识到可能是脑出血。这时，他赶紧扶着鱼缸沿，慢慢地坐在地上，让自己平静下来。还算万幸，约莫过了半个小时，他觉得没有大问题了，这时才从口袋里掏出手机，拨通了戴金的电话。

戴金和驾驶员小司把刀驼李送进了医院急诊室。一查，真是万幸，脑部充血量极少，吊两天水冲一冲就好了。

第三天，戴金让小司去接他的时候，他已办好出院手续了，正准备自己走呢。可刚到医院旁的急诊室那里，就站住了，两辆120车闪着蓝灯，从车上分别抬下三十岁上下的一男一女。刀驼李站在人群中，就听到不少人在议论，人都硬了还有个啥救。原来这是一对夫妻，在城南的棚户区出租房内，开煤气自杀的。听说，他们自杀的原因是结婚七年还是买不起房子，因不能生孩子两个人总是吵吵闹闹，最后决定谁也不活了，就开了煤气。

刀驼李听着人们的议论,心里就想,没有房子的多着呢,也不能都死啊!死了就能有房子了?坐在小司的车上,刀驼李突然想到了儿子李忠,还有那个他只见了一面的儿媳妇。这房子真能逼死人呢。这时,他突然决定答应戴金的话,今年帮他出局。一是让戴金出了去年那口恶气;再就是,他觉得自己这身体说不行就不行,也玩不几年蛐蛐儿了,临走前他得给儿子李忠挣了首付款。谁叫自己是他父亲呢!

做出这样的决定,刀驼李是痛苦的。

他本希望买彩票中了奖,或者慢慢地给儿子攒些钱,可面对那一大笔钱,这一切似乎都是不可能的。他毕竟就这一个儿,儿子是他的心头肉,别听嘴里骂着,心里可惦记得很呢。以前,他考虑过把那个宣德龙凤罐出手,换点钱给儿子。可他真的舍不得,老李家玩几辈子虫了,要真卖了罐子,就是抹了玩虫世家的脸面。儿子不是守老物什的主儿,留给他最终还不定落谁手里呢。他也想过把这东西匀给戴金,戴金是真爱蛐蛐,这物什跟他般配。可他敬爹一样地敬着自己,钱字是说不出口的。刀驼李拿定了主意,等自己玩不动了,就把这罐儿送给戴金。可他现在不愿意这样说,这样说了,他怕戴金误会他是想换钱。

这天晚上,戴金来看刀驼李。刀驼李就说:"我想了,就答应你一回,今年要抓着好虫了,我就使出绝活儿好好'排排',随你到上海出次局。这蛐蛐儿,我也玩不了几年了。顺便也看看我那儿子。"

戴金听后,一下子愣住了。

33

左枫已有一周没有去上班了。

他就这样窝在家里，整天从外向内地吸溜着嘴，凉风进去牙疼就会好点。其实，这起因让人啼笑皆非，他一个月前吃了块鱼，竟因此毁掉了一颗大牙。

那天，左枫领了工资，这一个月的收入比他在报社的三倍还多。他便想去买条鱼，他知道母亲是喜欢喝鱼汤的，女儿艾艾也喜欢吃鱼。不知从哪天，他说过吃鱼聪明，艾艾就特别喜欢上了吃鱼。周末的一大早，左枫就骑着自行车去了菜市场。他挑了两条大梳子长的鲫鱼，人家要给他杀，他没让，他想回到家先让艾艾在水盆里玩一会儿，然后再杀。另一层意思，他也是想亲自杀这两条鱼的，他有些日子没有做鱼的感觉了。

鱼是炖的，汤鲜美迷人。他先冷了汤，端给卧在床上的母亲喝。然后，他才给艾艾剥鱼，一块一块地把鱼刺剥净了，放在女儿的嘴里。艾艾是个懂事的孩子，她吃了半条鱼，就不再吃了，非让左枫吃。左枫心里很温暖，女儿都知道疼自己了。但他专挑鱼的尾部吃，那里肉少刺多，他要把好肉留给女儿和母亲。可刚吃了几块，一根细刺就扎进了下面大牙的牙龈里，他用牙签挑了挑，没有挑出来。刺太细了，一会儿就没有了疼痛感。左枫继续心情很好地与女儿一起，吃那条没有吃完的鱼。

过了两天，他感觉牙龈里有些胀疼，也没放在心上。一周后，牙龈越来越疼了，他不得不去牙科诊所，牙医说牙松动、牙龈坏死，必须拔了，不然整口牙都会松动的。左枫从来没有想过会发生这样的事，牙拔了，他的心情很不好。所以，刚才蓝雪打电话问他情况，想让他明天去上班，他竟没有答应。蓝雪知道左枫的心情不好，但她感觉更重要的原因是左枫对她那个策划不满意。

蓝雪放下电话，叹了口气，心里想：左枫这人真是，写诗的人就是有些怪。既然都这样了，还有什么放不开的，不就是让你细划一下"大华公司进军药都一周年纪念"的事吗？入了房地产这行，就不要再考虑钱赚得该不该,这是周瑜打黄盖一个愿打一个愿挨,有什么不好意思的。于是,她决定去左枫家,看看他,跟他再说说。

左枫挂了蓝雪的电话,一会儿手机又响了。他心里很烦,没有去接,可手机还不依不饶地响。他拿起手机,见电话是童菲打来的,以为女儿在幼儿园出了什么事,就急急地问怎么了。童菲却笑着说:"艾艾没什么事,我放学要路过你那里,你没时间就不要接艾艾了,我顺便把她送回去!"左枫正要拒绝,那边电话就挂了。

放下手机,左枫点了一支烟,他开始想有关童菲的事儿。

童菲是高大鹏的妻子,严格地说是他第二任妻子。他听说,高大鹏十多年前突然喜欢上童菲,那时她刚从幼儿师范学校毕业。开始,童菲不理他,后来经不住他一而再再而三地死追猛跟,就跟他在了一起。等高大鹏终于离婚,她转正后,可她又因几次流产竟不能再生育。三年后,高大鹏在外面就另有了女人,她吵过闹过,但最终就没有了那份心劲儿,任高大鹏在外面胡来,她也不再问了。左枫回忆着自己与童菲认识的经过,其实就是因为艾艾在她班里,一来二往就认识了。现在,左枫明显觉得童菲对自己是别有意思的,但他自己清楚,他们根本就不是一路人,他尽量避免着与她有瓜葛。

一个多小时后,童菲领着艾艾到家了,手里还拎了一个大蛋糕。左枫一愣,突然想起来了,今天是自己的生日。他不好意思地说:"你咋知道我的生日?"童菲笑笑,"艾艾是我的小朋友,我啥事能不知道!"左枫本想说艾艾太多嘴,可又为她能记住自己的生日而高兴,于是,就不停地感谢童菲。童菲说他太客气了,说自己还要请他帮忙给选房子呢,送个蛋糕是应该的。送人玫瑰,手有余香嘛。

见左枫一边说话,一边还不停地吸溜着嘴,童菲就说不陪他过生日了,自己有事要走。上车后,还探出头,对左枫和艾艾说:生日快乐！

第二天中午，蓝雪吃了点东西，就让公司的车送她，来到左枫家。

左枫也刚吃过饭，见蓝雪突然到来，一个电话也没打，有些局促不安。他还没有收拾东西，狭小的住处显得有些不忍看。蓝雪倒没有感觉有什么不好意思的，倒是她看到蛋糕后，不好意思地说："是艾艾过生日啊？早知道我提前来，请小天使吃肯德基了啊！"她一边说一边抚摸着艾艾的小辫子。

艾艾不好意思地说："阿姨，不是我过生日，是爸爸昨天过生日。蛋糕是童老师送的！"蓝雪一听，想到那个童菲，心里不由一酸，脸色沉了一下。左枫看在眼里，以为艾艾叫蓝雪阿姨，她不高兴了，就虎着脸对艾艾说："你这孩子，咋叫阿姨，叫雪姐姐。"艾艾一时不太明白爸爸的话是什么意思，就红了脸。蓝雪调整了一下自己，笑着说："你看你，叫什么还不都一样啊！好了，艾艾出去玩吧，姐姐跟爸爸有事要说。"

艾艾出去了，两个人都显得不太自然。最终，还是蓝雪先开了口，"明天尽量上班吧，一周年庆典促销方案必须尽快细划呢。"其实，左枫这些天都在想这件事，他心里是不同意再借这次庆典搞提价促销了。楼的地皮还没出来，房价一平方都已经涨了五百元，炒房倒房把整个北城的房价都提了上去，这简直就是拿刀杀人，伸手抢购房人的钱。左枫还是答应了一下，"差不多了，一根鱼刺都要我的命了，别说这房价了。"

蓝雪一听就笑，她对左枫说："我的诗人呀，别发千古之幽叹可行？房价涨这是全国的事，我看你快要成'大庇天下寒士俱欢颜'的杜甫了！"左枫听她这样说，心里更不是滋味，他想了想，就说："蓝总，天下的房价都是我们这些人忽悠涨的，你还让穷人住不住房子啊！"

蓝雪没想到左枫说这样的话,但她还是压住了自己的不满,笑着说:"所有商人都不是慈善家,慈善家都曾是不义的商人,你信不信?我们现在是为胥总打工,我们做不到,我们就要下岗,在我们眼里只有完成任务。只要不干犯法的事,没有什么不可以的!"

左枫见蓝雪这样的语气,本想说出更怨气的话,但还是忍住了,他是理解蓝雪的,她所做的并没有任何不对的。于是,他向蓝雪道歉说,自己心情不好,有些激动。他明天就去上班,尽快拿出细划方案。蓝雪本来还想与他商量一下,如何继续花钱雇用一些人在售楼中心门前排队的事,可想了想就没有再说。这件事,还是她自己亲自办吧。

雇楼托和捣盘,是楼盘之间竞争中的连环套。如果想压倒对方楼盘,首先要找得力的人手雇一些闲人,不停地来到自己的楼盘前排队、看房,造成热销的假相;接着就要找更得力的人去对方那里捣盘,捣盘的手段很多,以质量问题退款、高价买低价卖把后来购房者信心毁掉、在销售大厅挑毛病吵闹、去政府上访、在网上发帖子等等。这些招数,开始蓝雪只听说大城市有过,自己没有经历过。后来杜影一招一招教会了她,杜影在北京曾是一家房产代理公司的楼盘经理,她有这方面的经验。

蓝雪开始并不愿意这样做。但为了完成任务,为了多拿提成,更有一层意思是她想证明一下自己能不能达到胥总和杜影的要求。她按杜影的指令,专门对北城房地产开发公司下手。蓝雪在这家公司干了五年,她太了解这家国有企业了,由于老总胡进对工程插手太多,建筑公司就只能偷工减料,质量自然不能达到要求。但由于人们对国有企业的信任,那里的销售依然不错,而且跟着阳光世纪城的提价也节节提价。这个公司是阳光世纪城的第一对手,而且胡进这个人又是蓝雪最恨的人。当初,她跳槽过来加盟胥梅这里,更重要的是想给胡一个报复。女人的报复心是最强的,蓝雪一直这样认为。

蓝雪有另外一个团队，这个团队的头儿就是老吕。

老吕专门在外部，是给她执行这些事儿的。晚上，蓝雪约见了老吕。她首先把上次说定给的钱交给老吕，然后就细致地交代了下一步工作。一切安排好后，她离开了红茶坊，疲惫地回到自己的住处。今天，她没有吃晚饭，但一点儿都不饿，简单洗了洗，就休息了。明天事情很多，她觉得自己就像彩票摇奖机里那些圆球，被不停地转动着，说不准哪一下稍不留意，就会被甩出来，成为别人狂喜的赌注。

现在，左枫心里有些不安，他感觉到童菲可能是看上自己了。

她总是以艾艾为由，与他联系、约他吃饭。有几次，他没有同意，但她却以要左枫帮她参谋买房为由相约。从心里说，左枫对她是有好感的，尤其看到她对艾艾的那种感情。开始，他以为她不生孩子，对艾艾才那样充满爱意，但渐渐发觉事情并不是这样，她对艾艾是喜欢的，她也明显地表露对自己的深意。左枫一直想，她怎么会爱自己这样一个无钱无势的人呢，她现在虽然与高大鹏不幸福，但毕竟那是一个几千万的家啊。她为什么爱上自己呢？

左枫觉得这肯定是一场不好的结局，他便有意拒绝和躲避。越这样，反而感觉到童菲越不肯退却。

左枫陷入了不安与矛盾中。

其实，蓝雪这两天的心情也极端沉重。这来自北城房产公司的胡进。几天前的一个晚上，都十一点了，她接到一个电话，电话是胡进打来的。他开门见山地警告蓝雪，不要再给他的楼盘捣鬼，否则，他会把与她在一起的录像公开。蓝雪一听，先是一惊，但很快便冷静了下来。她知道，他是不敢那样做的，他也不会为了企业而让自己身败名裂的，北城房地产公司毕竟是国有企业，并不是他胡进的。

那天，蓝雪狠狠地把胡进骂了一通。最后，她警告胡进，"你公布吧，我手上关于你的东西你是知道的！我等着你！"话虽然这样说了，可蓝雪心里还是滴血一样地难受。她忍不住地回想起，自己在北城房地产公司不堪的五年：当时，她年轻，被胡欺侮后碍于面子不敢声张，后来，她谈了男朋友，胡依然时不时骚扰她。当男朋友知道后，发誓要杀了胡，她借故与男朋友分开了。这不仅是因为自己的心死了，更重要的是怕男友因自己而做出不可收拾的事情来。从此，她背上了男朋友的怨恨与误解。

　　这一切，压在蓝雪的心底，她不能跟任何人诉说，压得她快要爆炸了。

第十二章

34

这些天,蓝雪心情不太好,有些烦闷,也总想发火。

但这不仅仅是因为胡进那天晚上的电话,让她烦心的还有戴金。

他总是表态说那个铺面是要买的,可又迟迟不肯下订单。蓝雪明白他的意思,他是在与胥梅为了贷款的事在互相绷着对方。但这对蓝雪而言却成了问题,说要买却迟迟不下单,又不能另找买主,而且这单数额又这么大,势必影响自己的业绩,更重要的是影响其他业主的信心。她要求售楼部已放出消息,长江银行要买这一块做营业厅,所以周边的才迅速被销售出去。这些买主很大程度上是冲着长江银行的人气来的。如果,再一直不下单,其他客户就有可能退单。商铺销售卖的就是人气,就是商家扎堆的心态。这一点蓝雪比谁都清楚。所以,她的压力也越来越大起来。她弄不清戴金到底何时才能真正下单。

今天事情很多,她在上午就集中处理了,她想把事情处理好后,去"左岸画廊"看一下画展。

几天前,她就在《北城早报》上看到这则消息。这个消息被报纸炒了快半个月了,说是药都籍的画家叔默涵先生的个展。叔默涵的画蓝雪没有看过,但她自己也喜欢中国画,听说过关于叔默涵的一些传说。他是从中央美院毕业后,辞去工作到法国学习后又回来的职业画家,是一个很有个性的人。她决定,一定要去看看。

蓝雪已经有了自己的车。她心情很好地开车到了左岸画廊。

已经四点多了,画廊里没有几个人了。蓝雪进去后,就站在序言板前看。这次画展主题是"海之梦"。蓝雪首先被那幅《花开花落》所吸引。画面弥漫着蔚蓝的清新,响亮的画面、浓烈的色彩、来自大海深处的蓬勃气息,让她有一种豁然开朗、心旷神怡的强烈冲击。在画前沉思,她觉得这幅画就是她的安魂之乡,是搏斗之乡,是理想之乡。她不由得想起海子的那首诗:

> 从明天起,做一个幸福的人
>
> 喂马、劈柴,周游世界
>
> 从明天起,关心粮食和蔬菜
>
> 我有一所房子,面朝大海,春暖花开
>
> ……

蓝雪站在画前一动不动,时间凝固了,思想却在无边无际的大海上飘飞。当叔默涵连叫了她几次时,她才醒过来,意识到是跟自己说话。叔默涵一米八多的个子,脸部轮廓像刀刻一样棱角分明,微笑的背后溢出的是沧桑与成熟。蓝雪突然觉得有些不好意思,因为她觉得自己的心一下子被击中了。他们交谈后,叔默涵给她留了电话,她也有些慌乱地把自己的名片递过去。叔默涵很风趣,他看了看蓝雪的名片,笑着说:"我想有一所房子,面朝大海,春暖花开。你能帮我买到吗?"

平时说话麻利的蓝雪,竟一时不知如何答才好。这时,叔默涵说:"如果你真喜欢这幅画,展出结束后,我送你!"蓝雪一听,竟开口说:"真的?"叔默涵笑了笑,"真的!"

蓝雪离开左岸画廊后,心情一下子好起来。她说不清是为什么，但心里就与那幅画一样，突然豁然开朗而充满希望。所以，在回来的路上，当戴金给她打电话想请她喝茶时，她没加思索地就答应了下来。答应后，她才感觉不妥，有点唐突，有点失去矜持。可话已出口，已无法收回，她还是去了。

与戴金见面是在上岛咖啡。

戴金已经提前到了，茶和零食还没有点。蓝雪点了自己喜欢的玫瑰花茶，戴金点了铁观音，两个人一时无语。蓝雪首先打破了沉默，笑着给戴金谈起那个铺面的事。她是想尽快进入主题，也是为了回避戴金再说出其他的话来。戴金此次是想从蓝雪这里试探一下胥梅的动静，就从铺面的事谈开了。

蓝雪心里现在也是有底儿的。前些天，宋绮找蓝雪想看一套房子。蓝雪已经暗示她了，戴行长都把营业部安在这里了，价格和位置请她放心。所以，蓝雪当时就已经选了一套位置很好的房源。

戴金表达了这两天就下订单时，蓝雪就说："前天宋姐回去给你说了吗？给她选了一套位置不错的楼号，我正在和杜总沟通，会给一个最低价格的。"

戴金听后，有些吃惊。他知道蓝雪的这句话意味着什么。两个人对视笑了一下。戴金端起水，呷了口，又说："其实，我们是不需要买房的，女人啊真没办法。"蓝雪就笑了笑说："你是行长，投资是你的专业啊。现在投资什么有投资房产好啊！"

戴金听后，点上一支烟，然后说："也是，现在炒房啊，真是让我们这些做银行的都快目瞪口呆了。"

"这话怎么说呢？大行长，给我讲讲，从你们的角度如何看待现在的炒房？"蓝雪知道已经没有什么了危险，就把身子向戴金稍微倾斜了一点点，以示对他的友好，也是对自己刚才行为的一点校正。

戴金吸了几口烟，笑着说："现在的房地产，在我们这里还是炒，在北京上海那简直是传销了。"蓝雪听他这样说，就很有兴趣地要他讲讲。戴金看蓝雪那样真诚地希望他说，他的虚荣心就大增，开始给蓝雪举例讲了起来。

他说：假设甲以50万的价格买了一套房子，首付3成即15万，在这套房子涨到100万时，将其卖给乙。本次传销的成本是第一次首付15万加第二次的首付30万(100×0.3)加本交易期间的月供加房屋转按揭过程中的契税等。交易期间的月供按5万计算(35万的贷款总额按揭每月还2000元)；各种契税包括：印花税0.005%(略)+交易费每平方米3元(略)+营业税5%+城市建设维护费营业税的1%+教育（费）附加费营业税的3%+个人所得税(房价差额的20%)，按20万计算。则后两项可以按25万计算。那么这次传销过程的总成本是15+30+25=70万。两年内，投入15万，至少可以赚30万！

蓝雪一边听，一边想，如果她给戴金的老婆按低价留个房号，她一分钱都不要付，等房价涨后再把这个楼号卖出去，两年内按现在的势头，空手套走20万不成问题。她本来想把话给戴金挑明了，但她想想还是没有，只是最后提了一句，"戴行长，我给宋姐留的房号，两年内办手续都可以，这中间你也可以让给别人的！"戴金一听，就明白了。笑了一下，没说什么。

这时，蓝雪的电话响了，她一看是甜甜的，就没有接。因为，她一般在晚上不接这些售楼小姐的电话。戴金见她电话来了，就说："接吧。"蓝雪正好想离开，就顺势说："不好意思，其实晚上还有个约，我先到这来了。"戴金听这样一说，就掐灭了烟，笑笑说："那好吧，我也还有点事。今天就到这。"说着，伸出了手。蓝雪迟疑了一下，也伸出了手。

离开了上岛咖啡，刚上车，甜甜又打来了电话。蓝雪想了想，还是接了。

甜甜声音很激动也很委屈,断断续续地说着。蓝雪慢慢听出了头续。原来,甜甜与高大鹏在一起时,被高的妻子童菲给堵住了。童菲竟动手打了甜甜,甜甜也不示弱,与童菲动起手来。但高大鹏竟啥也不顾地转身离开了酒店。甜甜越想越气,给蓝雪打电话倾诉。蓝雪一边听一边安慰她。但安慰了几句,又觉得不好再说什么,就说:"甜甜,这件事你以前应该有思想准备的,如果还是按你以前的想法向前走,你就挺过去,挺过去这一段就好了!"

　　第二天,蓝雪到售楼大厅,她看了甜甜一眼,本来想问一句什么,但见甜甜正状态很好地给一个客户大谈居室风水,她就在心里笑了。现在卖房,尤其对有钱的买房人,给他谈风水是最有效的,每一个售楼小姐几乎都快成风水大师了。她没想到,甜甜昨天为被打的事还要死不活的,现在竟像没发生过那事一样,进入了工作状态。她在心里,对甜甜这些比自己年轻的女孩是佩服的。

　　蓝雪从杜影对楼盘每日落订的催促中,感觉到公司可能资金有些紧张。她就给杜影说,现在既要把价格提上去又要加快订单速度,两全其美的事是不太可能的。而杜影不这样认为,她以挑战的口气给蓝雪说,关键要加快铺面的销售,铺面房单价高,回笼资金快,让蓝雪和左枫考虑新的销售模式。蓝雪与左枫也一直在研究,但就是找不到最好的方法。可杜影几乎每天都打一个电话,而且明确告诉蓝雪,公司希望先把资金回笼过来,要把铺面房当作融资平台!

　　这天晚上,已经到了凌晨,蓝雪突然想到了一个办法。她立即从床上坐起来,开始把自己的想法细化成方案大纲。

　　她想到的是"售后包租",即现在每平方一万的铺面房先推出一半,每平方按两万推出,公司与买房人签订十年的包租协议,包租的租金是房款的百分之十。这样,大华置业就可以双倍收回资金,然后再分期支付租金,以后把这些铺面房再租给其他业主,又可以收回相当一部分资金。这样一来,公司不仅提高了房价而且融资成本却低于银行。对于买房者来说,表面上看是占了便宜,现在掏钱买房,十年内返回的租金与房价一样,十年后房子等于一分钱没花。

蓝雪很兴奋,想立即给杜影打电话,但想了想还是没有打。

第二天一早,蓝雪就给左枫打电话。他们见面后,左枫很快听明白了她的方案。他心里佩服蓝雪的聪明,这不仅仅是卖楼了,而是把楼当作了融资平台。但他觉得这对消费者来说,是一种蒙蔽,十年的变数太大,按现在的通胀趋势,现在的一万块钱十年后价值可想而知,更重要的是现在房价提高了一倍,等于不仅提高了房价而且又从买房人手里多套回许多钱。

蓝雪见左枫不同意这样做,她很不高兴,她觉得左枫就是一个书呆子。市场经济就是市场经济,温情和怜悯甚至良知与市场经济都是格格不入的。他这样的人做策划,显然是不太适应的。她最后说,左枫你想想再说吧,我希望你能接受。其实,她心里想说,又想做婊子又要立牌坊,这是永远不可能的!但我们处在这个境况,我们又能做什么呢。就是自己拒绝这样做,但这个时候一定会有其他人来这样做,而且有可能比现在做得更没有良知。

看着左枫离开的背影,蓝雪心里很乱,很无奈。

35

正月十五这天,老四推开门就感觉到风不小,但太阳却出奇的好。

没有化完的雪,在阳光下发着刺眼的光。几只鸽子从屋瓦上飞过,院子里就飘起吹下来的雪。

老四到厨房,妻子苇缨已经在那里忙活上了。老四倒了热水,边洗脸边对苇缨说:"把家里的东西都做了吧,你明儿也跟我一块走,家里没人了。今天吃过,明天就都走了。"妻子笑着答应说:"晌午你可要少喝点啊!"老四没吱声。

还没到晌午,毛孩、小房、腊羔、前进、大军等八个人就先后都到了。老四高兴地让他们进屋,散烟,喝茶,说话。老四把一箱古井酒搬出来,对小房说:"你今儿就是酒司令了,开酒倒酒的事,都是你包了。"小房就笑。一会儿,菜端了上来,老四招呼他们入了桌。酒倒好了,老四端起酒杯,把桌上的人看了一遍,然后说:"今儿是十五,哥请你们吃顿饭,明儿我们就又走了。感谢你们一年来对我的帮助,没有你们,我这个工头儿也当不成啊。我敬弟兄们一杯!"说罢,大家都随老四站了起来,九只杯子碰在一起,大家都笑了。喝了三瓶,人们的情绪都被酒点着了,你给我碰,我给你碰,好不热闹。

开始时,都分别敬老四酒,老四就喝得多些。毛孩又端起酒杯给老四敬酒时,老四笑着说:"兄弟,这次再去可不许再去找女人了啊!"毛孩一口把酒喝了,才说:"四哥放心,那些个女人又没镶金边银边,千人睡万人骑,虚情假意的,还是自己的老婆实在。放心吧,我要是再去找一次,你就把我给骗了!"桌子上一阵大笑。

六瓶酒喝光了,有几个人有些醉了。老四就说:"不喝了不喝了,明天就走了。再喝,恁的那些女人可都要骂我了!"饭一会儿吃完了。点着一支烟,都起身出了屋门。老四把人送到院门口,却把小房叫了回来。他对小房说:"兄弟,听哥一句话,别让小青去了!"小房一听急了,就说:"四哥,你放心吧!小青被兄弟给拿下了。咱男人的物件有三根筋,弄了谁谁给咱亲!绝不会给你添乱。老四见小房语气坚决,就拍了拍他的肩膀,说了句,"随你吧。反正哥把话说到了。"

正月十六晚上老四和他带的四十多个工人到了工地。栾正杰也是下午到的。他给老四打电话说晚上在一起吃饭。老四就把从家里带的油炸的麻叶子带上，来到了洪福酒楼。老四到的时候，栾正杰、会计菊花、菲菲，还有另外四个他不认识的人已经都到了。老四赶紧给每人递了一支烟，问着过年好。

坐下来后，栾正杰笑着说："我来介绍一下，这是我父亲，孙胖子不能在这干了，就叫父亲来帮点忙。"老四赶紧站起来，握着这个六十来岁的人的手，笑着说："我眼拙，原来是栾大爷啊！"栾正杰笑了笑，接着说："这是新来的技术员朱工，这是安装的李老板和查老板。"老四一一与他们握了手，然后坐下。这天，酒并没喝太多。栾正杰第一天请吃饭，一则这是工地的规矩，二则是让老四与新来的认识一下，将来好在一个工地上互相照应。但栾大爷却喝了不少，一是他能喝点，二是大家都要敬他。

主体已经封顶，钢筋工和木工就没有了活，剩下的粉墙、做地、水电、门窗、小配套就都是瓦工和水电工的活了。老四让毛孩负责小配套的带班，让小房负责粉墙和做地。粉墙和做地按平方承包，一个大工配一个小工，粉一平方拿一平方的钱；做地也是一样，也是按平方拿钱，这样不仅工期快，而且就没有磨工的了。小房也就是检查质量和抄平方数。栾正杰对老四这种管理办法很赞同。他心里想，老四是个明白人，不用人教的，他自己就能看破活中的道道来。人又厚道，将来肯定是能干大事，挣大钱的。

栾正杰也高兴啊，工期提前了，他的管理成本就降了下来，总公司合同签的还有奖励呢。他就对老四说："老四，加把劲，提前工期奖励的钱我都给你。"老四就笑着说："栾老板，我只挣我应得，你这样看重我，我不能对不起你。不过，安装那边你还得催催。不然，最终还是交不了工啊。"栾正杰递给老四一支大中华，然后说："我知道了。"

金三月银四月，天不热不冷，风也不大，白天的时间也越来长,正是工地上的最好时光。老四几乎天天在工地上,他想早一天把工程提前了。栾正杰却来得少了,听说他去接工程去了。做工程的就跟剧团赶场子的一样,得提前找下一个场子,不然,这个工程完工了,接不到新工程,设备、工人就都得晾起来。这是搞建筑工程的人都不愿意看到的。

已经快有十天没见栾正杰了。这天晚上,老四吃过饭,在工地上转一圈,心里倒真有些想他了。他回到住处,打开电视,电视里正播着《梨园春》擂台赛。一个小姑娘正在唱《打金枝》选段:有——为——王——我……正在这时,老四的手机响了,他把电视声音调小,打开手机,那边就传来栾正杰的声音,"老四,这几天见你栾大爷了吗?"老四心里一惊,想了想,还真有三天没见他了呢。就说:"有两三天了!栾大爷咋了?"栾正杰就急急地说:"你快到工地上来。我听菊花说他两天两夜没回来了!"

老四赶到工地,栾正杰正在那里训着会计菊花。菊花显然有些怕了,支支吾吾地说:"好像三天前,有两个年轻人来过,栾大爷跟他们走的。"栾正杰就追问:"你记清了吗?"菊花就回忆着说:"是的,我当时还以为栾大爷跟他们一道打牌去了呢。"栾正杰一遍一遍地拨着栾大爷的手机,手机发出的都是,您拨打的电话没有应答!老四感觉不妙,打牌也不能一打两天两夜啊。他便想到是不是被谁绑架了。他本不想直接说,但还是说了,"栾老板别急,再找找看。总不会是被谁绑架了吧。"栾正杰想了想,坚定地说:"不可能!要是被人绑了,那我肯定该接到电话了。"老四一想,对啊,绑人不是要钱吗。不给栾正杰打电话就不是要钱,就不可能是绑架。那会遇到什么事情了呢。老四越想心里越后怕。这时,栾正杰说:"老四,走,跟我一道报案去!"

栾正杰和老四来到开发区派出所。刚说了几句,就被接待的一个警官打断了。他看了看栾正杰说:"你说的事主是栾本正吗?"

栾正杰连忙说："是啊,是啊!我父亲就叫栾本正。"这个警官怪笑了一下,向椅背上靠了靠,才开口说："我们正要通知你们家属呢!""他发生了什么事?"栾正杰紧张地站了起来。这位警官示意他坐下,栾正杰坐下后,他接着说："栾本正因涉嫌强奸罪,被依法拘留了。""这不可能!这不可能!我父亲都六十多了,怎么能涉嫌强奸呢?"栾正杰不能接受这样的事实,大声地争辩道。这位年轻的警官突然一拍桌子,大声喝道："这是你高声说话的地方吗?有什么不可能?只要是男人,长着家伙,就都具备涉嫌犯强奸罪的可能!"

栾正杰和老四出了派出所大门,就不知道该怎么办了。他们就站在车前。老四拉开车门,栾正杰才坐进车里。他点上一支烟,一口接一口吸。一支烟吸完了,他似乎有了办法,掏出手机给胡总打电话,"胡总,我是小栾啊——是这样,我父亲被开发区派出所拘留了,说是涉嫌犯强奸罪。对,对,我想这也是不可能的啊。你就给我打电话问问吧,到底是咋回事——啊,好,好,我等你电话!"栾正杰合上电话,放松了些。老四就递给他一支烟,然后说："栾老板别急,胡总可是这北城的名人,他能摆平!"栾正杰想了想,就说:"对,对,他肯定能摆平!"

吸完烟,栾正杰发动了车子,向工地驶去。刚跑了几分钟,手机响了。他一脚踩住了刹车,车子向前一冲,停了下来。打开手机,就听那边传来了很低的声音。老四听不清说的是什么,就只听栾正杰不停地说:知道了——嗯,知道了——知道了——好,好,明天我去办公室找你!关了手机,栾正杰又发动了车,一句话也不说。老四也不好问什么。车子到了工地,栾正杰打开工地办公室的门,拉亮灯,坐了下来。老四也坐了下来。栾正杰点着烟,对老四说:"这不可能,他怎么会强奸这个女人呢。"老四就问:"哪个女人?"栾正杰叹了口气说:"就是送防水胶的那个!"这时,老四想起来了,那是一个湖北女人,应该有四十岁了,头发烫得跟狮子狗一样。她是每次来送胶时都跟栾大爷有说有笑的。但老四还是不相信,栾大爷会强奸她。就是真发生了那事,也一准是你情我愿,为了骗点钱而已。

锁老七也听到这个消息,就给老四打电话。最后,老四问:"七哥,红字咋样了?"锁老七就在那边说:"别提了,前几天我租的房子被查了,说是我们非法同居,罚了一万。不给钱就要拘人。这事过后,红字就想走了。我给她两万块钱,她回东北了。"老四在这边说:"好事,女人啊,女人的那东西看着是个蜜枣,其实是个害人坑。"锁老七就在那边说:"老四,你放心,我是被女人缠够了,天仙玉女也再动不了我的心。"老四没说什么,只是笑。

接下来的日子,栾正杰就没来过工地。老四也不好问,他只有把工地上的活干好。但他还是从赵工、周工等人嘴里不断地听到一些消息。就是个圈套,栾大爷是跟这个湖北女人去了丽云宾馆。喝了一杯水就没有了知觉,醒来的时候,他和那女人都光着身子躺在床上。这女人跟他要二十万,栾大爷不给,就回到了工地。两天后,就被两个便衣公安带走了。后来,胡总让他弟弟胡老三出面摆平。

先是说公安同意,只要那女人愿意和解,撤案,他们就不问了。栾正杰给公安花了钱,又给和事的中间人花了钱,那女人写撤诉时也拿到五万块钱。但后来还是不行,上面又说人都拘了,不能说撤就撤,得检察院同意。再后来,又听说做了精液验证,只要化验出那女人内裤上的精子不是栾大爷的就行。胡老三领着栾正杰又在检察院和省公安厅跑了两个多月。一会儿说人马上放出来,一会又说不行了。老四被各种消息弄得心神不定的。但他坚信自己的判断,栾大爷和栾正杰是被人编着圈儿的黑了。

时间过去半年多了。这天栾正杰到工地上来了。老四递给他一支烟,小声地问道:"栾老板,栾大爷的事情差不多了吧?"栾正杰长叹了一口气，又长叹了一口气，然后说："老四，这天下不公的事太多了。钱都花六十万了，越弄越麻烦。只有认了！"

没过几天，栾大爷的事开庭了。因强奸罪被判三年。那天，栾正杰从法庭出来就给老四打电话。老四到了他的住处。他们就开始喝酒。两人喝了快两瓶了，栾正杰显然是喝多了，流着泪对老四说："难啊，咱做工头儿的啥也不是。别看苦心巴力、装孙子求爷爷的挣俩钱，可那不是咱的啊，说不准哪一天就又乖乖掏出来了。最后怎么样？拿了钱，还得坐牢！钱算他妈的什么东西，连那些鸟人的一句话都不如……"

36

秋天是植物消瘦，动物长肉的季节。

进入十月，秋天就快过完了，可老四觉得栾正杰不但没有长肉，而且越来越瘦了。人也委顿了许多，也没有了精神。老四年轻时跟师傅打拳卖艺时，听一个卖药的老头说过，人就活个精神；精从肾来，神自心生。身瘦肾衰，精气不够人就志短气虚；心思烦乱，自然神无从来。现在看来，栾正杰由于父亲的事确实精神萎靡，心气不足。老四觉得这不是个小事，他必须帮一帮栾正杰。这并不仅仅是他跟着栾正杰做工挣钱，更重要的是他不愿意看着栾正杰这样沉下去。

人生一世，谁还没有个坎坎坷坷，关键是趴倒了再站起来。老四就常找栾正杰聊聊，给他说些开心的事。但栾正杰虽然有些好转，情绪还是时好时坏。他父亲出的这事，他瞒着母亲，而母亲却时不时打电话来，她似乎感觉到老头子出事了。每次电话来，栾正杰几天的精神都特别地差。

老四为了不让栾正杰为工地多操心，他就更尽心，工程也就进展得很快。楼前的下水道、路面、车棚等小配套工程，也在收尾中。老四给毛孩和小房安排好后，就想请栾正杰出去走走。这天，他给栾正杰说："栾老板，你开车到我老家去一趟行吗？你也去散散心，我给你弄点野味补补。"栾正杰也正想出去走走，就很爽快地答应了下来。六个小时的车程，他们就来到老四的老家——龙湾。这地儿之所以叫龙湾，是有一个不太大的龙河在这里拐个了弯，河的上游有五条支流，像龙的五爪，沟沟坎坎。一湾湾一汪汪的水，荡漾回旋，水波闪闪；河坡堤岸长着各种果树和庄稼、野草，野鸡、野鸭、野狗不时飞来跑去。

栾正杰看着这里的一切，心里猛一畅快。他跟老四说："这儿真是世外桃源啊！等过两年，我就到这儿来养老算了。"老四就笑着说："是啊，这真是个舒心的地方，我要是再挣点钱够养老的就回来。当然，就是挣不到钱，也是早晚得回来的！"栾正杰就说："放心吧，有我在，你会挣到钱的。"老四赶紧接着说："这可是你说的啊。你不是说不干了吗？你不干了，我跟着谁挣钱呢。"栾正杰就笑了笑，"今儿你带我来这里，心情好多了，又想继续干了！"两个人就边笑边在这里转悠着。转了两个多小时了，老四就对栾正杰说："栾老板，看兄弟我给你露一手！"栾正杰有些惊奇地说："好！"老四说："你坐这里等着，那边有条野狗，我去抓。"栾正杰向前面的一片杂草望去，什么也没有啊。

这时，老四慢慢地向那片杂草走去。他快到草地前，把食指往嘴上一放，呜呜吹了几声，一条野狗就乖乖地向他身边跑。等野狗离他有一丈多远时，他就蹲下了，从怀里掏了点什么，平放在左手心，手贴着地面，野狗就越来越慢地向前走，走着走着就伏在地上向老四跟前爬来。野狗离老四的手有半尺远时，他就伸出右手，轻轻地抚着狗脖子上的毛。突然，老四的手往前一送，一抓紧，一翻，噔嘣一声，他的手像钳子一样钳住了野狗的嘴，这时野狗的两只后腿蹬扒着扑腾了几下，就再也动不了了。栾正杰惊得半天不知如何是好。这时，老四叫他，"栾老板，来啊，今晚咱就吃它了。"

　　回到老四的家。老四很麻利地把狗呛死，剥了皮，下到烧柴的地锅里。老四又把提前买好的花椒、元茴、丁香、桂皮、生姜、砂仁、玉果、白芷八大料放进去。大约一个半小时，肉煮熟了，色泽鲜红，肉烂而不腻，香气浓郁。老四拿出一瓶酒，打开，然后对栾正杰说："栾老板，这种狗肉能安五脏、轻身、益气、补肾、健胃、暖腰膝、壮气力、补血脉、补劳伤，可是个好吃食啊。"几杯酒下肚，栾正杰来了精神，他对老四说："生活原来还这般有滋味，阳光世纪城二期那标我准备投了……"

　　车子回到北城的时候五点多了。栾正杰回住处去了，而老四却直接去了工地。四天过去了，工期进度比老四临走时的安排慢了点。老四在工地上转了一圈，没有见到小房。他就问毛孩，小房到哪里去了。毛孩说："刚才还在呢，没走远。"老四给工人散了烟，就走了，他想到工棚去看看。来到工棚，见小房正坐在门外吸烟。见老四来了，小房赶紧站起来。但老四已经看出小房精神不太好，心事重重的样子。他掏出烟，准备给小房，小房就赶紧两步上前接着。烟点着了，老四笑了笑说："咋了？这还没入冬，就霜打的一样了。"

　　小房猛吸了两口烟，苦皱着脸，欲言又止。老四心里已判断得八九不离十了，可能就是为了他未婚妻小青的事。想到这里，他就说："看你那个熊样儿，有啥大不了的事？给哥说说。我还不相信真有解不开的疙瘩！"小房叹了声气，就嚅着声说："这俩月俺就感觉不对劲儿了。"说罢这句就不再言语。老四等了半天，见没有了下文，就着急地说："说啊。咋还大喘气呢！"小房又接着说："开始，俺先觉着她对俺不亲热了。前天晚上，她竟不让俺去她住的地方，说影响她工作。白天工作，夜里还给谁工作？反正她有点变心了。"老四一听更明白了，就对小房说："那让她回老家，你们结婚不就得了。""她要回去就好了，她说如果俺要逼她，她就给俺吹！"小房说完，紧紧地抓住自己的头发。

老四就说："看你那熊样，我早就说，你这是让耗子给猫当服务员，挣钱不要命。现在好了！你还愣着干吗呢？去洗个澡，收拾收拾，晚上就去她那儿不要回来了。"小房看了看老四不解地问，"我去弄啥啊！"老四就急着说："你不是说屄上有三根筋，操谁，谁跟你亲！按说，这都不是我当哥的能说出口的话。"

老四说罢，转身走了。

栾正杰从老四的老家龙湾回来，人就有精神了，变了个人一样。他开始为阳光世纪城二期投标忙活着。老四也打听过了，阳光世纪城是包工包料，干的是交钥匙工程。只要工程合格，大华投资公司就不会有那么多麻烦事，利润也自然会多的。绝不会像现在干的阳光世纪城一期，这是胡总靠朱玉墨拿到的工程。很明显，胡总是支着架子给大华投资公司捣蛋，料是他的亲友供，还要给这些管工程的烧香进贡、花钱打点。他从心底希望栾正杰能中标，这不仅仅是他又有活干了，而且是他也不想一边干活一边伺候这些关关道道的大鬼小神了。出力挣钱，图个快活。现在，钱花出去了，也通过这些人挣了些不该挣的钱，但心里总感觉不踏实，不舒坦。

栾正杰投过标这天，轻松了不少。他来到工地上转几圈，对老四说："快点扫尾，拔蜡走人，那边开过标就动工。"老四一听心里很是高兴，他知道，栾正杰这人说话是有准头的，没有把握他不会说这样的话。他陪栾正杰从楼上走下来时，就说："栾老板，今天你高兴，我请你喝两杯？"栾正杰很爽快地答应了。

老四和栾正杰正在喝酒的时候，毛孩打老四手机说，找不到小房了，打电话也不接。栾正杰就说："今天不喝了，工地上少人是大事，你快去工地吧。"老四出了洪福酒楼，他正在想这小房到哪儿去了呢。这时，赵工打来了电话，让老四到总公司胡总的办公室。老四预感这事估计跟小青有关，就急急地去了。

到了胡总的办公室，见小房堆在沙发上说着什么。胡总见老四来了，就对老四说："把他领走，再不走我就报警了。"老四连忙赔着笑脸说："胡总，这到底是咋回事呢？"胡总把一张纸递给老四，然后说："你看看！"这时，赵工就说："这是小青的辞职信，写得明明白白的是自愿走了，你看这不是红手印吗？"老四看了看，就明白了。这事，你小房再在这里闹也是没有用。于是，他就对小房说："走吧！小青写得明明白白的，你跟胡总要哪门子人。自己的媳妇自己找去。"小房先是不动，后来还是被老四拉走了。

接下来的几天，小房也失踪了。老四急啊，但急也没办法，一个长着两条腿的大活人，也捆不住他呀。但他还是担心。五天后的夜里，小房来到了老四的住处，见了老四坐下来就哭。小房回来了，老四就放心了，他知道只要小房不出事就行，小青肯定是跟上胡总了。老四把小房骂了一顿，小房才说出真相。

原来，他跟踪胡总，终于在郊区一栋别墅里看到了小青。他被保安打了一顿，胡总才让他进去。小青把两万块彩礼钱给了小房，还给了五千块的利息，然后就说一刀两断。胡总最后也甩给他两万块钱。同时，甩过来的还有一句话：你再敢来这里，我就让你永远消失！

老四听小房说完。吸了支烟，又吸了支烟，然后说："你走吧！不要在北城了，不然，你不会有好果子吃的。"小房就呜呜地哭。

老四就骂道："你还是个男人吗？那个贱人就是回来，你还敢要吗？有这两万块钱，回咱龙河湾，啥黄花大闺女找不到啊！"

37

　　阳光世纪城二期这次分三个标段。

　　一下开标十二栋，近十万平米，每个标段四栋，但投标的有十一家建筑公司。当然，这十一家中有实力的也就六家，但这六家也会使竞争十分激烈。尤其，人们都知道阳光世纪城的脊老板是从新加坡来的，听说相当有实力，而且工料全包，建设中就不会有太多的麻烦，即使利润少点大家也会极力去争。由于父亲的事让栾正杰心情不好，他本来对投标并不抱太大的信心，是抱着无所谓的态度投的。中了就干，中不了就休息一段。但投标前，东州一建、华南二建、成大建安、北方四建、北城一建五家公司都分别找到他，要与他联合抬标。

　　因为是大家抬的，你中标了就要拿出一些利润分给这几家公司，当然得按抬高的比例。这也是建筑这个行当的行规，不然没谁给你抬高。问题是，这里面存在着很大的不确定性，谁都想中标，就是价格低点中了，也毕竟比没中标，分点抬标费合算。虽然大家说好了要比正常预算价高一到五个百分点，但谁也不知道对方是否真这样做。

　　其实栾正杰不想这样做，现在他觉得人只能挣自己应该挣的钱，钱对于每一个人来说都是有定数的，不能强挣，强挣也不一定能挣到，就是挣到了也不一定是好事。他想，自己就是要坐庄中标，也不会抬价的。但他为了能在这个行里混下去，还是答应了来找他们的公司参与这件事。当然，这也是他做的两手准备：他不准备抬，真中上了无非给其他几家一点钱；要是别的公司准备骗他，他中不了标，也可以得到五十万。

　　许多事情往往是出乎意料的。就在他准备投标的前一天，一个陌生电话打过来。前两次他没接，第三次接了，对方是一个女的，说自己是大华投资公司的，要见他。栾正杰听罢，吸了支烟，最后还是决定去了雅兰茶吧。

见栾正杰的是大华投资公司的杜影。她开门见山地说："栾总，听说你想参与阳光世纪城二期项目？"栾正杰笑了笑说："标书做好了，准备投标。"江影笑笑，然后说："我们也了解了一下你的情况，如果让你做这个工程，我们做笔交易如何？"什么交易？栾正杰心里一惊，但立即明白了八成，他想肯定是与胡总有关的。他吸了一口烟，也笑笑，然后说："杜总说的，我不太明白。"杜影又笑了笑，然后从手包里拿出一张纸，放在茶桌上，用右手食指推给栾正杰。栾正杰看着杜影，但杜影并不说话，只是两只眼盯着他。他看了看推在眼前的纸片，抬眼时正与杜影目光相碰。杜影再次笑了笑，然后用食指把纸片拉了过来，收回手包里。栾正杰一时不知说什么好，表情僵硬得很。

这时，杜影端起茶杯，她并没有喝，而是端在空中，盯着栾正杰的两眼，声音很低地说："我不要你现在回答，明天中午给我回话。不过，有一点要提醒栾总，你做不做没关系，但要是给我走了风声，这可是人命关天的事啊。后果，我想你是知道的。"说罢，抿了一下茶杯里的水，笑着说："我还有事，先走了！"

栾正杰回到家里，就把自己关在屋里。饭也不吃，就只抽烟、喝酒和水。从下午到晚上，一直到天快亮了，屋里烟雾重重，压得他透不过气来。他感觉自己快要窒息了，不停地大口吐气。城市钟楼又一次敲响了，声音虽然隔着玻璃，但那拖着长音的响声还是传到了屋内。栾正杰突然站了起来，把手中的酒瓶猛地往茶几上一掼，走到窗前，拉开了窗帘和玻璃。随着一股清新的风吹过来。他长长地吸了一口，然后骂了一句：是你先不仁的，也别怪我不义！

水晶宫洗浴会馆是栾正杰的老去处。他一进门，服务生就把他请进了一个单间。栾正杰很快把自己脱干净,趿着拖鞋走向池子。他进了池子,感觉水温一下子从下到上漫过全身,感觉舒服极了。

很快这种感觉就消失了,他的心思依然在胡总身上。他突然觉得胡总这些年对他太不仁义了,从他身上剥了一千多万,而且在他父亲出事时,胡老三还诈了他那么多钱。你们的心也太黑了吧!但他也知道,他一旦把这些细节交给杜影,胡总就有可能进局子,北城房地产开发公司就会出现问题,大华投资公司就会在北城独领风骚。但这些事与他栾正杰关系不大了,他并不是非要拿到这个标、挣多少钱,更重要的是要扳倒胡总,出口恶气。当然,做任何事都是有成本的,栾正杰不可能不考虑成本。他想,既然如此了,也要尽力与大华投资公司较一较劲。

从水晶宫出来,栾正杰三次掏出手机,又都一次次地放进了包里。最后决定他还是要等杜影的电话。坐进驾驶室,他并没有发动车,而是又点了一支烟。刚吸了一半,手机响了。他知道是杜影的。他没有慌着去接,等铃声响了三下时,他才按下接听键。那边便传来杜影低沉的声音:栾总,想好了吧!栾正杰憋了一口气,镇定了一下,说:想好了。停了一下,杜影才说:那好,十分钟后老地方见。

栾正杰来到了雅兰茶吧,坐下,点上一支烟,正在要茶时,杜影到了。杜影坐了下来,对栾正杰笑了一下,然后说:"我知道栾总是费了思量的,放心,我不会亏待你的。"茶上来了,栾正杰端起来,喝了一口。杜影看着他笑了一下,然后说:"栾总是个喜欢喝热茶的人,爽快。那我也就直说了,这次交给你两个标段,按进度付款,不让你垫资!不过,你得保证给我的东西也是货真价实的!"栾正杰笑了笑,把烟掐掉,然后说:"杜总放心,我是搞工程的,尺寸的事我还是能把握的。"杜影喝了一口茶,看着栾正杰的两只眼睛说:

"好！开标后把东西给我。不过有一点我要提前告诉栾总。"栾正杰心里一愣，看着杜影说："说吧。"杜影端着茶杯说："我是很忙的，交给我东西后，以后就不要再找我了，以后我们俩压根就不认识了。当然，工程的事我会在后面按约定给你办得满意的！"栾正杰笑了笑，望着杜影眼镜片后面的眸子，爽快地说："好！"

开标这天，老四正在工地上仔细地检查着，因为后天就要验收了。五点的时候，他的手机响了。他打开手机，栾正杰就在那头说："老四，你先到同庆楼订个小房间，我一个小时后就到！"老四心里一喜，他知道栾正杰中标了。就立即离开工地，回到住处。到了住处，他换了件衣服，把自己收拾了一下，就打的去了同庆楼。

同庆楼在北城是高档的酒店，也最有特色。

包间要么十二人台、要么四人台，中间的房间不多。这主要是为了适合顾客的特点。来这里的人，要么是高档的大聚会，要么是极要好的人边吃边说事儿的。老四要了个小房间，让栾正杰点了两个主菜，他又点了两个主菜，其它的菜就由酒店自主配送了。老四要了瓶十年陈酿，两个人就喝了起来。老四知道是中标了，就不再说中标的事，只顾给栾正杰碰酒。喝了有八两酒，栾正杰的心情没有刚来时好了，话也没有刚才多了，还不时叹着气。老四摸不清到底是咋了，就试探着问："栾老板，不是中标了吗？你咋犯愁了呢。"

栾正杰摇摇头，没有答话，端起酒杯，一仰头喝了。老四想，中标了，那还有啥作难的呢？莫不是资金有问题。垫资干工程这也是行规啊。他端起酒杯给栾正杰敬了一杯，又试探着问："是不是资金紧张？"栾正杰点上一支烟，看着老四说："不是。房地产这行就是四两拨千斤的事，开发商让我们垫资干到出地平，他就可以拿证销售，甚至不动工都能卖楼花。他们收了钱就会开始给我们付钱。我们做工程的，只要中了标就可以招来供料商，就会有人给咱送料。咱只要有租设备、拉围墙的钱就行了。你说钱算啥？不是大问题。"老四虽然也知道些这里的道道儿，但听栾正杰一说，心里就更疑惑了。那到底是为啥长吁短叹的呢？他见栾正杰没说，自己就不想再问了。端起酒杯，给栾正杰边碰边说："我也给你帮不了啥忙，我就再敬你杯酒吧！"

栾正杰喝了这杯酒，想了想，便开口说："老四啊，干工程这行，水深得很。有些事啊，你不知道也好，知道得多反而成负担了。"老四就说："是啊，是啊，我只要知道跟着你好好干活就行了！"两个人就又碰了一杯。这时，栾正杰说："老四，这五万平方利润咱俩四六分，你四我六！"老四一听，猛的一惊，他只想挣自己包的工钱，从没想过分栾老板的利润，何况这工程也没有这一说啊。就笑着说："栾老板，你看得起我了，不过我还是那句话，我挣我应该挣的，你挣万万我不眼黑。"栾正杰望着老四，自己喝了一杯酒，然后说："老四，我也不是白给你利，因为我想在老家开个厂，工地的事得你全操心。"老四也喝了一口酒，很认真地说："操心是应该的，只要栾老板信任我，分成的事以后再说吧。"栾正杰也笑了，两只酒杯咣地一下碰在了一起。

老四干的两栋楼土建整体验收后的第五天，监理公司的陶工给老四说，胡总被双规了。老四对双规不太明白，但他知道是出事了，被政府抓起来了。陶工走后，老四就给栾正杰打了个电话问这件事。栾正杰没接老四的话茬，而是在电话那头说："老四，我正要找你呢。你尽快回老家再弄来百十号人，阳光世纪城这边半月后就开工了。"老四还是想问一下胡总的事，就又说，胡总出事了，这边工地还没交呢。栾正杰就说："我们是干工程的，胡总的事跟你没关系，你现在就去招人，我这几天有事外出一次。你就不要给我打电话了。"

第二天，老四就回到了龙湾。回来的当天晚上，小房来到了老四家。说了一会儿话,小房就问:"四哥,北城开发公司那个胡总出事了吗?"老四一愣,立即明白了一些,他眼盯着小房问,"啥意思?你老实给我说。"小房低下了头,点上一支烟,吭哧了好一会儿才开口说:"有人找到我,给我一万块钱,我写了胡总与小青的事。""什么?你,你,你咋做起这事了!"小房胆怯地望着老四说:"谁让他夺我的小青的,兴他胡总不仁,就不允许咱不义了?我还按了手印呢。"

老四猛吸了一口烟,声音很大地说:"小房,你有种,那是咱乡下人做的事吗?你等着好吧!"

第十三章

38

秋收过后,该走的男人又从田野乡间去了城市。

这时候,乡村里的男人比公狗都少。老四要想一次招到百十号人,实在是困难。他在龙湾呆了十天,才凑够五十人。他心里猫抓狗挠的一样,因为栾正杰要求他带百十号人过来。他准备先带这些人回北城,实在不行的话,再从劳务市场上抓点人。

这样想好了,他觉得应该先给栾正杰打个电话,给他事先说一声。他拨栾正杰的手机,怎么也拨不通,一连拨了一天都不通。这时,老四在心里琢磨了半天,他感觉栾正杰肯定因为胡总的事被牵连了进去。越想越觉得自己的判断有道理,联想到那天栾正杰他们喝酒时说的话,心里更加没了底,他不知道栾正杰还能不能出来了。最后,他决定给菲菲打电话,问问情况。

菲菲的手机打通了,菲菲告诉他说,栾总没事,到外地去了一趟还没有回来。工人的事先停一停吧,阳光世纪城二期那边一时还开不了工。老四感觉似乎更不妙,他便决定立即回到北城,因为他怕自己的工地上再出什么乱子。

老四回到北城时已是晚上十点了。他事先没有给毛孩打电话,自己随便在街上吃了点东西,就向工地走去。现在工程主体验收完了,由于胡总出事,配套、水电、消防等分项验收就停了下来。工人就没太多的事可做,工棚里灯火通明的在打牌和侃大山。老四刚走近工棚门口,就听见里面热热闹闹地争吵着什么。他就没有进去,而是站在外面听了起来。

为啥咱那么苦,挣钱还那么低呢?每天十多个小时,一年纯收入也不过四千块。听说有一个县委书记,八个月收入五百万呢!这有啥稀奇的,哈尔滨有家医院治一个病人就收了五百五十万呢,比咱全村人一辈子的收入还高!老四听出这是腊羔在声音很大地说着。话音刚落,前进就接了上来。向地上很重地唾了一口,尖着嗓子说:咱农民工的地位咋那么低?咱农民不是排在工人老大哥之后,位居老二吗?咋了个"工"字之后就成了老末了?咱见人低三分,出了工地就遭白眼,这上屌山上说理去!毛孩就接着说:前进,我们都愿意当农民工老末,你去当老二吧。

工棚里就响起一阵笑声。笑声停了,大军又发起了牢骚:现在城里人失业有补助、生病有保险、生孩子有保险,咱农村人就是铁人啊,咋就没有这补助那保险的?毛孩打住了大军的话:说这些不咸不淡的鸟话有啥用,谁让你投错胎了啊!

老四听着觉得怪入耳的,就点上了一支烟。

平时这些人虽然与自己在一起,倒没听他们说这些事,更没想到他们能把话说得那么精彩。他便想再接着听一听,也好了解这些弟兄的心思。这时,腊羔却转换了话题,他拍着身下的木板说:都别胡屌扯了,说点正事吧。这半夜三更的说啥屌正事?前进就截他的话。前进也不让话头,就接着说:现在胡总出事了,栾总也进去了,眼看就完工了,咱的工钱还悬着呢。工棚里一下子安静了下来。大概有两分钟时间,大军就说:听说进去不少人了呢!老四一听这话,觉得不能再让他们胡扯下去了。就大声地咳嗽一下,推门进去了。屋里的人见老四进来了,都从床上坐了起来,对着老四笑开了。发红的灯光下,十几张古铜色的脸,显得有些变形和怪异。

老四给他们每人扔了支烟，笑着把每个人都看了一遍，然后说："天不早了，别胡呲了！要知道言多必失，隔墙有耳。咱是打工的，那些事跟咱不沾边边，早点睡，养足精神，栾老板出差这两天就回来，一回来阳光世纪城二期就开工了。"说这话时，他心里也没底，只是为了稳住这些人，随口说的。因此，话一出口，他也觉得心里没底。他吸了一口烟，就把话岔开了。

他看着腊羔又说："别不知足了，咱农民也有好的地方。有人说，咱房子盖了千千万，自己没有一瓦片！我看这话说错了。咱亲手盖的房子最早的住户就是咱们！那些没完工、没装修的楼房，哪个不是咱们先住的，咱们是年年住新房啊！"工棚里响起一片笑声，几个人都说还是四哥说得对。老四知道这些笑都带着自我解嘲，但他还是很开心地走出了工棚。

第二天，老四给菲菲又打了一个电话，他没有提栾正杰，而是告诉菲菲他已经回到北城了。菲菲就说，你别急，离开工没几天了，老栾肯定很快回来了。从菲菲的话中，老四听出了一些底气，他判断菲菲是知道栾正杰的情况的，甚至她是能与栾联系上的。这样想来，心里就安生了不少，也不再急了。他就在工地上指挥着自己的人，加快工程扫尾。虽然他知道胡总出事了，整体验收是要些时日的，但他还是认为应该先把工地上的事做完，反正是自己的活，早晚都得干完。晚干不如早干，一气呵成，既省工又省心。

至于胡总出来不出来，与自己关系并不大，北城房地产开发公司也不会因胡总进去就散摊子的。

阳光世纪城二期预计元旦开工，现在离开工还有六天。

老四算着日子，有些沉不住气，就想再给菲菲打电话问一下栾正杰的情况。但他试了几试，最终还是没有打。他想，栾正杰又不是不知道开工的日期，无论他在哪里，他总比自己急。但他还是睡不安坐不宁的。这天夜里都快十二点了，他还是睡不着，脑子里翻来覆去乱哄哄的。又过了好长时间，他正想睡的时候，手机突然响了。他下意识地觉得肯定是栾正杰打过来的，就急忙拿起手机。按了接听键，那边果然是栾正杰的声音，"老四，我出来了，明天早上你过来，我们商量一下开工的事！"老四连声说："好！好！栾老板你休息吧，我明天过去。"

元旦这天，阳光世纪城二期如期开工了。开工的场面很大，老四从没见过这么排场的开工仪式。他和栾正杰站在人群的第二排，前面八米多高的彩虹门下，红地毯上站了十几个官相逼人的男男女女。老四听不太明白，但他知道大华投资公司非同一般，虽说传言正在被查，可省里市里的领导都来了，那肯定被查的传言是假的。宣布剪彩了，震天响的礼炮轰轰隆隆地响起那一刻，老四心里突然升起一股豪气，他觉得给这样的公司干工程，心里爽快，放心。

开工仪式结束后，栾老板照例给老四一万块钱，让他给工人发点红包和改善一下伙食。老四心里也高兴，他每人发一百，然后又自己掏出两千块钱交给毛孩，让他给大伙们好好地改善一下伙食。虽然有些小工头，这个时候往往会扣下一点，但老四从来都不这样做。他心里有本账，这个时候工人高兴了，将来多出点活，少出点事，自己赚的比这要多很多。虽然他也不是非要多赚回多少，但工人们也都心里明白，肯定不会让他吃亏的。这次栾正杰接下的是两个标段，八栋楼，占整个开工的一半，工地自然就大。这样的工程，老四还是第一次干，心里有些拿不准先从哪里下手。

栾正杰看出了老四的心事，就笑说："老四，春节前要把工棚搭好，围墙接好。这个工程和别的工程不一样，要先做配套，然后再做建楼。"老四表面上装着明白，但心里还是拿不准，过去的工地都不是这样做的啊，现在咋倒过来了呢。栾正杰接着说："大华投资公司是外资企业，和国内的开发商路数不一样，他们要先把道路、大配套、景观做出来，然后建房。这样，小区有看相，楼好卖，价格会高的。"老四突然明白过来了。

现在工地上用的是临时电,显然是不行的。但快半月了,高压电就是接不过来。老四有些急,栾正杰也有些急。因为工地外一个村子里的一户农民,死活不让线路从他家麦田里过,给再多的钱都不让过。按说供电局能平息的,但听说这家人后面使了北城房地产公司的钱,就帮北城公司给大华公司使绊子。老四想,大华公司这样的气派,难道连这样的小事都摆不平吗?他有点不理解。

不仅老四不理解,栾正杰也不理解。这天,他去找大华公司项目经理姚总。姚总却对栾正杰说:"我正要找你呢,这事你想办法,三天内必须摆平!"栾正杰有些为难地说:"姚总,这事你给政府说一声不就行了吗?"姚总吐了一口烟,笑了一下,然后说:"这样的事都找政府,那大华公司的脸往哪搁?就交给你了。"栾正杰还是有些为难地笑着说:"姚总,我恐怕不太好办吧。"姚总有些不耐烦了,他掐灭了烟,望着栾正杰说:"办法你能想到的,出了事有我呢!"

栾正杰走出姚总的办公室,就给一个人打了电话。第二天上午,架线就开始了。老四听说后,心里很是高兴,他觉得大华公司还是行的,看开业那架式,肯定没有他们摆不平的事儿。但下午的时候,他听说那家人昨天晚上被人打伤了。天亮就没有再阻止架线。老四就觉得这事肯定有弯弯,栾正杰打来电话让他一会儿去吃饭。吃饭的地点还是在同庆楼。

栾正杰一般吃饭时开始是不说话的,只有喝了几两后才开始说些事。一瓶酒快喝完了,栾正杰望着老四说:"老四,我给你说件事。"老四端起酒杯给他碰了一下,然后说:"栾老板,你说吧。我老四虽然没文化,但绝对是个盛事的人。"栾正杰把酒喝了下去,笑了笑,没有说话,又倒上酒,然后举起来与老四碰了一下。

栾正杰把酒咽了下去,才开口,"老四,我后天就去黑湖农场,你栾大爷马上就可以出来了!"老四心里一喜,就高兴地说:"好啊,我也去接栾大爷。"栾正杰笑了笑,接着说:"不用了。你在工地守着就行了。春节过后,我就不常来了,工地就交给你了。"见老四有些吃惊,栾正杰又接着说:"我会再派两个技术员帮助你的,你菲菲嫂子要办服装厂,我也不想在建筑这行混了,再说,我更不想再在这商城多呆了。我这项目我相信你能干好的!"

老四从来没有想过栾正杰会说这番话,一时不知如何是好。

39

过了正月,白天一天比一天长了一截。

早晚两头再加会儿班,工程进度就明显加快。老四把每栋楼分成一个组,四栋楼基出了地面后,框架比着赛向上蹿。老四看在眼里,喜在心底,那真真正正的是天天偷着乐。这种乐倒不完全是因为工程进度快,他的用工成本降低,更重要的一方面是因为给栾正杰保证的事实现了。春节后,栾正杰来时老四向他保证过,一定尽心把工地管好,越是你栾总不常来了,我老四越要干出个样子来让你看看。老四心里想,绝不能让栾正杰失望,更不能负了栾正杰对自己的信任和看重。

这天中午,锁老七和老田一道来了。老四并没有带他们到工地,而是直接把他们带到酒店去了。老四是不想让他俩到工地去的,一是他们现在龙城公司干着钢筋工和木工,二是栾正杰接下这四栋楼后,他们俩也想过来干,但都被栾正杰拒绝了。现在工程全交给老四了,锁老七和老田心里多少有些不是滋味。这一点老四是明白的,所以他就小着性子给他们俩劝酒,好烟、好酒,笑脸伺候着,他们两个也不好说什么了。第二瓶酒刚喝没多久,三个人就都有些兴奋了,开始用扑克猜起了酒。

老四输了一杯酒,刚端起来正要喝,手机响了。他掀开盖,那边就传来一声哭腔：四哥，你快来吧，工地上撂倒十几口人了！老四听到毛孩这句话，起身就往门外跑。锁老七和老田追到酒店门外时，老四已打上了车。工地上可是啥事都可能出的，老四不知道出了什么事，心里扑通扑通地跳着，他感觉自己的心脏快要跳出自己的胸腔了。

下了车，老四就跑向工地。跑着跑着，他的右腿突然一软，倒在了地上。望着不远处的工地上，横七竖八躺着和蹲着的工人，他们在不停地呕吐，老四脑子里突然一片空白。这时，大军捂着肚子来到老四跟前。老四定了定神，大声问："这是怎么了！"大军显然是肚子痛得难受，龇牙咧嘴地说："是食物中毒了！"老四这时清醒了过来，他也顾不得再理大军，抖着手掏出手机，拨呼了120电话……

现在的局面老四是没有想到的。随着工地上二十三人被呼啸的救护车不停地拉进商城第二人民医院，警车也来到了工地。老四正给大华投资公司姚总说着情况，从警车上下来的警察就把他俩推上车，拉走了。在派出所里，老四有点胆怯，不知道说什么好。姚总就气呼呼地要他如实说。老四镇定了一下，就说："工人中午吃的韭菜包子，我怀疑是韭菜有毒。"警察就问："你咋知道有毒？"老四说："乡下现在种韭菜，一是怕虫咬，二是灌水时加上那3911农药，韭菜长得旺而黑。"在场的人都有些吃惊，作记录的那个女警察就说："种菜浇农药？这不太可能吧！"老四就说："咋不太可能，这是我亲眼见过的。现在你们城里人吃的东西，啥没有农药？粮食和各种青菜都有农药，而且量都大。"见在场的人都瞪着眼看自己，老四觉得他们认为自己说的是假话，就有些激动地说："不只是粮菜有农药，你们吃的各种肉都有大量的药和激素。鸡鸭鹅猪牛羊从小都是拌着先锋药和饲料喂，鱼鳖虾蟹也都喂避孕药和饲料！"

听老四这样说,记录的女警官长叹了一口气,然后问:"这些有药的,光城里人吃,你们农村人就不吃了啊!真是作孽。"老四还是觉得她不信自己的话,就又接着说:"农村人现在不吃这些了,种粮和种菜都是单种的,不加药不上化肥,专留自己吃。"老四话音刚落,一个男警察就大声说:"噫,你们这些农村人,不是专害城里人嘛。还想再来个农村包围城市咋的!"这时,所长接了个电话后,就对姚总和老四说:"你们现在去医院吧,笔录明天做,随叫随到!"说罢,就对身边的三个警察说:"快到商城社区,那里也有人吃韭菜中毒!"

老四和姚总来到医院时,走廊上放满了病床。病床上的工人都挂上了吊水,有些人已经不再呕吐了,基本都安静了下来。他到一个一个病床前,安慰了一遍,心里也平静了下来。虽然他知道这次要花不少钱,但毕竟没有出人命。过了一个多小时,穿白大褂的人突然多了,院长也来了。一会儿,又来一群人。老四一望就认出来,走在前面的那个人是北城电视台天天露面的冯兴国市长,后面跟着的人他就不认识了。他被电视台的记者挤到了楼道外面,里面的事,他就不知道了。十来分钟后,记者开始往外退,接着,冯市长又被后面的人拥着走了出来。

走廊最里面有电视屏幕,这里不能抽烟,老四一边看着床上的工人,一边心烦意乱地看着节目。中央新闻联播结束后,商城新闻开始了,第一条就是下午市长来这里的新闻。画面一闪,老四竟看到了自己的半个头夹在人缝里。这条新闻挺长的,最后一段老四听得真切。电视上说:这是一次韭菜中毒事件,全城有七十多人不同程度中毒,但没有造成死亡事件。蔬菜批发商已被拘留审查,韭菜的源头正在调查……

三天后,老四的工人全部出院。让老四没有想到的是,医院并没让他出钱,钱由大华投资公司给付了。他很是感动,心里想现在社会真的和谐了，与过去不太一样了。

又过了两天，他接到一个电话，让他到大华投资公司办公大楼去。老四不知道什么事，心里直打鼓。到了大厅，他就被带到了六楼，接着被领到楼的最里面那个门。门开了，里面是三套间的办公室。老四是第一次进这么高档的地方，有些稀奇，这里瞅瞅那里瞄瞄，眼就有些走神。这时，大办公桌后面的那个女老总就说："坐吧。"老四坐了下来，有些局促地瞅着她。领他进来的那个人就对老四说："这是胥总！"老四赶紧说："胥总，对不起，我给你找麻烦了。"

胥总就笑笑说："别紧张。我下面的说你是个厚道人，我一看果真如此呢。"老四笑了一下，一时不知道说什么好。这时，胥总又说："我听栾总说过，你老家龙湾河那儿不错，我想让你找人按纯天然标准种点粮和菜，也养些鸡鸭鹅猪牛羊，好不好啊？"老四这才定下神来，向前坐了坐身子，说："好啊，保证不加农药化肥，不喂饲料！"

胥总就笑了笑，然后说："这一点我相信。其他的事，杜总会找你谈的。"老四连忙站起来，说："胥总放心，我一定办好。"胥总就又笑了笑，望着老四的眼睛说："一言为定，过些日子，我可是要去你那里看的啊！"

没几天，老四刚起床还没来得急去工地，就接到电话。姚总说，胥总要他陪着去龙湾看看。老四坐在轿车上走在前面，后面就是胥总和杜总坐的越野车。

两个多小时就到了龙湾。

正是初夏，河坡上的狗儿秧、猫儿眼、黄花菜，把河沟两岸装扮得如五颜六色。由于河床深，河堤陡，站在河下向两边放眼望去，人就像在天上飘下的彩虹中。胥总显然是被眼前的美影迷醉了，她也不说话，入神地向前走着。前面一汪汪一湾湾河水，荡漾回旋,青青的芦苇丛中,放鸭的孩子们,追赶着时飞时落的水鸟。

胥总走上河岸,看着一畦畦青菜和一片片麦子,对身边的杜总说:"设计一下,让小杨在这里给我盖个农家四合院。将来我有时间就到这里来住上一段儿。"

杜总连声说好。

第十四章

40

大华公司迟早会出事儿，这是戴金想到过的。

但他万万没想到这么快，就要出事了。真是人算不如天算。戴金原来设想着，现在东风机械厂的土地证副本也押在了长江行，只要再等几个月那五千万就到期了。快一年了，长江银行给大华公司没有增加一个业务，戴金是怕这大华出事挂住了自己。国家对房地产的政策一改常态地绷紧着，她的房子卖不出去，没有现金还款啊。但戴金仍存着侥幸心理，现在传出来的毕竟是对大华的税务稽查，兴许这一关能过去呢。

戴金决定到省里去一趟，他要摸一摸上面的动静。

他见了省地税稽查局的一个朋友后，觉得不像自己预感的那样好。他又找到省纪委的一个熟人，他想从那里得到点消息。虽然没有得到什么明确的东西，但从这人的言谈中他觉得大华公司也许只是一个突破口，北城可能要出大事了。很明显，大华公司真过不去这个关了。

现在看来，省稽查局已经掌握了大华投资公司的具体情况。其实，胥梅更急，她与杜影正在不停地运作着呢。如果只查出漏税，能摆脱偷税的干系，最多补缴点税，还不至于伤了元气。

戴金现在最关心的是那笔贷款。但急是没有用的，何况如果真是大华出了大事，他手里还有土地证在。这时，他为自己当初以扣款相逼胥梅而庆幸。如果那时不是采用这个手段，手里拿不到土地证，说不定真会把自己牵进去。他想，这次从大华公司入手一定是上面的一石二鸟，甚至是一石多鸟，冯兴国会不会牵进去那就看他的造化了。

从他这两年对冯兴国的观察，以及冯兴国对大华投资公司的特殊关照，他断定冯兴国与胥梅应该是有交易的。不然，冯兴国作为市长，再是为了北城城建的发展，也不会那样扑倒身子去为大华办事的。官场的潜规则大家都懂的，只要没有利益在，哪个当官的也不会不顾政策和别人的议论去做事的。

戴金心里多少是有些不安的。许多人进去，都是被意外带出来的。现在，有权的人屁股下有谁是一干二净的呢。这些天，他把自己来北城的两年多的所作所为全部回忆了一下，尤其是与大华投资公司和冯兴国的交往。当他确信并没有什么把柄落在他们手里后，才放下心来。心是放下了，但焦虑时不时还会有的。大华的事一直没有结论，省里的人一直在北城住着，这就不算完。

戴金思来想去，决定再去省行一趟。

他到了省行，向一把手汇报了与大华投资公司的业务，重点汇报了东风机械厂那笔贷款的事。一把手听后，没有过多说什么。他只是说："现在这种情况，看来大华投资公司是不能按期还款了。好在还有土地证押着。我们银行啊，与地产商打交道跟与魔鬼打交道差不多。以后，一定要注意程序的完善，风险的防范。"

听到行长这话，戴金心头的石头落了下来。

刀驼李入秋第一天就下了山东。今年他是铆着劲儿想逮一条名虫的。

这蛐蛐儿是有灵性的，可以当人看待。也许是蛐蛐儿也和刀驼李是缘分是命中注定的，刚下地第二天夜里，刀驼李就捉到了一条"长脚青大头"。这虫像是上过《秋兴名虫录》的，兰项、金背、蛤蟆嘴,牙上重黑爪,长挑脚,细肉身,黑面门,泛青光,短而疾的叫声……刀驼李搭眼一望,就知道是条"早秋斗到大雪飞"的名虫儿。

捉到这虫的第二天,刀驼李就打道回府了。虽然,今年只逮了三条,其实那两条不要也罢,这一虫就足矣。他玩一辈子虫,这是碰到最好的一条。戴金得到消息,提前到汽车站去接刀驼李。他是想能早一分就早一分看到这条名虫。人之所以喜欢蛐蛐,就是因为人和蛐蛐都是众生,喜怒哀乐,悲伤妒恨,七情六欲无一不有,而且虫通人性,虫遂人愿。老玩家子说,到了一定境界,人与虫是一体的,人心虫性一线相通。

刀驼李到估衣街小院,禁不住戴金的急切心情。

于是,他就左手扣住罐腔,右手拉开笼盖,这"长脚青大头"便跑到他左手的阴影里。刀驼李慢慢撒开手,就见这虫两须搅动,赳赳虎步,气宇轩昂,在罐中绕了半圈,到了中央便昂首立定,俨然一位凛凛威风的大将军。这时,刀驼李给戴金说:"这可是早秋斗到大雪飞的名虫啊!"

这天晚上,戴金把一切烦恼事全都忘光了。他一边呷着小酒,一边听刀驼李讲虫经。刀驼李说,这虫是不用"排"的,但要精心调养,调养好了,到时候"生端"就成了! 戴金边喝酒边把现在上海的斗局,给刀驼李细细地描摹。这样的局,刀驼李是没有入过的,他听得很细,支着耳朵唯恐拉下一个字。当戴金讲完后,刀驼李沉吟片刻,才说:"你要不说这些,我真误大事了。摄像机的光照着,那养法就不一样了,得多让它见光。不然,入了局,它会怵光的。"

戴金听后,也吸了口冷气。自己要是不说,刀驼李还按古法子养,还真不行呢。看来,啥事都要有个与时俱进呢。

没几天,大华的事就在社会上传开了。果如戴金所料,纪委开始叫人了。听说,胥梅和杜影都被叫过,也有传闻冯兴国也被叫去过。这也许是事实,因为没过几天,戴金也被叫去问了两次话,是关于大华投资公司的几笔业务。戴金庆幸杜影在里面没有说出妻子宋绮买房子的事。但他还是觉得有点儿害怕。可又转念一想，即使杜影说出来，那也只是优惠得多些，毕竟自己是交了钱的。这样想来，他就感到庆幸，最终还归结到自己心里有一个"怕"字。人有这个字常在脑子里转，就做不了大错事；如果没有这个字在心里存着，那早晚是要出事儿的。

现在，事情差不多算过去了，最起码这个案子和自己没有什么瓜葛，戴金心里安稳了下来。他的心儿，又回到了那条"长脚青大头"上来了。

戴金已有一个星期没有来估衣街了。

他是想来，可事儿太多，纪委要求他二十四小时等待谈话，他也是没有办法的。哪头重哪头轻，他是分得明白的。

这天是个周末，戴金十点就来到了刀驼李这里。今天，刀驼李也特别高兴，脸上笑呵呵的。戴金以为是为这虫儿乐呢，一问才知道，他儿子李忠前天回来了，今天早上刚走。快两年没见着儿子了，刀驼李当然高兴。人越是上了年纪，对孩子越是疼在心里，恨不能天天在眼前才好呢。可刀驼李没有过这样的奢望，他觉得儿子能上到研究生不容易，应该在上海谋大事做。可他唯一心不净的就是上海房子也太贵了，弄个安身的窝得几百万。这简直是不可想象的。好在今年捉了个"长脚青大头"，唉，兴许能有不小的进项呢。

刀驼李这样想着，就对戴金说："我正在'搭晒'呢，你来得正好。"

把蛐蛐桌搭到太阳下，换过食水，用最细的虾须帘子遮在前面。接着，他就侧耳聆听着罐里的动静。"长脚青大头"开始叫了，声音慢而涩，翅膀上还有寒气呢；一会儿，叫声响亮了；从叫声里，刀驼李知道罐子里的温度高了，就赶紧撤掉虾须帘，换了一块较密的细草帘盖上……

这时,戴金在和煦的阳光下,也感到血脉流畅,舒适得很。

41

左枫现在心里很矛盾。既来自工作又来自生活。

同时,他现在对蓝雪的一些做法越来越不理解了。

他觉得蓝雪为了完成胥梅和杜影交给的任务,为了拿到自己业务的提成,简直是不择手段。虽然,他对蓝雪这样的职业操盘手是了解一些的,她们的目标只有一个,那就是完成任务,拿到自己应该得到的收益。现在,几乎所有的房产销售代理公司莫不如此。可他不能忍受的是,她们根本不考虑买房者的死活,成了开发商提高房价的帮凶。现在全国房价翻着番地往上涨,而越涨人们越买,越买越涨,这是十分可怕的。

尤其是,蓝雪推出铺面房"售后包租"这种模式,这根本不是在卖楼,而是在搞资金运作,这是十分危险的。他不赞成,但这个方案已经得到了杜影和胥梅她们的认可,而且要求必须尽快推出。蓝雪可能是心里急,对左枫也没有了往日的客气,几乎是以命令的口气,让他三天内必须细化好这个方案,并在全市媒体上推出。吃别人的饭嘴短,拿人家的钱手软,左枫感觉到特别地无奈。不做吧,现在还拿着不薄的薪水,做吧,又违背自己的心愿。他心里很是难受。

而恰恰这几天,童菲又紧盯不放,她已向他明确了态度:我爱你,我要跟高大鹏离婚,我来照顾艾艾! 她的这个态度,左枫是没有想到过的。三十多岁的女人已经不是小姑娘了,她做出的决定应该是经过深思熟虑的。从她那坚决的表情和不依不舍与左枫的交往,左枫同样陷入了两难的境地。

从心里说，左枫是喜欢童菲的，这种喜欢是由女儿引起的，童菲喜欢自己的女儿艾艾，左枫慢慢地便喜欢上了童菲。但他又觉得他们在一起是不合适的，现在，甜甜把高大鹏弄到手了，而自己却把高大鹏的二婚妻子童菲娶回来，这算什么事呢？就是别人不议论，他自己想起来都不好受。再说了，童菲对他的爱也许是感性的，自己是一个照料母亲和女儿的穷人，连房子都没有，她会适应这样的生活吗？与其结婚后再分开，倒不如像现在这样朋友着，反而相敬如宾的都给对方留着美好。

左枫身上有着浓重的诗人气质，注重感性、情绪大于理智。他这几天几乎天天睡不好，头疼病便犯了。于是，他给蓝雪打电话要求请假。蓝雪没有说什么，就同意了，但她最后还是要求他：在家也必须按时完成任务，一点都不能耽误。

其实，左枫不知道蓝雪心里也十分无奈。

蓝雪是这个楼盘的销售经理，她与杜影接触多，她知道的关于大华公司的事儿也多。现在，社会上一直在传省纪委在查市长冯兴国，而大华公司进入北城就是冯兴国一手推动的。更重要的是，现在阳光世纪城这个楼盘都全面动工了，而且有两栋楼都竣工了，但土地出让金还欠着两个多亿。土地出让金没有交齐，冯兴国就硬逼着土地部门发了土地证，胥梅就是凭着这土地证在建行贷了三亿多的建设资金。现在，冯兴国这个市长也急，他必须在这个关口让胥梅把土地出让金交齐，如不交齐就要收回土地证，工地就要停工，这样是为了擦净自己的屁股。

而长江银行戴金行长更是热锅上的蚂蚁。

土地证他是不会交出来的，但如果弄到最后工地停工了，房子签不了单，他就无法给银行交代。他同样一天一次地找杜影和胥梅。房地产业就是一个链条，开发商、政府、银行这三家是捆在一起的，到关键时刻，三方的手必须拉得更紧，哪一环断了，所有人都要被甩出去,失去安全。政府要政绩、要税收,银行要利润、要放贷,开发商要赚钱,这是房价永远不可能真正落下去的原因。

这一点,蓝雪是明白的。她在这个行业干了快七年了,她知道如果房价真的落了,房钱百分之七十多都是银行的,银行是国家的,银行倒了,国家会同意吗?但个性化的开发公司和楼盘,因资金断链倒下来,国家并不怕,所以,每一个开发商都是玩资金和政策的高手。

现在,事实很清楚,大华投资公司必须尽快回笼更多的资金,来交土地出让金。这钱靠项目从银行贷不出来了,只有加快售楼合同的签订和销售的推进,通过银行按揭回笼。蓝雪决定去找一下左枫,她要把情况给他谈清楚,要么继续按销售需求做工作,要么离开,因为公司的销售一刻也不能停下来。

星期天上午,她开着车来到左枫住处。因为这一带正在拆迁,车不好停,她就把车停在了路口,走着到左枫的家。快到左枫住处的门口,她看见艾艾与几个小女孩正在拍着手唱歌。于是,她放慢了脚步,想听听她们唱的什么。离她们还有几步远的时候,她听清了,原来是一首改编的歌:世上只有房子好,没房的孩子像根草,离开房子的怀抱,幸福哪里找……

孩子们唱得正带劲,根本没有注意到蓝雪的到来。蓝雪站在那里听着,心里很不是滋味。这时,左枫出来了,他见蓝雪在听艾艾她们唱歌,也停了下来,当听清唱的内容后,突然大声呵斥艾艾,"瞎唱什么!还不回去写作业!"蓝雪见左枫这样发火,就走过去弯腰抚着艾艾的头,哄着说:"好了,不唱了,回去写作业吧。谁教的啊?唱的不错嘛。"

艾艾看了看爸爸,转过头望着蓝雪,小声地说:"雪姐姐。"蓝雪笑了一下,与左枫进了他的屋里。

左枫对蓝雪的到来,还是有些突然。他觉得有些不好意思,自己算什么呢，人家蓝雪都几顾茅庐了。他决定把心里话全给蓝雪说清楚。

蓝雪听他把自己对这种销售和与童菲的事儿都说完了，才表明自己的观点。

蓝雪的观点很明确，我们没有杀人放火，现在市场经济就是这样残酷，要么入世要么出世，但人生要存，当下做什么工作能让人心安理得呢。现在的人，只要不干违法的事儿，就是最高的底线了。最终，左枫同意了不再辞职，继续上班。但对他与童菲的事，蓝雪没有说得太明，她只是笑着说："现在谈爱情是有些奢侈，但也不是没有，祝愿你能得到真正的爱情。"

其实，蓝雪有一段时间在心里是对左枫有些意思的。

那种感觉好像也不是爱，而是一种敬佩和好感。但现在，童菲真正和左枫谈起恋爱了，她心里却偶尔生出些酸酸的感觉。女人的心就是这样。蓝雪是一个能自我控制的人。她把自己当成一摊水，流到哪儿、碰到什么形状的环境就蜗居在哪里，无声无响，但却有一种能改变这个环境的梦想与力量。对待感情，她也是这样。这些天，叔默涵和她联系几次，他们在一起喝过一次茶，她感觉她也开始爱上叔默涵了。为什么听说左枫与童菲的关系后，自己心里还那么不适呢？蓝雪说不清。

回到住处，蓝雪推开窗子，把被子拿出来晾着。

阳光很好，风也不大，外面的花香阵阵飘来。她开了电视，听着里面的黄梅戏，开始收拾房间。当她擦拭胥梅送给她的那瓶米拉山口的云时，眼前竟又出现了胥梅描述的情形：天蓝得透明，游云白得洁净，山峦苍茫起伏，山坡上的颜色暗绿、草绿、土黄和光影变化万千，草地上点缀着点点羊群、黑色的牦牛，世间顿然显得那样的纯净，无边的遐想让她的心灵宁静而升腾⋯⋯

售后包租铺面推出后，售楼中心一下子多了许多人。

药都做中药材生意的人很多,他们一般不投资股票什么的,就只投资房子。房子买下了永远不会变动,他们觉得踏实。蓝雪没想到效果会这么好,广告打出后的第二天,就成交了一千多万。这个业务是交给甜甜他们别墅销售部来操办的,做这样大单的交易,对业务员的要求是十分高的。甜甜这几天很忙,成交的客户也很多,大都是高大鹏介绍的。

现在高大鹏的朋友几乎都知道甜甜成了高大鹏的人,售楼中心的人也都知道这件事,因为高大鹏的那辆白宝马几乎每天下班时都来这里。

甜甜来给蓝雪汇报工作时,蓝问她,"你那个大叔准备跟你结婚了?"现在,女孩子都学韩剧,把自己喜欢的比自己大的男人称作大叔。甜甜笑了笑,"听说童菲答应跟高大鹏离了。各得其所,各有各的道儿。"说着,她向隔壁左枫的办公室看了一下。蓝雪明白了甜甜的意思,就又说:"眼里要瞅准,心里也要拿稳啊!现在老男人可不是那样容易就范的。"甜甜也笑了,说了句"感谢领导提醒",就快步走出了蓝雪的办公室。

快下班的时候,蓝雪接到了杜影的电话,让她立即到她办公室。

蓝雪到了杜影的办公室,见她正在西南角的那个鱼缸前。蓝雪进来后,杜影弯腰从旁边的小鱼缸里,用网勺捞起两条梳子大小的鱼,丢到大缸里,大缸里突然就响起哗哗的水声。蓝雪想,又两条鱼被食鱼鲳吞进了腹中。

这时,杜影转过身坐在班台后的椅子上。

她微笑着说:"售后包租推得不错啊!你很能干。"蓝雪谦逊地笑了笑。杜影突然沉下了脸,郑重地对蓝雪说:"找你来是想给你商量点事,你现在也是公司的核心人物了,脊总很信任你和欣赏你的能力!"

　　蓝雪又说了句客套的话。杜影话题一转,对蓝雪说:"现在公司资金有些紧张,主要是在省城又拿了块地。所以,想推出分时居住产权销售。当然,如果这种销售很好,资金能达到需求就更好了。如果不理想的话,你要考虑搞一些人的身份证,我们要做一百套按揭。这样,回笼资金更快。我也给银行沟通过了,现在只有如此了。银行的贷款到期了,按揭批下来,再还进去,基本上就是空转一下。"

　　尽管杜影把话说得看似很轻松,其实,蓝雪猜想大华公司的资金很可能真的出现了严重的问题。

　　这种假按揭,说白了就是房子没有卖出去,找房托的身份证按他们买房、公司交首付、然后从银行把全部房款套到公司来。这事,她以前在北城房地产公司时,胡进因资金紧张也曾经想做过,可银行没有通融。而现在不一样了,大华置业欠建行的项目贷款到期了,如果不这样空转,建行也会受到处理。看来,不这样做是不行的。

　　蓝雪心里突然感觉有些怕。感觉自己已被杜影牵着,在一步步向下滑,离自己原来的想法越走越远。

42

　　左枫提出辞职,这事既在蓝雪的预料之中,又在她的意料之外。

　　那天,蓝雪想了很久,最终还是把杜影要求进行产权销售和假按揭的事,给左枫说了。左枫听后,脸色变得铁青,很长时间一句话都不说。

　　当蓝雪要他表态时,他突然激动地站起来,手指着蓝雪说:"蓝雪,我告诉你,请你想好了,不要再为虎作伥,你这是要往犯罪里滑!"蓝雪情绪也激动起来,她看着左枫说:"请你不要这样指着我,我是职业操盘手,我的天职就是完成老板的指令!我犯什么罪了?我只是操作人,主意是他们出的,他们是要负责的!"

左枫冷笑了一下,摇了摇头,又说:"一旦阳光世纪城崩盘了,或者胥梅杜影出了问题,你是合伙诈骗银行资金,你知道吗?金钱已经迷了你的双眼!冲晕了你的大脑!"

蓝雪听到这话没再说什么,她何尝不知道这个结果。但她相信,胥梅杜影是不会真正出问题的,现在房地产公司有几个没有做过这类事的,又有几个出了问题?说白了,这是开发商与银行的勾结,一出事全出事,银行也不会让这事暴露的。但她今天彻底感觉到自己与左枫是道不同了,下一步很难再合作共事。她原来请左枫过来,是想让左枫能帮自己一把,而且他也能改变自己家庭的经济状况。现在看来,她还是不了解左枫,他与自己是有区别的。

但对于蓝雪来说,她是没有退路的。

这不仅仅是因为胥梅给了她丰厚的待遇,更重要的是,她不能这样突然离开,从而毁了阳光世纪城这个楼盘,她也不忍心看着胥梅杜影她们过不去这个关口。但在操作上,她还是作了一些调整,她给杜影汇报,尽量用公司员工的身份进行假按揭。这样一来,如果真的出了什么事,闪转腾挪的余地会大些。

杜影同意了蓝雪的建议。蓝雪把这件事分成两步走,一是先以销售中心的这些人的名义做,然后再用其他员工的。只要在卖房这个行当混上一年,傻子也能成为精明人。销售中心的这些女孩子,也都知道公司是为了套取现金,虽然口头上答应了蓝雪的要求,但执行起来总不那样快。蓝雪知道她们想要什么,她也想趁机给这些小姊妹多谋点利益,在给杜影汇报后给每位售楼小姐都发了一笔奖金。这一下,手续办的速度很快,没几天,一百套购房合同就交到了银行。

接下来的事，就与蓝雪无关了。银行何时能审批下来，何时能把现金转到公司账户上，那就是杜影的事了。手续全交上后，蓝雪感觉特别累，是一种说不出的心累。于是，她想到了叔默涵。她想给叔默涵打个电话，一起坐坐，说说话，放松一下心情。但她想了想，这个电话还是没打。因为，现在她从心里喜欢上了叔默涵，所以觉得如果主动打电话，特别不好意思。女人的心理很复杂，几乎每一个女人在感情上都是一个矛盾体，有时自己都不知道心里在想什么。

叔默涵的画展就要结束了。

这天中午，叔默涵给蓝雪打了电话，他在电话那头笑着说："小蓝，画展后天就要结束了，我要兑现自己的承诺呀。下午你来画廊一下吧！"虽然，叔默涵的语气有些不容推托，但蓝雪还是十分高兴的。前几天，她也想过，如果叔默涵真的把那幅《花开花落》送给自己，她就把胥梅送的那瓶米拉山口的云送给他。虽然，她有些舍不得，她太爱那瓶云了，那瓶云给了她无数次无限的遐想，但她总觉得送给叔默涵只是暂时的，最终她还会拥有的。

蓝雪来到左岸画廊，叔默涵已经在门口站着了。

他们进了茶室，叔默涵微笑着问蓝雪最近怎么样。蓝雪说挺好的，就不想谈工作上的事。叔默涵感觉到了，就开始谈那幅《花开花落》，谈自己学画的经历和体会。当他说一定要把这幅画送给蓝雪时，蓝雪站起来与他握了手，并鞠了躬表示感谢。他们都坐下时，蓝雪从包里拿出了那瓶云。她郑重地双手送给叔默涵，然后开始讲这瓶云的来历，以及她眼中的胥梅。

叔默涵听得很认真，不停地颔首赞同。蓝雪在他面前没有了一点拘束，她这些年压在心底的话太多了，她想一点一点地告诉眼前这个比自己大十几岁的男人。后来，她渐渐说到了自己在大华置业的工作和感受。叔默涵从她的述说中一点点地明白眼前这个女孩。他最后说："人啊，赤裸裸来赤裸裸走，只不过在名利场中走一遭，名利不能不要，但也不能太累，终归人只是这个世上的过客。"

天黑了下来，蓝雪说要请叔默涵吃饭。叔默涵说自己已经有约了，后天就走了，市里几个朋友要给他送行。蓝雪就没有强迫他，她犹豫了一下，还是开口说："叔老师，明天晚上我请你吧。"叔默涵同意了。

甜甜这些天上班状态不是太好，老是没有精神，魂不守舍的样子。

蓝雪看在眼里，急在心里。她觉得甜甜与高大鹏之间的事，可能有了变化。但又不好意思多问，只是提醒甜甜工作要专心，工作是第一位的，工作是生存之母。甜甜只是笑笑，也没有说什么。

其实，甜甜这些天主要是睡得不好，她与高大鹏在一起商量与童菲离婚的事。高大鹏初中毕业，没啥文化，前些年靠送钱认识了西北制药厂的采购经理，专门给那个厂供西洋参、亳芍等几种中药材。现在，他也极少去西北制药厂了，都是按那边的计划把药发过去，回笼款的事也没有什么问题。因为，现在他其实就是与那个采购经理合伙做了，那人抽百分之三十的利润。

前几天，童菲突然说同意跟高大鹏离婚。这是出乎高大鹏的意料的，他没想到童菲会突然提出同意离婚。他把这个消息告诉甜甜后，甜甜激动得要命，她也没有想到自己真的就这样容易地转正了。接下来，她想得最多的是童菲会提什么条件。她想，童菲肯定会提出在财产方面补偿的要求。

于是，她与高大鹏在一起时，总是转着弯地与他讨论童菲会提出什么要求。

高大鹏反而觉得甜甜有些过分了，他觉得自己这样做对不起童菲,越是童菲主动提出同意离婚,他越觉得内疚。开始的时候,他与甜甜只是抱着玩玩的态度,但后来竟有些离不开了。所以,当甜甜算计童菲会要多少财产时,高大鹏心里是不高兴的。但他也不好说,他也怕甜甜不高兴。现在,他已经有些怕甜甜了,这个比自己小二十岁的女孩,他还不太知道如何面对,只有一味地哄。

左枫辞职后,一直在家里,他想让自己静一段时间再找工作。

这天下午,艾艾快要放学了,左枫放下手中那本乔治·奥威尔著的《一九八四》,准备去接女儿。正在这时,他的手机响了,见是童菲的电话,他迟疑了一下就接了。童菲电话里告诉他,自己准备同意跟高大鹏离婚了。左枫问她为什么要这样,童菲却坚定地说:"这事跟你没关系,即使你不同意跟我结婚,这婚我也是要离的!"左枫一时不知如何办,就要约童菲谈谈。可童菲说,她约好了晚上要与高大鹏正式谈,以后再说吧。说罢,就挂了电话。

晚上,高大鹏回到了家里。童菲很平静地说:"我们离吧!"高大鹏愣了一下,回过神来后说:"是因为我与甜甜的事?还是你喜欢上别人了?"童菲低了一下头,脸红了一下说:"我心里有人了。"

"那人是左枫?"高大鹏追问道。

童菲没有正面回答,而是说:"财产的事你看着给吧,都是你挣的。给多少都可以!"听到童菲这样说,高大鹏先是一惊,然后感觉自己像是受到了侮辱,你连财产都不再争了,看来对我更没有一点留恋的了。但他想了想,还是说:"我对不起你,如果非要离的话,财产的事你说个数吧!"

童菲刚才虽然表现得极为冷静,其实,她是强忍着痛苦的。她不愿意让高大鹏看到自己软弱的一面。

童菲冷笑了一下,心脏突然感觉到一阵阵发紧。她是有心脏早搏的病的,一年前就查了出来。她本来是想立即治的,但由于正与高大鹏闹着，人也没有了精神，甚至都不想治了。当时，她想死了算了，省得这样天天烦心。

现在，她虽然感觉特别难受，但还是用手捂着胸口，一字一句地说："钱有啥用？你也不要认为当初我跟你结婚，是为了你这点臭钱！我是看你当时死皮赖脸的，倒有真心。"

高大鹏听童菲这样一说，面子也下不来，他转身甩门离开。

高大鹏走后，童菲的心脏更难受，她感觉到又一阵痉挛，就倒在了沙发上。

谁也没料到，童菲就这样因心肌梗死，竟没有活过来。左枫听到童菲突然死去的消息，他是如何也不能接受的。

他肯定这是高大鹏的谋杀。他什么也没有多想，就去派出所报了警。当警察了解他与童菲的关系时，他如实地说了。他不再怕这事把自己牵连进去，而是要为童菲讨个说法。

这天晚上，左枫做了笔录，而且被要求随叫随到协助调查。高大鹏当晚也被公安局以嫌疑犯的名义带走了。

第十五章

43

高大鹏被拘走的那天晚上,甜甜也被带到了公安局。

第二天,售楼中心门口就来了十几个人,吵闹着要公司退钱。他们大多都是高大鹏的朋友或他介绍的客户。现在,高人鹏和甜甜都进去了,而且是因为涉嫌谋害童菲,这让这些人很是不安。连人都敢谋杀,谁能保证经她手买的楼不会出什么事呢。他们干脆要求蓝雪退钱,而且都坐在售楼中心,不依不饶。

蓝雪没有想到会发生这样的事,就让他们到会议室里去谈。这些人根本不听蓝雪的,他们就要求在大厅里谈。而且,几个人出言很不文明,吵吵嚷嚷个不停。蓝雪没有经历过这样的事,但她还是故作镇定地说:"你们是来解决问题的,还是来吵闹的,这样能解决问题吗? 阳光世纪城就在这里,我们还能跑哪里去! 你们也都是有地位的商人,你们给自己留点体面行不行,到会议室里谈!"

这些人听蓝雪这样说,你看我我看你。

最后,一个人带头,跟着蓝雪进了二楼的会议室。给这些人都倒上水后,蓝雪才说,甜甜虽然被公安局叫走了,但事情并没有结论,我相信童菲的死与甜甜是没有直接联系的。再说了,你们要是退房,那可是合同上有约定的。不是因为质量问题,也不是为了交房问题,就因为业务员出事了就要求退房,这是没有道理的。再说了,高大鹏出事了,你们都是朋友不帮帮他,而是在这里折腾,有什么意思吗?

　　见蓝雪这样说,他们冷静下来想想,气慢慢地就消了。

　　其实,他们不少人本来就是来看热闹的,他们自己也知道,就是甜甜是杀人犯,与他们买的房子也没有什么关系。有几个人准备走了,但仍有几个人还是不想走。从他们的话中,蓝雪听出,他们是想借机退了房,因为生意一时手头紧了,而且感觉当时买房时有些冲动,现在认为房价不应该那样高。见这情形,蓝雪就说:"如果你们个别人真想退房的话,那也可以,我让售楼人员帮你们转卖,但要按合同价卖,而且因转户所牵涉的所有费用,由你们承担。如果你们同意,我就给总部回报,明天等消息。"

　　这些天,售楼中心的售楼小姐们工作状态也大不如从前了。

　　她们都在不停地小声议论着甜甜与高大鹏的事。蓝雪给她们开了两次会,还是不顶用。

　　甜甜回来了,但她被要求随传随到。

　　前天,杜影跟蓝雪说,等甜甜回来做了交接,就让她走人。可蓝雪让甜甜交接让她走人时,公安局却打来了电话,要求在童菲的事没有结束处理之前,大华置业必须要保证甜甜随传随到。这样说,他们不仅不能辞退甜甜,而且还要派人看着甜甜,让她不能远离。

　　哪有这样的事?把责任交给我们了。蓝雪把公安局的意思给杜影汇报后,杜影让她与甜甜谈,让她先不要上班了,但必须保证随叫随到。要是放在以前,杜影根本不会理会公安局的。但现在情况发生了一些变化,她怕再因这个甜甜给公司带来什么乱子。

　　蓝雪找甜甜谈时,甜甜神色低落,几天内竟像变了个人一样。她说自己不会走的,她相信童菲不是高大鹏害的,她要救高大鹏,她怎么能离开药都城呢。听了甜甜这样说,蓝雪的担心放下了。但她也为甜甜难受,你偏偏喜欢上高大鹏,偏偏弄出些节外生枝来。

这些天,蓝雪都在心里想,唉,女人啊,真的比男人难呢。现在童菲这事一出,甜甜便成了高大鹏勾淫妇害妻子的罪人了。但见甜甜对高大鹏的态度,她心里又为甜甜高兴,甜甜并不是她以前想象的那种女孩,她对高大鹏是动了真感情的。不然,她不会还要四处给高大鹏鸣冤。

这些天,蓝雪感到特别累,就是那种迷茫的心累。

晚上,她把自己的感受打电话说给叔默涵。独身的叔默涵显然也是爱上了蓝雪,他把蓝雪当女儿一样安慰和开导。他给她讲自己的经历,讲如何面对人生突如其来的问题,讲绘画,讲自己在外面的见闻。而且,他要求她每天早上看他送给她的那幅画,每天背一下海子那首《面朝大海》,这样他们的心就可以连在一起了。他告诉蓝雪,要想使自己每天都有一个好心情,那可是一件极难的事,他希望她能做到。

现在,蓝雪每天早上起床,都要先看那幅画。渐渐地,她从那明亮的阳光、蔚蓝色的大海、图案般的白云里,感觉到世界似乎是一种虚幻的存在,她倾听到了那来自远海里的声音。翅膀上挂着淡淡忧伤的水鸟,似乎在一声声地鸣叫,那是一种对她心灵的呼唤。

每到这时,她都要拨打叔默涵的手机。有时,叔默涵还在睡觉,有时他已在海边漫步。电话通了,蓝雪就会像孩子一样跟叔默涵说夜里的梦,或者他的画。叔默涵总会像一个大叔一样,对蓝雪轻声细语地说些疼爱的话。有时,蓝雪撒娇,说想他,要辞职去找他。叔默涵总是笑着说,可以啊,从明天起我们做一个自由的和幸福的人!

蓝雪每听到这句她喜欢的海子的诗句,就觉得叔默涵真好,真爱她。

但她是不能现在就离开这个楼盘的,她的职业操守要求她必须把这个楼盘做完,因为当初她给了胥梅和杜影承诺。她就是这样一个人,说过的话,总是强迫自己去遵守。

现在,北城各种消息满天飞,今天说张三被抓起来,明天说李四被双规了,搅得人心惶惶。售楼中心来的人也越来越少了,人们都在观望,都在猜测着阳光世纪城这个楼盘要出事。在这种情况下,楼的销售自然就被冷了下来。

蓝雪心里发急,杜影心里更急。她把蓝雪叫到办公室,跟蓝雪谈,她说大华投资公司没有问题,胥总与冯兴国没有关系,胥总的关系在省里。大华投资公司只是欠点土地出让金,别的什么事都没有。杜影这样说,只是让蓝雪来稳定售楼人员的心,让她们镇定下来,不能自家后院里先起火了。

蓝雪自然不希望售楼中心出什么事,她现在几乎每天都坐在办公室里。她在这里坐镇,这些售楼女孩们就安定得多,心里就有主心骨一样。

上班后,蓝雪刚倒好水,甜甜就进来了。

见甜甜疲惫的样子,蓝雪就让她坐下,也给她倒了一杯水。甜甜端起水,还没喝,就哭了起来。蓝雪安慰她不要哭,天还没有塌下来,事已至此,怕什么。

甜甜擦了眼泪,就跟蓝雪说了起来。她说,现在童菲已经尸检了,结论也出来了,是心肌梗死,但公安局还是不放高大鹏出来。她把高大鹏给她的三十多万都送出去了,可公安还是说问题没有弄清,不能取保高大鹏。前天,她去找一个自称能把高大鹏先捞出来的人,那人收了五万块钱后,竟还要非礼她。甜甜拒绝了,那人就把五万块钱退回了四万,说已经花过一万,事情没有希望了。

蓝雪听甜甜说着,心里很不是滋味。她知道,这些人是因为高大鹏有钱,有油水可捞,所以才这样的。

她跟甜甜说，现在不如别乱找了，只要高大鹏没谋杀童菲，早晚会出来的。

但甜甜不这样想，她说这些天，也听说有些案子是在审讯下被迫承认的，如果高大鹏在里面受不了，真承认了，那可就一点救都没有了。蓝雪就安慰甜甜不要信社会上的人瞎说，真的永远会是真的。蓝雪以为甜甜来是为了给自己诉苦的，她没有想到甜甜是来跟自己借钱的。

她想向蓝雪借五万块钱，她现在又找到一个人说能帮忙先把高大鹏保出来，但得押十万元现金，她只借到五万。这让蓝雪十分为难，借还是不借？

蓝雪想了想，见甜甜那哀求的眼神，最终还是答应了。

五月一号就要到了，第一批售出的房子就要交房了。蓝雪带着工程部的人，先到要交的房子初验。她是细心的，现在这种时候如果客户接房不满意，再到售楼部闹，那以后的销售就更不好做了。

先随意抽了三户，进行了初验。质量还可以，但测量套内面积时却让她大吃一惊。合同上给买房户签的得房率是78%，可实际测量下来，只有77%多一点。这样算来，每户一百平方的房子实际面积要缩水一个多平方。

这种结果是让蓝雪没有料到的，也触到了她做人的道德底线。

蓝雪从入地产销售这一行时，就给自己定了一条底线：价格可以高，宣传可以夸大些，但一定是明码标价，双方自愿；对不合格的房子，尤其采用面积缩水的办法欺骗买房人，这一点是不能容忍的。

现在，房价被以开发商、土地供应链条、银行、税务等等抬得够高的了，何况利用消费者弄不懂得房率这个概念已经明骗了买房人，如果再利用买房人测不出实际面，而再欺诈一次，实在是太没有良心了。她并不觉得自己有多高尚，但她要求自己做一个有良心的人。

更何况，现在她真的也无意再干下去了。于是，她决定要替买房人抗争一次。

蓝雪没有声张，但她立即到了杜影的办公室。

听蓝雪说完后，杜影瞅了她一眼，沉着脸说："这有什么大惊小怪的？套内面积小了，套外面积就大，哪有百分之百精确的！"蓝雪很激动，她声音很大地说："我们在价格上可以提高，质量上也可以差些，但面积不能缩水！我无法跟买房者交房！"

杜影突然从椅子上站了起来，指着蓝雪说："你说什么？公司还不够乱的是吧？我和胥总哪一点对不起你了，你非要与公司对着干！"

蓝雪也不示弱，"杜总，请你给胥总回报，这样的房子我蓝雪交不了！后果你自己看！"

"好，好，你想坏阳光世纪城的大事是吧？你想好了！"杜影显然特别激动，她指着蓝雪说。见蓝雪正要张口，她又抢着说："我告诉你，蓝雪，我杜影是什么人你也知道，我是坐过大牢的，我什么女人没见过！少给我来这一套！"

蓝雪被杜影的话激怒了，她冷笑了一声，说："杜总，怎么了？如果这事捅出去，说不定你还会进去的。你相信不相信，我可以把阳光世纪城给弄死了，你信不信！"

杜影没想到今天蓝雪会这样强硬。她停了一下，让自己镇定下来，然后说："小蓝，对不起，我太激动了。你放心，房子交了，胥总和我都会对得起你！你好好想一想，不要一时冲动后悔终生。"

蓝雪看着杜影，声音也低了下来，不过更为坚定了，她说："杜总，我已经不需要考虑了，我做不出从面积上欺骗买房人的事。我良心不忍。你想想这事如何处理吧。"

说罢,转身出门了。

<h1 style="text-align:center">44</h1>

二十天后,就要去上海入局了。

刀驼李准备给"长脚青大头"换罐子,他要把那个宣德龙凤罐换上。名虫才配名器呢。这罐通高十一厘米,径十四厘米,盖面正中雕飞龙与翔凤相向,相亲相对;中有一球,球上阴刻方胜绵纹,左右飘束绦,空隙处雕花叶;中心外一周匝浮雕六出花纹,高起的盖边阳雕香草纹;罐腔上下有花边两道,中部一面太龙少龙,俯仰嬉戏,对面有成凤雏凤,姿态清秀,威仪动人;罐底光素,中心长方双线外框,框内阳文楷书落款"大明宣德年造"……这尊罐已经活在了刀驼李心中,一星一点都如在眼前。

这天是个周六。天一亮,刀驼李就给戴金打电话,说:"你早点来,我要给'长脚青大头'换罐了!"

戴金已吃了早饭,接到电话后自然万分欣喜。戴金知道,刀驼李是要把那个宣德龙凤罐拿出来了,也是该拿出的时候了。认识刀驼李两年多了,他统共只见过三次,而且只是远看,并没有过一次触摸。这样的名器,存量应该是不多了,一般人听都没听说过,更不要说亲见亲用了。戴金坐在出租车上,虽见两旁的树木飞快地后退,但他还是感觉车速慢了,不停地催着。

戴金到后,刀驼李接一盆清水,开始洗手。他洗得很细,虽然手上一点灰尘也没有,但戴金觉得刀驼李像是在进行一件庄严的仪式,细细地洗手只是他对要做事儿的一种虔诚、一种敬重。

刀驼李终于把手洗好了,他用雪白的新毛巾慢慢地擦拭后。转身进了屋里。戴金也随后跟了进去。刀驼李来到床头,伸手托下那个精致的樟木箱子,稳稳地抱在怀里,走出屋门。这中间,戴金见他驼着腰不方便,是想插手帮他的,但戴金没有敢轻举妄动。这么重要的事,自然要由刀驼李自己来完成。

刀驼李从身上掏出钥匙,手有些颤抖地把小铜锁打开。他把锁放在桌子上,静了口气,掀动箱盖。箱盖被打开的一瞬间,刀驼李一屁股坐在了地上,大骂一声:这个畜生!

骂声之中,人就倒栽在了地上。

戴金不知道发生了什么,他向箱里一望,才知道箱子是空的。宣德龙凤罐已不翼而飞了。戴金顾不了这些了,弯腰去扶刀驼李。他想让刀驼李平躺在地上,怎奈他背驼如弓,不能平躺。戴金略一思索,就轻轻地把他侧着放稳。接着,戴金掏出手机拨通了120急救中心。

120电话通后,戴金报了地点,急催:快来! 快来!

刀驼李到了医院,上了机子,检查后,医生说:"要立即手术!"可刀驼李的儿子又在上海,戴金也顾不了太多,便签了字。

第二天早上,刀驼李的儿子李忠来到了医院。望着重症监护室的父亲,放声大哭。戴金见状,恨不得抽他的脸。但毕竟李忠也快三十岁了,戴金最终没有下去手。但他立即把李忠拉到没人处,厉声问道,"那罐子你到底弄哪去了? 还在你手上吗!"李忠的眼泪又淌了下来。他小声地说:"戴叔,我对不起爹啊,已经出手了!"

这虽是在戴金的预料之中,但他还是气得嘴唇发抖。他叹了口气,问道,"你怎么这样浑啊,那是你爹的命呢! 你多少钱出手的?"

"三十万!"李忠顿了一下,又接着说:"我也是没办法啊,首付就差这个钱了。她都人流三次了,就因为没地方结婚。都他妈房子逼的!"

天突然阴了起来。戴金出了医院,手机就响了。这是省纪委那个熟人打来的。他说:"有人在里面说到你了。""啊,"戴金一惊,又镇定了一下,接着问,"说什么了?"那边就说:"说你去年在上海赌蛐蛐的事。"说罢,电话就挂断了。

这时,戴金突然想起《西厢记》里"长亭送别"的那句话:碧云天,黄花地,秋风紧,北雁南飞……

而此时,蓝雪也接到了一个电话,要她下午三点,到一个地方去谈话。

正在这时,甜甜来到蓝雪的办公室。

甜甜把蓝雪的五万块钱还了。蓝雪见她并不是太高兴,就问高大鹏怎么样了。甜甜叹着气说:"老高精神上可能出了问题,他从回来后,就一直用钱叠房子,叠好了就往窗外扔。"

蓝雪想了想,对甜甜说:"他是受了刺激,童菲突然走了,他在拘留所羁押期间肯定也受了不少苦,你要好好陪他。"甜甜点着头,又说了一会儿话,手机就响了,原来是高大鹏找她。她给蓝雪道了别,就匆匆地离开了。

甜甜走后,蓝雪无力地靠在了椅子后背。她要认真理一理,自己在大华公司这两年的所作所为,以便下午应对纪委的谈话。

由于蓝雪的坚持,杜影只得推迟了交房,她宁愿赔偿迟交房的费用,也不想现在就暴露出来。这些天,杜影一直找蓝雪谈,有软的有硬的。但蓝雪打定了主意,她必须把这个真相揭露出来。她这样做,不是为了表明自己多高尚,是觉得真的不忍心这样让那些买房人受骗。

她把这个想法告诉叔默涵时,叔默涵一直劝她,可以离开,但不要这样做。现在这种现象是普遍的,只是消费者没有注意或者说注意了也没有办法而已。如果非要这样做的话,可能自身安全会有危险。商界为了利益,下毒手的事多了。

这些事,蓝雪不是没有想到过。但她这些天终于想到了一个万全之策,她只要把这个信息传播出去,让那些买房人去找杜影和胥梅。反正,她要辞职了,她要去威海见叔默涵。

她本想把这一切做好了,就去给杜影请假的。

她也想过,要么大华公司批准,要么我自动离职。即使剩下的那百分之七十提成不要,她也是要离开的。

可现在,纪委要约蓝雪谈话,这一切设想肯定会被打乱的。

蓝雪端起桌子上的茶杯,猛喝了几口。又停了一会儿,她掏出手机,拨通了叔默涵的电话。

她要给叔默涵先通个气。

45

一个月前的一天,胥梅匆匆从省城回到北城。

她立即安排助手杜影,要亲自把这几年的账务检查一遍。杜影问胥梅到底发生了什么。胥梅只告诉杜影说,有人举报大华投资集团做建设大成本,偷漏营业税和增值税,要杜影亲自把账务处理一下。她并没有告诉杜影,自己本来准备出国的,却发现自己被"边控"(被控制,不能出入境)了。

这一天,胥梅是有准备的。但她没有想到会来得这么快。现在的开发商,不偷漏税的几乎没有,不查你就能过关。要真查起来,那谁都难以过关。杜影在公司亲自查看账单,处理账务,而胥梅又去了省城。这个时候,她必须要摸清真正的原因在哪里。

半个月过去了,并没有动静。但胥梅心里更焦急。

她从上面摸到的信息是,省稽查局已经掌握了具体情况,说是要对大华进行一次全面检查。杜影通过半个月的摸底,告诉胥梅:如果按现在处理过的情况,再找找关系,只存在漏税,能摆脱偷税的干系,但至少要补缴四千万。胥梅听到这个数字,就问杜影能不能再调整一下账。杜影具有注册税务师和注册会计师两种资格，自然对此十分精通。当杜影说不能再调整时，胥梅没有再说什么。

这天下午，她终于跟冯兴国约好了，并到了冯兴国的办公室。

她极简短地通报了得到的消息，说是有人举报她偷税，上面要下来查了，请冯兴国多关照。

冯兴国并不吃惊。因为，他也已得到了消息。只是他与胥梅想的并不一样。他觉得这可能是对他冯兴国来的，是要从胥梅那里查出来点什么，从而找到突破口。现在，见胥梅来找他，就不动声色地说："我没有听说这件事，你早做好迎查准备。真有了大问题，我也帮不了你的！记住，你自己心里应该最清楚。"

胥梅见过冯兴国的第三天，省税务稽查小组就来到了大华投资集团。

稽查小组见过胥梅后，就立即封了全部财务资料。

胥梅安排杜影和桑亚东全程配合，并要求不要紧张，接待要有礼有节。这种安排是有道理的，因为现在并摸不清他们到底掌握多少事，如果特别热情就会引起他们更大的注意。稽查组一共五人，带队的是一个四十多岁的处长，叫祝宾。但杜影丝毫没敢大意，她虽然不在现场，但每调一本账，他们每问一个问题，她都会得到报告。

稽查进行一个星期之后，杜影发现有点不对头了。因为，他们几乎是有备而来，每次询问的问题，每次要补充的材料都是十分关键的。这么看来，稽查组是得到了十分清楚的线索，不然，就不可能这么准确地直指要害。以杜影的判断，这种事情外人是不可能掌握得这么清楚的，那么举报人肯定是公司内部的，而且是掌握得十分全面的人。这个人能是谁呢？

她苦苦想了两天，又把稽查组索要过的资料和质询的问题，一一过了一遍，最后，她得出结论：这个人肯定是财务总监桑亚东！

杜影把这个判断电话告诉了胥梅。胥梅只应了声知道了，就没再说什么。

其实，胥梅几天前就已经去了冶父山，通过她的调查，那天桑亚东说在冶父山是真的，但他并不是去烧香，而是与北城房地产开发公司胡总在一起。她也已确定这个透出公司信息的人，就是桑亚东。

胥梅一直在回忆自己与桑亚东的交往，她觉得这个桑亚东只是为了钱才出卖了自己，而举报信则是由胡总安排人写的。

事已至此，更不能打草惊蛇，不然，桑亚东很可能狗急跳墙，揭出更多的事儿。胥梅安排杜影不要怀疑桑亚东，更不要让他看出来被怀疑。而她却在省城开始运作。像这种事必须从上面入手，稽查组是来了，但稽查组是省局派来的，能派下来，也能收回去。如果仅仅是因为举报，没有节外生枝，那事情就好办得多。

其实，省稽查组进入大华后，省国土厅相桂庭厅长也一直十分关注。以他的经验，这绝不是单纯的税务稽查，很可能是一石二鸟：既查偷漏税又是在摸线索。如果真是这样，那么就与省纪委有联系，是某个案发的前奏。

那么，进入大华是对谁而来的呢？相桂庭分析，有可能是对冯兴国的，也极有可能是对自己的。坚定了这种判断后，相桂庭就开始了运作。

运作归运作，他没有让胥梅参与，只是提醒胥梅及时关注稽查组动态。相桂庭在省里二十多年了，关系可以说是网状的，交叉很多，铺得很广。他首先找到了省稽查局的一位头头儿，但摸到的情况是仅仅接到举报，说大华偷漏税数额巨大。相桂庭从中做了工作，说是北城那边为了不影响投资环境，想尽快结案，该补的补上就算了。稽查局这个头头，也表了态说会尽快的，并告诉相桂庭说，北城市税务部门和有关领导也找过省局。

冯兴国也一直十分关注这件事的动态。冯兴国的分析与相桂庭的分析一样，他也觉得这不是一件单纯的税务事件，很可能有其他事情联在里面。于是，他首先找的是省纪委的同学刘小龙。

刘小龙跟冯兴国仔细地聊了几个小时。当冯兴国说自己没有什么大的经济问题时，刘小龙就说："有你这句话，作为你的老同学，我就放心了。那你就不要太关注这件事，以免引起别人注意。相反，这个时候你要一如既往地推进新区建设，要让社会看到你对待这事的坦然与无畏。不过，可以通过税务部门加快稽查时间。这样会有好处的。"

冯兴国从刘小龙的话里感觉到，省纪委并没有对他的不良消息。于是，就按刘小龙的话，让常务副市长裘实去了一趟省稽查局，要求加快查处时间。

胥梅也是极聪明的人，她知道相桂庭和冯兴国都不想让她出太大的事，都会暗地里帮她说话，虽然这两个人都没有告诉她。

但她却一点也没有放松，她又从省里另外一个关系入手，给稽查组做了工作。几方的努力，果然很奏效，半个月后稽查组撤回去了。但结果并没有胥梅想得好，她原想让稽查组定一千多万的漏税，加上罚金也不会超过两千万。然而最后的结果却是定了漏税一千八百万，加罚滞纳金五百万，总共两千三百万。杜影知道这个结果后，心里很是不爽，她跟胥梅商量能不能再做做工作，滞纳金不交了。胥梅叹了口气说："花钱消灾吧，这已经是尽最大努力了。"

税及滞纳金交上的那天晚上，杜影与胥梅在一起商量，下一步要注意的事儿。

杜影坚决地说，这事肯定是桑亚东这小子做的手脚。现在事情过去了，应该想办法把他给做了，以免后患。胥梅听罢，看着杜影几分钟没有发话。她点上一支烟，狠狠地吸了一口，又吐出来，然后才开口说："这个事是一定要办的，不然的话就没有了规矩。不过，不是现在，现在不能节外生枝。这件事很可能并没有完！"听胥梅这样说，杜影点了点头。

她了解胥梅，自己从狱里出来胥梅把她弄到新加坡，又回到内地的一些经历，她从心里佩服胥梅的手段和心计，一切都按胥梅的安排执行。

其实，事情真的不那么简单。大华投资集团补缴完税和滞纳金，还不到两周，省纪委就派来一位处长，亲临北城市成立专案组。当天，市国土局局长阎吉坤就被专案组带走了。

专案组到北城的头一天晚上，胥梅正在省城一家影院看电影。

她出来的时候，门口一个人告诉她，有人在对面花园旁等她。来人说完后，匆匆走了。胥梅定了定神，立即拨了一下杜影的电话，告诉她自己刚从杜拉斯影城出来，现在去对面的公园散下步，就回家。其实，杜影在北城，她是在给杜影一种暗示，以防不测。

挂了电话，她警惕地随刚才那人的背影，向对面的公园走去。到了公园，胥梅正在四处瞅着，这时就听到相桂庭咳嗽了一声。两个人会合在一起，边走边说。四十分钟后，相桂庭向公园里的露天舞场那边走去。

阎吉坤被带走，三天内毫无消息。

冯兴国一直很焦急，虽然他觉得自己没有什么事情，但他断定阎吉坤的案子也只是开始，可能会有更大的事情出来。他首先想到的就是相桂庭，上次税务稽查可能是从中发现了证据，要从阎吉坤入手向上撸。但这个时候，他又不好打听，甚至不能与有关系的人通电话。现代科技的发展，人们几乎没有任何秘密可言，只要组织上给你上了"手段"，动用了高科技，你就只有等待结果。相反，越活动事情越糟。

一个星期后，阎吉坤的专案组出来了消息。

　　阎吉坤的案发是缘于他在大华报销的一张发票,而这张发票恰恰是他去阿姆斯特丹色情场所消费的外文发票。就是从这件事入手,把阎吉坤叫去谈话的。阎吉坤在里面,硬撑到第三天后开始崩溃,开始向外吐自己的事儿。据冯兴国得到的消息,阎吉坤自己已经交代的受贿数突破了一百万。所有经济犯罪嫌疑人都一样,一旦突破就会竹筒倒豆子,几乎不可能再隐瞒什么。紧接着,不少人被专案组传唤。

　　胥梅回到北城后,一直没有外出。她知道自己只有如此,以静制动。

　　但这中间,她一直跟杜影在一起商量和做准备,因为胥梅知道传她去是肯定的事儿。她们俩一个人一个人地排,一笔一笔款地回忆,包括当时的具体情形。她们是做了准备的,大不了以行贿罪进去,但那只是被罚款的事,行贿判刑的事是极少的。

　　当她们说到冯兴国的秘书小林时,胥梅问给他送了多少。杜影回忆说,他没有收钱,只是卖房时给了十万元的优惠,并承诺将来他不做秘书时,再把另外三十万房款退给他。胥梅听罢笑了,"这小子还真聪明,但真要追下来他也脱离不了干系,可以定他受贿即遂的。"

　　整个北城市看起来风平浪静的,其实不少人都紧张和兴奋得要命。

　　有事的当然害怕,没事的自会兴致勃勃地等待更大的消息爆出,更多的人进去。朱玉墨和冯兴国表面上对这事显得都极为平静,其实,他们俩心里更复杂。毕竟北城出事了,毕竟这样的事一般都是窝案和串案,只要口子打开,那就不是一时半会收拢得了的。

　　周六,冯兴国突然接到专案组的电话,要他到办公室去,有件事想证实一下。冯兴国感觉很突然,他立即想到了秘书小林。放下电话,他便驱车来到了自己的办公室。进办公室只有两三分钟,省纪委专案组的韩处长和另一个年轻人就进来了。韩处长客气了几句,就直截了当地说:"冯市长,阎吉坤在里面说,他曾让你的秘书小林转送给你两条中华烟,里面有五万块钱现金。你回忆一下,可有此事?"

冯兴国想了想,立即回答说:"我可以肯定没有收到阎吉坤送的什么烟,这事你们得找小林问一下。"韩处长笑了一下,又问道:"冯市长,你能肯定吗?"冯兴国又肯定地回答了一次,"我可以肯定,你们要把小林立即控制起来!这小子,怎么会是这样子?!"

这时,韩处长起了身,不好意思地说:"谢谢市长,我们知道了!"

韩处长他们走后,冯兴国大声地骂了一句,"他妈的,这个小林!"

接着,他猛地拍了一下桌子,水杯里的水溅出来,四散在桌子上。

事情并不像冯兴国想的这样简单。现在,在背后做他活的人,却大有人在。其中,被他换了位置的住建委主任锁清秋,就是一个。

这些天,他的思想斗争得十分激烈,他觉得冯兴国不应该把他调到政协去。锁清秋还不到五十五,这个年龄被调整,应该是仕途的一大失败,他的精神半年都没有调整过来。自己并没有犯错,相反,是冯兴国为了加快东城新区建设要他违规审批,只是自己坚持了原则。

现在机会终于来了,他想写一封举报信,要把冯兴国在北城超前超快不按程序搞开发区的事揭出来。你让我不好受,我也让你不好过!有了这种想法,锁清秋就开始思考并寻找证据。

经过几天思考,举报信终于写好了,他给冯兴国列举了十大罪状。包括火省长来视察,胥梅安排弄牌子,砸死人的事儿。

信是写好了,但锁清秋却拿不定主意了。他可是从来没有在背后捅过人的,怎么现在就真要捅冯兴国了呢。这几天,他吃不好睡不好,妻子问他有什么事,他也不说。信都装进信封了,邮票也贴好了,只要把信放进邮筒就行了。昨天夜里,他翻来覆去地睡不着,最后决定还是要把信投出去。

早上六点钟,锁清秋就起床了。他想趁人少时,把信投到邮筒里去。但出了家门,他竟鬼使神差地打了的,让司机把自己拉到正在建设的东城新区去。

车子到了新区,他就让出租车停了下来。他下车后,没有走修好的东城大道,而是沿着正铺路基的另外一条道向里走。

夹带着寒意的春风,吹在锁清秋的脸上,他突然打了一个寒战。

抬头望着前方塔吊林立的工地现场,他突然觉得自己很矮小,很龌龊。自己原来不应该是这么小气啊!他冯兴国只不过做事儿快半拍,虽然调了自己的岗位,但他也是为了北城的发展。如果在这个时候往他身上抹屎,自己还是个人吗?

想到这些,他停在那里,不走了,他觉得自己心里很难受。他想掏出一支烟,可掏出来的,却是那十封贴好邮票的信。

于是,他蹲了下来,打着火机,一封一封地开始烧信。

春风吹动,火苗蹿上来。锁清秋是蹲着的,两颊便被烤得热辣辣的。

尾　声

胥梅做好了一切准备。

也可以说，这种准备是一开始就做好了的。

这三天，她睡得很沉，每天只起来活动一个小时，稍稍吃点东西，再接着睡。她的手机交给了杜影，她在自己的卧室里睡觉，也只有杜影知道。下午五点钟，她觉得真的不想再睡了，把几年的乏都睡完了，就起床。她先在冲房里冲了一下澡，又到蒸房里把自己蒸了蒸，身体的所有毛孔都打开了。她把自己畅快后，来到妆台前，仔细地把自己收拾着。

画了淡妆，把头发绾好，胥梅从妆台里拿出了那枚青玉燕钗。

这是她从香港花了重金买的古玉，尖喙，圆目，翅大，短尾，以阴线勾勒出双目、翅及尾上的羽毛，图案夸张古拙，燕子尾部有长约两寸的插发玉针。胥梅对这枚玉燕钗是研究过的。相传神女赠汉武帝玉钗一枚，帝赐赵婕好，至昭帝元凤年间，将存放玉钗匣盖打开，见玉燕飞天，后宫人学做此钗，因其形似燕，才得名玉燕钗。这种发饰自汉代便见于皇宫大府人家，戴此钗寓意吉祥。

而此时，胥梅的心情却很复杂。这些天她都在想一件事，这个玉钗何尝不是一件绝好的自尽玉针呢。但这并不意味着胥梅想寻短见，她是不会自杀的，无论发生什么事。只是，她想到了这些而已。

胥梅的预感是对的，当天晚上她就被叫到专案组。

这一天还是来了，因为这都在她的意料之中，所以她和专案组配合得也十分默契。哪些该说哪些不能说，胥梅按照自己事先想好的,试探着专案组的意思,把握得恰如其分。这中间,问话的人提到冯兴国,胥梅告诉他们自己与冯兴国没有任何金钱交易,这一点是绝对负责任的。胥梅知道现在还不能把冯兴国说出来,虽然他的妻子海清是收了钱的。就因为如此才不能说,冯兴国如果真知道妻子海清最后还是收了大华公司的钱,那他在外面反而会极力运作的。只要一天不说出冯兴国,她就有一线希望。

第三天,问话的人又要她交代与相桂庭的关系。胥梅知道相桂庭是保不住了,只是如何把问题化得最小。于是,她按照那天晚上与相桂庭的约定,一丁点一丁点地向外吐。她在里面第七天的时候,被转移到了另外一个地方。

虽然是夜里,但胥梅凭着感觉知道,自己被带到几百里外了,而且应该是一所部队的院子。因为,她从房间的风格和用品知道,这是武警的一个驻地。

接下来,换了一拨人问她。来人很直接地要她交代与相桂庭和长江银行行长戴金的关系。相桂庭的事,她是想得最多的,对戴金她并没有太在意,因为她感觉这次应该不会把戴金也扯进去。于是,她的态度与在北城有些不一样了,她要试探和尽可能多地了解一些信息后,才能决定说什么。

这样僵持了三天三夜,谈话的人换了四拨,她依然没有说出他们想要的话。第四天,谈话人给胥梅放了两段录像,这是相桂庭和戴金被双规的画面。之后,来人说:"他们都交代了,你必须交代。你说了,印证上了,你就可以出去了!"胥梅知道事情不会这么简单,虽然放了他们双规的两段录像,但他们具体说了什么,那是不确定的。她相信,他们不会这么快就把什么都说出来的。

这期间,在北城市与大华投资集团相关联的部门和人,都成了被猜测的对象,冯兴国当然是被传说最多的。这一点都不奇怪,因为大华投资集团是冯引进来的,而且又是在北城投资最大、项目最多的开发公司。

冯兴国心里并不紧张。因为他知道自己并没有收胥梅一分钱，所以他有这个自信。但他并不知道海清收过胥梅的钱后，并没有告诉他。

此时，冯兴国在办公室里依然很镇定。

他用手轻轻地转了一下桌子旁那个舵轮，地球仪上的海洋与陆地便生动地旋转起来。他记得第一次进这个办公室后，他转动过这个地球仪，现在再转动时心里却是另一番滋味。

他点上一支烟，来到窗前，一任思绪四散开来。烟抽了一半，他突然想起几年前去西藏的一幕。

在阿坝日土县斑公湖边他看到一只雄鹰笔直地扎进湖水，浑身湿透，然后历尽艰难地挪上一个高坡，突然打开翅膀，迎风而飞；两翼展开有二三米长，不停发出嗷嗷的叫声，显示出君临万物、凌云向上的气势。

从那以后，冯兴国常常想到鹰的嬗变。

鹰在四十岁时就已经开始退化。这时，它会选择一处高山，然后将鹰嘴往岩石上啄，直到将鹰嘴全部啄烂，啄烂的鹰嘴变痂，痂慢慢地褪去后，新的鹰嘴就会慢慢地长出来。接下来，它会用嘴将鹰爪上的老甲一根根地拔下去，等新爪慢慢长出来，用嘴将老的羽毛一根根拔下去，等新的羽毛长出来。经历一百五十天的时间，蜕变完成后，老鹰又获得了新生，它可以再活三十年。

人生何尝不需要鹰的这种嬗变啊。

然而，冯兴国并不知道，他也即将要经历这样一场痛苦地嬗变。

当他向楼下看去的时候，一辆黑色奥迪正好向办公楼驶来。他心中一愣，这辆车他有点眼熟，应该是省纪委的。

于是，他掏出一支烟，望着远处耸立如林的塔吊，眼前再次出现唐古拉山口鹰击长空的情形：

　　一只孤鹰从山坳里敏捷地向上飞起，向上直冲云霄；突然，向下俯冲，如利剑直插山体；然后，再振翼向上，如一道黑色的闪电，飞向蓝天与白云之间……

2012 年 7 月 22 日二稿

2013 年 5 月 3 日改定于无味斋

后 记：

楼市的背后

十年前，我心里便有了这部叫《楼市》的长篇小说。

今天改完第二稿，打开几家门户网站，几乎都有一条内容相近的消息：主要城市新房价格并没有因"国五条"政策而出现逆转，2013年4月全国一百个城市新建住宅平均价格继续环比上涨。

楼价越限越高，买楼的人却越来越多。楼市到底怎么了？

在我的写作经历和作品中，从没改变过对现实的热情与关注，但我同样一直保持着对表象的警觉与质疑。我深知，生活的表象往往带有很大的欺骗性。

因此，我总是企图透过现实，去探寻背后的秘密，力求做一个有底气的发言者，有担当的写作者。只有这样，才能无愧于写作和生活，才能对得起读者和自己。

十一年前，我在几乎没有思想准备的时候，被任命为一家国有房地产集团公司副董事长兼总经理，从此，新鲜、刺激、诡秘、复杂、纠葛的地产界展现在我的面前。我开始庆幸这段生活的到来，因为只有身在其中、亲自操作，才有可能了解一些真相。

真相往往是残酷的，但又让每个人欲罢不能地去探寻。

在楼市背后，政府各部门、银行、开发商、建筑商、被拆迁者、售楼人、买楼人，可以说社会各色人等，都会在不同时段出现。这些来路不同的组织、群体和个人，混合在一起，他们彼此交融、相互关联、彼此存活,看似一枚枚简单的黑白棋子,却组合成一个个万千变化的棋局,展现出变化多端的结局和人生。

随着楼市的不断生长,枝繁叶茂的故事一个个长出来,交叠在一起又生出新故事;这些故事再经欲望和利益的浇灌,再生长、传递、繁衍,最终成为现在这样复杂、庞大、颇为壮观的故事谱系。于是,这部小说经过怀胎、发育、生长,最终呈现在你的面前。

这部小说,是我离开房地产这个职业五年后动笔写的。

我之所以用五年的时间躲在火热的亲历后面,就是想以更冷静的笔触来述说这些切肤的见闻。在这部小说里,我用了两条线:政府、银行、开发商、建筑商这是一条主线,被拆迁者、建楼的农民工、卖楼小姐、买楼的底层者是一条副线。我之所以这样做,只有一个企图,那就是我想用最真实的细节和真诚的态度,来呈现楼市后面并不为多数人所知的那一面。

许多时候,我们确实不知道事情的真相。

小说的价值和写作者的价值,我以为就是要解剖与呈现。当然要与新闻不一样,小说必须从人性出发,通过情节、细节建构一座崭新的迷宫,每个人进入里面,都会找到自己的一部分,尽量多地也看到他人的内心。

我力求这样做了。但我不知道结果会是什么样子。这也是我每交出一部小说都有惶恐之心的根本所在。对一个写作者来说,自己永远是自己的对手,要一直角斗一辈子。这是写作者的大幸福,也是写作者的孤独所在。

好在,在我的写作过程中一直都会遇到热心的编辑和同道。

在这部小说即将面世的时候,我必须真诚地提出所要感谢的人:谢欣先生、安静女士、石一枫老兄。他们都为之付出了自己的智慧与心血。

当然，我们的目的是一致的，就是想让读者对这欲说还休的楼市背后，有更多的了解与认识。

杨小凡

2013年5月4日于无味斋